# 俳句歳時記
# 第五版　春

角川書店＝編

# 序

季語には、日本文化のエッセンスが詰まっている。俳句がたった十七音で大きな世界を詠むことができるのは、背後にある日本文化全般が季語という装置によって呼び起こされるからである。

和歌における題詠の題が美意識として洗練され、連句や俳諧の季の詞《ことば》として定着するなかでその数は増え続け、さらに近代以降の生活様式の変化によって季語の数は急増した。なかには生活の変化により実感とは遠いものになっている季語もある。歳時記を編纂《へんさん》する際にはそれらをどう扱うかが大きな問題となる。

角川文庫の一冊として『俳句歳時記』が刊行されたのは一九五五年、巻末の解説には、季節の区分を立春・立夏などで区切ることについての葛藤《かっとう》が見られる。特別な歳時記は別として、この区分が当たり前のようになっている今日、歳時記の先駆者の苦労が偲《しの》ばれる。

この歳時記から半世紀以上が経った今、先人の残した遺産は最大限に活用し、なお現代の我々にとって実践的な意味をもつ歳時記を編纂することの必要を感じずにはいられない。

編纂にあたっては、あまり作例が見られない季語や、傍題が必要以上に増大した季語、また、どの歳時記にも載っていないが季語として認定するに相応《ふさわ》しいもの、あまりに細かな分類を改めたもの等々、季語の見直しを大幅に行った。さらに、季語の本意・本情や、関連季語との違い、作句上の注意を要する点等を解説の末尾に示した。

例句は、「この季語にはこの句」と定評を得ているものはできる限り採用した。しかし、人口に膾炙《かいしゃ》した句でありながら、文法的誤りと思われる例、季語を分解して使った特殊な例など、止むなく外さざるを得ない句もあった。

本歳時記はあくまでも基本的な参考書として、実作の手本となることを目指した。今後長く使用され、読者諸氏の句作の助けとなるならば、これに勝る喜びはない。

二〇一八年一月

「俳句歳時記　第五版」編集部

# 凡例

・今回の改訂にあたり、季語・傍題を見直し、現代の生活実感にできるだけ沿うよう改めた。したがって主季語・傍題が従来の歳時記と異なる場合もある。また、現代俳句においてほとんど用いられず、認知度の低い傍題は省いた。

・解説は、句を詠むときの着目点となる事柄を中心に、簡潔平明に示した。さらに末尾に、季語の本意・本情や関連季語との違い、作句のポイント等を❖印を付して適宜示した。

・季語の配列は、時候・天文・地理・生活・行事・動物・植物の順にした。

・春の部は、立春より立夏の前日までとし、おおむね旧暦の一月・二月・三月、新暦の二月・三月・四月に当たる。

・季語解説の末尾に➡を付した季語は、その項目と関連のある季語、参照を要する季語であることを示す。春以外となる場合には（　）内にその季節を付記した。

・例句は、季語の本意を活かしていることを第一条件とした。選択にあたっては俳諧や若い世代の俳句も視野に入れ、広く秀句の収載に努めた。

・例句の配列は、原則として見出し欄に掲出した主季語・傍題の順とした。

・索引は季語・傍題の総索引とし、新仮名遣いによった。

# 目次

序　三
凡例　五

## 時候

春　一八
睦月　一八
二月　一八
旧正月　一九
寒明　一九
立春　一九
早春　二〇
春浅し　二〇
冴返る　二〇
余寒　二一
春寒　二一
春めく　二二
雨水　二二
二月尽　二二
仲春　二二
如月　二二
三月　二三
うりずん　二三
啓蟄　二三
春分　二四
彼岸　二四
春社　二四
晩春　二五
弥生　二五
四月　二五
清明　二五
春の日　二六
春暁　二六
春昼　二七
春の暮　二七
春の宵　二七
春の夜　二八
暖か　二八
麗か　二八
長閑　二九
日永　二九
遅日　三〇
木の芽時　三〇
花時　三〇
花冷　三〇
蛙の目借時　三一
穀雨　三一
春深し　三一
八十八夜　三一
春暑し　三一
暮の春　三一

水温む　五〇
春の川　五一
春の海　五一
春の波　五一
春潮　五一
潮干潟　五二
春田　五二
苗代　五二
春の土　五三
春泥　五三
残雪　五三
雪間　五四
木の根明く　五四
雪崩　五四
雪解　五五
雪しろ　五五
凍解　五五
薄氷　五五
氷解く　五六
流氷　五六


## 生活


春闘　五七
大試験　五七
入学試験　五七
卒業　五八
春休　五八
入学　五八
新社員　五八
遠足　五九
花衣　五九
春の服　五九
春袷　六〇
春ショール　六〇
春日傘　六〇
花菜漬　六〇
桜漬　六〇
蕗味噌　六〇
木の芽和　六一
田楽　六一
青饅　六一
蜆汁　六一
蒸鰈　六二
干鰈　六二
白子干　六二
目刺　六二
干鱈　六三
壺焼　六三
鶯餅　六三
蕨餅　六四
草餅　六四
桜餅　六四
菜飯　六五
春灯　六五

春の炉　六五
春炬燵　六六
春火鉢　六六
炉塞ぎ　六六
炬燵塞ぐ　六六
廏出し　六七
北窓開く　六七
目貼剝ぐ　六七
雪囲とる　六七
屋根替　六八
垣繕ふ　六八
松の緑摘む　六八
麦踏　六八
野焼く　六九
山焼く　六九
畑焼く　六九
耕　七〇
田打　七〇
畑打　七〇
畦塗　七〇
種物　七一
種選　七一
種浸し　七一
種蒔　七二
物種蒔く　七二
花種蒔く　七二
苗床　七三
苗札　七三
苗木市　七三
藍蒔く　七四
麻蒔く　七四
蓮植う　七四
芋植う　七四
馬鈴薯植う　七五
木の実植う　七五
球根植う　七五
果樹植う　七五
苗木植う　七五
剪定　七六
接木　七六
挿木　七七
根分　七七
慈姑掘る　七七
桑解く　七八
霜くすべ　七八
桑摘　七八
蚕飼　七八
牧開　七九
羊の毛刈る　七九
茶摘　七九
製茶　八〇
鮎汲　八〇
魞挿す　八〇
上り簗　八一

磯竈　八一
磯菜摘　八一
海女　八一
木流し　八二
磯遊　八二
汐干狩　八二
観潮　八三
踏青　八三
野遊　八三
摘草　八四
梅見　八四
花見　八五
花篝　八五
花守　八五
花疲れ　八六
ボートレース　八六
猟期終る　八六
凧　八六
風船　八七
風車　八七
石鹸玉　八七
鞦韆　八八
春の風邪　八八
朝寝　八八
春眠　八九
春の夢　八九
春愁　八九

行事

曲水　九〇
建国記念の日　九〇
春分の日　九〇
絵踏　九一
憲法記念日　九一
初午　九一
二月礼者　九二
二日灸　九二
針供養　九二
雛市　九三
雛祭　九三
雛流し　九四
雛納め　九五
闘牛　九五
鶏合　九五
雁風呂　九六
伊勢参　九六
十三詣　九六
義士祭　九七
釈奠　九七
水口祭　九七
四月馬鹿　九八
昭和の日　九八
みどりの日　九八
メーデー　九九

どんたく　九九
都をどり　九九
鴨川をどり　一〇〇
春祭　一〇〇
北野菜種御供　一〇〇
春日祭　一〇一
鎮花祭　一〇一
安良居祭　一〇一
高山祭　一〇二
靖国祭　一〇三
先帝祭　一〇三
涅槃会　一〇三
常楽会　一〇四
竹送り　一〇四
修二会　一〇四
お水取　一〇五
嵯峨の柱炬　一〇五
嵯峨大念仏　一〇五
彼岸会　一〇六
御影供　一〇六
聖霊会　一〇七
開帳　一〇七
遍路　一〇七
仏生会　一〇八
吉野の花会式　一〇九
御身拭　一〇九
鞍馬の花供養　一〇九
御忌　一一〇
壬生念仏　一一〇
峰入　一一一
鐘供養　一一一
バレンタインの日　一一一
謝肉祭　一一三
御告祭　一一三
受難節　一一三
聖金曜日　一一三
復活祭　一一三
良寛忌　一一三
義仲忌　一一三
実朝忌　一一四
光悦忌　一一四
大石忌　一一四
西行忌　一一五
利休忌　一一五
梅若忌　一一五
人麻呂忌　一一六
蓮如忌　一一六
友二忌　一一六
菜の花忌　一一七
かの子忌　一一七
鳴雪忌　一一七
多喜二忌　一一七
風生忌　一一八
茂吉忌　一一八

## 動物

鱒　一三九
諸子　一三九
公魚　一四〇
桜鯎　一四〇
柳鮠　一四〇
乗込鮒　一四一
若鮎　一四一
蛍烏賊　一四一
花烏賊　一四二
飯蛸　一四二
栄螺　一四二
蛤　一四二
浅蜊　一四三
馬蛤貝　一四三
桜貝　一四三
蜆　一四四
蜷　一四四
田螺　一四四
烏貝　一四五
月日貝　一四五
望潮　一四五
寄居虫　一四五
磯巾着　一四六
海胆　一四六
雪虫　一四七
地虫穴を出づ　一四七
蝶　一四七
蜂　一四八
虻　一四八
春の蚊　一四九
春の蠅　一四九
蚕　一四九
春蟬　一五〇

## 植物

梅　一五一
紅梅　一五三
椿　一五三
初桜　一五三
彼岸桜　一五三
枝垂桜　一五三
桜　一五四
花　一五五
山桜　一五五
八重桜　一五六
遅桜　一五六
残花　一五七
落花　一五七
桜蘂降る　一五七
牡丹の芽　一五八
薔薇の芽　一五八
山茱萸の花　一五八
黄梅　一五九
紫荊　一五九

辛夷　一五九
花水木　一六〇
三椏の花　一六〇
沈丁花　一六〇
連翹　一六一
土佐水木　一六一
ミモザ　一六一
海棠　一六一
ライラック　一六二
山桜桃の花　一六二
桜桃の花　一六二
青木の花　一六三
馬酔木の花　一六三
満天星の花　一六三
躑躅　一六四
山査子の花　一六四
小粉団の花　一六四
雪柳　一六五
木蓮　一六五
藤　一六五
山吹　一六六
夏蜜柑　一六七
桃の花　一六七
李の花　一六七
梨の花　一六八
杏の花　一六八
林檎の花　一六九
木瓜の花　一六九
木の芽　一六九
蘗　一七〇
若緑　一七〇
柳の芽　一七〇
山椒の芽　一七一
楓の芽　一七一
楤の芽　一七一
枸杞　一七二
五加木　一七二
柳　一七二
金縷梅　一七三
櫨子の花　一七三
松の花　一七三
杉の花　一七四
銀杏の花　一七四
榛の花　一七四
楓の花　一七五
木五倍子の花　一七五
白樺の花　一七五
樫の花　一七六
猫柳　一七六
柳絮　一七六
木苺の花　一七六
枸橘の花　一七七
黄楊の花　一七七
接骨木の花　一七七

桑 一七八
榲の花 一七八
鈴懸の花 一七八
花筏 一七八
通草の花 一七九
山帰来の花 一七九
郁子の花 一七九
竹の秋 一七九
春の筍 一八〇
春落葉 一八〇
𣘺菖蒲 一八〇
黄水仙 一八一
喇叭水仙 一八一
華鬘草 一八一
雛菊 一八一
東菊 一八三
金盞花 一八三
勿忘草 一八三
シネラリア 一八三
アネモネ 一八三
フリージア 一八三
チューリップ 一八四
ムスカリ 一八四
ヘリオトロープ 一八四
クロッカス 一八五
シクラメン 一八五
ヒヤシンス 一八五
スイートピー 一八六
君子蘭 一八六
オキザリス 一八六
霞草 一八七
苧環の花 一八七
都忘れ 一八七
花菫 一八七
芝桜 一八八
菊の苗 一八八
菜の花 一八八
大根の花 一八九
諸葛菜 一八九
豆の花 一八九
葱坊主 一九〇
苺の花 一九〇
萵苣 一九〇
菠薐草 一九〇
鶯菜 一九一
水菜 一九一
茎立 一九一
芥菜 一九二
三葉芹 一九二
春大根 一九二
三月菜 一九二
独活 一九二
春菊 一九三
菫 一九三

蒜　一九三
胡葱　一九四
防風　一九四
山葵　一九四
茗荷竹　一九五
青麦　一九五
種芋　一九五
春の草　一九五
下萌　一九六
草の芽　一九六
ものの芽　一九六
末黒の芒　一九七
蔦の芽　一九七
雪間草　一九七
若草　一九七
双葉　一九八
古草　一九八
若芝　一九八
草若葉　一九八
萩若葉　一九九
蔦若葉　一九九
菫　一九九
紫雲英　二〇〇
苜蓿　二〇〇
薺の花　二〇〇
蒲公英　二〇一
土筆　二〇一
杉菜　二〇二
蘩蔞　二〇二
桜草　二〇二
州浜草　二〇三
翁草　二〇三
錨草　二〇三
一輪草　二〇三
虎杖　二〇四
酸葉　二〇四
羊蹄　二〇四
薊　二〇四
座禅草　二〇五
蕨　二〇五
薇　二〇五
芹　二〇六
野蒜　二〇六
犬ふぐり　二〇六
山吹草　二〇七
十二単　二〇七
金瘡小草　二〇七
春蘭　二〇七
化偸草　二〇八
蝮蛇草　二〇八
金鳳花　二〇八
一人静　二〇八
二人静　二〇九
母子草　二〇九

蕗の薹　二〇九
蓬　二一〇
嫁菜　二一〇
明日葉　二一〇
茅花　二一一
髢草　二一一
片栗の花　二一一
春竜胆　二一二
水草生ふ　二一二
蘆の角　二一三
蘆の若葉　二一三
真菰の芽　二一三
春椎茸　二一三
松露　二一四
若布　二一四
搗布　二一五
鹿尾菜　二一五
角叉　二一五
海雲　二一五
石蓴　二一六
海苔　二一六
海髪　二一七

春の行事　二一八
春の忌日　二二三
さらに深めたい俳句表現　二三九
読めますか　春の季語　二三三
索引　二三九

# 時候

**【春《はる》】** 陽春　芳春　三春　九春

立春（二月四日ごろ）から立夏（五月六日ごろ）の前日までをいう。新暦ではほぼ二、三、四月にあたるが、旧暦では一、二、三月。三春は初春・仲春・晩春、九春は春九旬（九十日間）のこと。陽春・芳春は春をさす漢語。❖「はる」は「晴る」また「張る」の意などから。万物が発生する明るい季節である。

春もやゝけしきとゝのふ月と梅　芭蕉
春や昔十五万石の城下かな　正岡子規
麗しき春の七曜またはじまる　山口誓子
春を病み松の根っ子も見あきたり　西東三鬼
女身仏に春剝落のつゞきをり　細見綾子
少年や六十年後の春の如し　永田耕衣
春ひとり槍投げて槍に歩み寄る　能村登四郎
人は影鳥は光を曳きて春　永方裕子
虫鳥のくるしき春を不為《なにもせず》　高橋睦郎
春や子に欲し青雲のこころざし　加古宗也
春なれや水の厚みの中に魚　岩田由美
陽春の雀があげし雪煙　石田郷子

**【睦月《むつき》】**

旧暦一月の異称。年の初めにみな睦みあう意の「むつび月」の略。↓一月（冬）

山深く睦月の仏送りけり　西島麦南
筑紫野はははこべ花咲く睦月かな　杉田久女

**【二月《にがつ》】**

月の初めに立春がある。早春・春浅しといった気分のころで、寒さはなお厳しい。季節風も強く、大陸から寒波の襲うこともあるが、しだいに日は長くなり春らしくなるのが感じられる。新潟・富山県などの豪雪地帯では二月の降雪が一～二メートル前後に及ぶ所もあるが、関東地方では鶯の初音が聞かれ、梅も開く。↓如月

竹林の月の奥より二月来る　飯田龍太
詩に瘦せて二月渚をゆくはわたし　三橋鷹女
木曾馬の黒瞳《め》みひらく二月かな　大峯あきら
風二月顔よごれきる塞の神　原裕
喪服着て水の眩しき二月かな　村上鞆彦

**【旧正月《きうしやうぐわつ》】**　旧正

旧暦の正月。地方によっては今も新暦二月に正月を祝う所がある。❖地方の古風な風習という印象で、なつかしい味わいがある。↓正月（新年）

ふるさとや旧正月の雪籠り　名和三幹竹
道ばたに旧正月の人立てる　中村草田男
旧正の餅菓子を切る赤き糸　明隅礼子

**【寒明《かんあけ》】**　寒明く　寒の明

小寒・大寒と続いた三十日間の寒の明けることで、二月四日ごろにあたる。↓立春・寒の入（冬）・寒（冬）

寒明や雨が濡らせる小松原　安住敦
寒明けの崖のこぼせる土赤く　木下夕爾
寒明けの雨横降りに最上川　林徹
川波の手がひら〳〵と寒明くる　飯田蛇笏
寒明くる身の関節のゆるやかに　三橋敏雄
石橋のもとより厚き寒の明け　鷹羽狩行

**【立春《りつしゆん》】**　春立つ　春来《はるきた》る　春来《はるく》　立春大吉

二十四節気は一年を二十四に分けたもので、立春はその一つ。節分の翌日にあたり、二月四日ごろ。暦の上ではこの日から春になる。❖寒気の中に春のきざしが感じられるころ。寒明が厳しい季節の余韻の中でほっとした気分をいうのに対し、立春は新しい

豊かな季節への思いが強い。↓寒明

さゞ波は立春の譜をひろげたり　渡邊水巴
立春の米こぼれをり葛西橋　石田波郷
立春の竹一幹の目覚めかな　野澤節子
立春や月の兎は耳立てゝ　星野椿
立春の駅天窓の日を降らし　寺島ただし
川下へ光る川面や春立ちぬ　高浜年尾
勾玉のはだらの青に春立ちぬ　永井龍男
春立つや子規より手紙漱石へ　榎本好宏
立春大吉舟屋の前に赤き泛子《うき》　池上樵人

【早春《さうしゆん》】　初春　春きざす

立春後、二月いっぱいくらいをいう。❖「早春賦」（吉丸一昌作詞）に「春は名のみの風の寒さや」とあるようにまだ寒く、春早々の気配がただよう。↓春浅し

早春や道の左右に潮満ちて　石田波郷
早春の森にあつまり泥の径　鈴木六林男
早春の飛鳥陽石蒼古たり　金子兜太
早春の湖《うみ》眩しくて人に逢ふ　横山房子
早春の見えぬもの降る雑木山　山田みづえ
早春の火を焚いてゐる桑畑　永方裕子
美しき奈良の菓子より春兆す　殿村菟絲子

【春浅し《はるあさし》】　浅春

春になったものの、春色はまだ整わない。降雪もあり、木々の芽吹きには間があるころである。↓早春

剝製の鳥の埃や春浅し　柴田宵曲
木の間とぶ雲のはやさや春浅き　三好達治
春浅し空また月をそだてそめ　久保田万太郎
猛獣にまだ春浅き園の樹々　本田あふひ
春浅き空へさし入る木々の末《うれ》　星野恒彦
春あさきまま川浪と笛の音と　中田剛
浅春や木の枝嚙めば香ばしき　青柳志解樹

【冴返る《さえかへる》】　凍返る《いてかへる》　寒戻る

立春を過ぎ暖かくなりかけたところに寒さが戻ることをいう。再びの寒気で心身の澄み

渡るような感覚が呼び覚まされる。❖冬の寒気が透徹した状態を「冴ゆ」。それが再び返るのが「冴返る」である。↓余寒・春寒・冴ゆ（冬）

冴えかへるもののひとつに夜の鼻　加藤楸邨
物置けばすぐ影添ひて冴返る　大野林火
冴え返る径熊笹の刃をなせり　山口草堂
翻然と又敢然と冴返る　相生垣瓜人
冴え返るとは取り落すものの音　石田勝彦
寒戻る寒にとどめをさすごとく　鷹羽狩行

**【余寒《よかん》】**　残る寒さ

寒明後になお残る寒さをいう。↓春寒・冴返る

鎌倉を驚かしたる余寒あり　高浜虚子
世を恋うて人を怖るゝ余寒かな　村上鬼城
水滴の天に余寒の穴ひとつ　上田五千石
遠きほど家寄り合へる余寒かな　廣瀬直人
ひらき見る手になにもなき余寒かな　加藤耕子
塔の影水にうごかぬ余寒かな　安立公彦
水底に藻の照りわたる余寒かな　藺草慶子
人形の目の一重なる余寒かな　甲斐由起子

**【春寒《はるさむ》】**　春寒し　春寒《しゅんかん》　料峭《れうせう》

立春後の寒さ。余寒と同じであるが、すでに春になった気分が強い。料峭は春風が冷たく感じられること。春寒・料峭ともに手紙の書き出しにも用いられる。↓余寒・冴返る

春寒し風の笹山ひるがへり　暁台
春寒の闇一枚の伎芸天　古舘曹人
春寒や議事堂裏は下り坂　尾池和夫
春寒し水田の上の根なし雲　河東碧梧桐
春寒の足輪つけたる迷ひ鳩　小林清之助
春寒し引戸重たき母の家　小川濤美子
料峭や家焼けて門のこりたる　宮下翠舟
料峭や人より長き棒の影　棚山波朗
料峭のこぼれ松葉を焚きくれし　西村和子

【春めく《はるめく》】

寒さがゆるみ春らしくなること。気温があがり、木々の芽も動き始める。

春めきてものの果てなる空の色　飯田蛇笏
人影のなけれど園の春めける　清崎敏郎
春めくや階下に宵の女客　鷹羽狩行
のめといふ魚のぬめりも春めけり　茨木和生

【雨水《うすい》】

二十四節気の一つで、二月十九日ごろにあたる。降る雪が雨に変わり、積もった雪や氷が解けて水となるとの意から、雨水という。農耕の準備も始まるころである。

大楠に諸鳥こぞる雨水かな　木村蕪城
農鍛冶の鞴やすみの雨水かな　大石悦子
金色に竹の枯れたる雨水かな　津川絵理子

【二月尽《にぐわつじん》】二月果つ　二月尽く

新暦二月の終わり。短い月が慌ただしく過ぎる感慨と同時に、寒さがゆるみ、ほっとした気分もただよう。❖改暦した近代以後の季語。「尽」というのは本来、惜春の情の深い「弥生尽」、秋の終わりを惜しむ「九月尽」のみに季語として使われていた。

二月尽母待つ家がときに憂し　鈴木榮子
木々の瘤空にきらめく二月尽　原　裕
真直なる幹に雨沁む二月尽　福永耕二
二三日葬りに使ひ二月尽　伊藤敬子
光りつつ鳥影よぎる二月尽　小沢明美

【仲春《ちゆうしゆん》】春なかば

初春・晩春に対する語で新暦三月にあたる。地方によりずれはあるが、早春の季節が過ぎて春本番となるころである。→早春・晩春

仲春や庭の撩乱古机　松根東洋城
肋木の影の木の数春半ば　杉野一博

【如月《きさらぎ》】衣更着《きさらぎ》

旧暦二月の異称。「きさらぎ」の語源には

諸説あるが、連歌・俳諧では寒さが戻り衣を更に重ねるからとされてきた。❖ほぼ新暦三月にあたり春も深まりつつあるころだが、余寒が肌に厳しい感じをいう。

如月の水にひとひら金閣寺　川崎展宏
きさらぎや銀器使はれては傷を　大井雅人
如月の息かけて刃のうらおもて　長谷川久々子
如月の真鯉重たくすれちがふ　福谷俊子
きさらぎや波かぶりては磯光り　三森鉄治
きさらぎの青磁の壺の軽さかな　佐藤郁良

**【三月《さんぐわつ》】**

気温が上昇し、雨量も増える。暖かい地方では菜の花や桃が咲き始める。↓弥生《やよひ》

雨がちにはや三月もなかばかな　久保田万太郎
いきいきと三月生まる雲の奥　飯田龍太
三月やモナリザを売る石畳　秋元不死男
三月や遺影は眼逸らさざる　照井翠

**【うりずん《うりずん》】**

沖縄で旧暦二、三月ごろをいう。乾燥した時期が過ぎて大地が潤う時節。「うるおい（潤）つみ（積）」に由来し、このころから南風が吹き始めるという。「おれづみ」ともいう。

うりずんや道濡れてゐる島の朝　前田貴美子
うりずんの仔牛の鼻の湿りをり　中村阪子
うりずんの海人《うみんちゅ》海へ出払ひぬ　眞榮城いさを
うりずんや波ともならず海ゆれて　正木ゆう子

**【啓蟄《けいちつ》】**

二十四節気の一つで、三月五日ごろにあたる。暖かくなってきて、冬眠していた蟻・地虫・蛇・蛙などが穴を出るころとされる。
↓蛇穴を出づ・地虫穴を出づ

啓蟄のつちくれ躍り掃かれけり　吉岡禅寺洞
啓蟄の蚯蚓の紅のすきとほる　山口青邨
啓蟄の雲にしたがふ一日かな　加藤楸邨
啓蟄のみみず横縞きらめかす　後藤比奈夫

啓蟄や墓原雨を吸ひて飽かず　松崎鉄之介
水あふれゐて啓蟄の最上川　森　澄雄
啓蟄の土まだ覚めず父の墓　古賀まり子
啓蟄の土著けて蟻闘へり　鷹羽狩行
啓蟄の小石の影のもちあがる　石嶌　岳
啓蟄や鞄の中の電子音　長嶺千晶

**【春分《しゅんぶん》】**　中日《ちゅうにち》

二十四節気の一つで、三月二十日ごろ。太陽が春分点に達し、昼夜の時間がほぼ等しくなる日。春の彼岸の中日にあたる。春分から夏至まで昼の時間は徐々に長くなる。また春分から四月初めにかけて気温はぐんぐん上昇する。❖本格的な春到来の時節。

↓彼岸・春分の日・彼岸会

春分の田の涯にある雪の寺　皆川盤水
春分や手を吸ひにくる鯉の口　宇佐美魚目
春分の時報は島の塔に鳴る　北澤瑞史

**【彼岸《ひがん》】**　お彼岸　入彼岸　彼岸過

春分の日を中日とする前後三日の七日間。単に彼岸といえば春の彼岸をさす。寺では彼岸会が修され、先祖の墓参りをする。「暑さ寒さも彼岸まで」というように、このころから春暖の気が定まる。↓春分・彼岸会・秋彼岸（秋）

山寺の扉《と》に雲あそぶ彼岸かな　飯田蛇笏
竹の芽も茜さしたる彼岸かな　芥川龍之介
人界のともしび赤き彼岸かな　相馬遷子
義仲寺の水のにごれる彼岸かな　深見けん二
大榧の鳥を入れたる彼岸かな　西尾　一
お彼岸のきれいな顔の雀かな　勝又一透
毎年よ彼岸の入に寒いのは　正岡子規
彼岸入蓮華びらきに煮炊きの火　小檜山繁子
兄妹の相睦みけり彼岸過　石田波郷

**【春社《しゅんしゃ》】**　社日《しゃにち》　社日参　社翁の雨

春の社日。社日は、春分または秋分に最も近い戊《つちのえ》の日。単に社日といえば春社をさす。

中国から入ってきた習俗で、この日に社に五穀の種を供えて豊穣を祈る。田の神信仰と習合して各地に広まり、節日となった。

鳶ついと社日の肴《さかな》領しけり　嘯　山
村口の土橋の雨も社日かな　松根東洋城
天井から卸す社日の古き膳　岡本癖三酔
水飴の瓶の口切る社日かな　星野麥丘人
竹林に社日の雨の音もなし　古谷実喜夫

【晩春《ばんしゅん》】

地方によってずれはあるが、四月も半ばを過ぎると春もそろそろ終わりという気分が強くなる。❖暮の春・行く春などと同じ時期だが、晩春には春が熟したおおらかな気分がある。↓暮の春・行く春・春惜しむ

晩春の瀬々のしろきをあはれとす　山口誓子
晩春の旅よりもどる壺かかへ　青柳志解樹

【弥生《やよひ》】

旧暦三月の異称。草木がいやが上にも生える「いやおひ（弥生）」の転。↓三月

濃かに弥生の雲の流れけり　夏目漱石
降りつづく弥生半となりにけり　高浜虚子
家建ちて星新しき弥生かな　原　石鼎
近づいて声なつかしき弥生かな　廣瀬直人

【四月《しぐわつ》】

桜・桃・梨など百花咲き乱れ、春たけなわの月。一年を通じて気温上昇の割合が最も大きい。曇りがちの日が多く、時に強い南風が吹く。学校や会社では新年度が始まる。

↓卯月《うづき》（夏）

妹の嫁ぎて四月永かりき　中村草田男
四月始まる豁然と田がひらけ　相馬遷子
大学にポスター多き四月かな　宇佐美敏夫
通らせてもらふ四月の網干場　市場基巳
靄に透く紺の山なみ四月かな　三森鉄治
教室に世界地図ある四月かな　明隅礼子

【清明《せいめい》】

二十四節気の一つで、四月五日ごろにあたる。清浄明潔を略したものといわれ、万物が潑剌としている意から、清明という。❖中国では清明に墓参などをする。その風習が沖縄に伝わり「シーミー」「シーミー祭」となっている。

清明や街道の松高く立つ　桂　信子
清明の雨に光れる瑠璃瓦　古賀まり子
清明の明け方冷ゆる鞍馬かな　森田公司
水口に清明の雲はしりけり　大嶽青児
清明や鳥はくちばし閉ぢて飛ぶ　鶴岡加苗

**【春の日《はるのひ》】**　春日《しゅんじつ》　春日《はるひ》

春の一日をいう。明るい日差しが感じられる。→春の日（天文）

春の日を音せで暮るる簾かな　白　雄
西山の山寺にあり春一日　高浜虚子
春の日やあやとりのあと縄電車　鷹羽狩行

**【春暁《しゅんぎょう》】**　春の暁　春の曙　春の朝

春の夜明け、東の空がほのぼのとしらみかける時分。暁は古くはまだ暗い暁闇を意味したが、現在では曙とともに、やや明るくなったときをいう。「春暁」は孟浩然の詩で親しまれ、「春の曙」は『枕草子』冒頭の章句「春は曙。やうやうしろくなりゆく山際、少しあかりて、紫だちたる雲の細くたなびきたる」の趣きとして定着した。❖「春の朝」は春暁の一刻が過ぎ、すっかり夜が明けきってからをいう。

春暁や田水にすつと日が走り　松村蒼石
春暁や人こそ知らね木々の雨　日野草城
ながきながき春暁の貨車なつかしき　加藤楸邨
春暁やあさき夢見し夢の中　草間時彦
ねむる子に北の春暁すみれ色　成田千空
春暁のもつとも遠き音を恋ふ　能村登四郎
春暁や夢のつづきに子をあやし　上田日差子
春曙何すべくして目覚めけむ　野澤節子

春は曙そろそろ帰ってくれないか　櫂　未知子
新聞に肘ついて読む春の朝　小川軽舟

**【春《しゆん》昼《ちう》】** 春の昼

春の昼はのんびりと明るい。うとうとと眠りを誘われるような心地よさだが、どことなくけだるさも感じる。❖大正以降に使われるようになった季語で、その後「秋の昼」も用いられるようになった。

妻抱かな春昼の砂利踏みて帰る　中村草田男
春昼の指とどまれば琴も止む　野澤節子
春昼の生家貫ぬく太柱　野見山ひふみ
春昼の盥に満ちて嬰児《やや》の四肢　山崎ひさを
春昼や時計の中へ戻る鳩　金子　敦
鐘の音を追ふ鐘の音よ春の昼　木下夕爾
客間とは誰もゐぬ部屋春の昼　片山由美子
春の昼大きな籠の燃ゆるなり　和田耕三郎
子のくるる何の花びら春の昼　髙田正子

**【春の暮《はるのくれ》】** 春の夕　春夕べ

春の夕べ、夕暮れ時。日ごとに日の暮れるのが遅くなり駘蕩とした気分が漂う。春季の終わりは、「暮の春」といって区別する。↓春の宵・暮の春

いづかたも水行く途中春の暮　永田耕衣
妻亡くて道に出てをり春の暮　森　澄雄
鈴に入る玉こそよけれ春のくれ　三橋敏雄
近づきて塔見失ふ春の暮　邊見京子
にはとりのすこし飛んだる春の暮　今井杏太郎
擂粉木のあたまを遣ふはるのくれ　中原道夫
石捨てて子どもが帰る春の暮　日原　傳
硝子戸は海の入口春の暮　辻内京子
春のゆふべは母の辺にあるごとし　黛　執

**【春の宵《はるのよひ》】** 春宵《しゆんせう》　宵の春

夕暮れのあと、夜がまだ更けないころ。「春宵一刻直《あたい》千金」というように、春の宵はどことなく艶めいており、華やぎが感じられる。↓春の暮・春の夜

公達に狐化けたり宵の春　蕪村
「前略」と書きしばかりや春の宵　中村苑子
抱けば吾子眠る早さの春の宵　深見けん二
客を待つ一卓一花春の宵　岩崎照子
しつとりと閉まる茶筒や春の宵　田代青山
春宵の玉露は美酒の色に出づ　富安風生
春宵のこの美しさ惜しむべし　星野立子
春宵やセロリを削る細身の刃　石田波郷

## 【春の夜《はるのよ》】　春夜《しゅんや》　夜半《よは》の春《はる》

夜の時間は、夕べ→宵→夜中と深まっていく。春の夜は朧夜となることも多く、艶なる趣が満ちる。❖古歌・俳諧では「春の夜《よ》」といい、「春の夜《よる》」とは使われていなかった。→春の暮・春の宵

時計屋の時計春の夜どれがほんと　久保田万太郎
春の夜のつめたき掌なりかさねおく　長谷川素逝
春の夜の子を踏むまじく疲れけり　石田波郷
春の夜の指にしたがふ陶土かな　阪本謙二
春の夜や長からねども物語　岩田由美
妻も覚めて二こと三こと夜半の春　日野草城

## 【暖か《あたたか》】　あたたけし　ぬくし　春暖

彼岸のころからそろそろ暖かくなる。心地よく温暖な春の陽気をいう。→春暑し

暖かや飴の中から桃太郎　川端茅舎
暖かや背の子の言葉聞きながし　中村汀女
あたたかや道をへだてて神仏　富安風生
踏みはづす手乗り文鳥あたたかや　秋元不死男
あたたかに柄杓の伏せてありにけり　勝又一透
あたたかや鳩の中なる乳母車　野見山朱鳥
あたたかや布巾にふの字ふつくらと　片山由美子

## 【麗か《うららか》】　うらら　うららけし　麗日

なごやかな春日に万象玲瓏《れいろう》と晴れ輝くさまである。❖「うらら」から派生して「秋うらら」「冬うらら」とはいうが春は「春うらら」という必要はない。→秋麗（秋）・冬麗（冬）

うららかや空より青き流れあり　阿部みどり女
麗かや野に死に真似の遊びして　中村苑子
鯉のくち後ずさりゆくうららかに　小宅容義
うららかやかんばせ風にふちどられ　行方克巳
うららかや川を挟みて次の駅　岩田由美
仏唇に朱の残りをりうららなり　林　翔
石三つ寄せてうららや野の竈　福永耕二
九官鳥同士は無口うららけし　望月　周
病む人へ麗日待ちて文を書く　古賀まり子

**【長閑《のどか》】**　長閑さ　のどけし　のどけさ　駘蕩

春の日中はゆったりとしてのびやかである。その静かに落ち着いたさまをいう。

古寺の古文書もなく長閑なり　高浜虚子
島に来てのどかや太きにぎり鮨　桂　樟蹊子
のどかさに寝てしまひけり草の上　松根東洋城
のどけしや数ならぬ身を橋の上　櫂　未知子
駘蕩として鹿の目の長まつげ　八染藍子

**【日永《ひなが》】**　永き日　永日

春分を過ぎると夜よりも昼の時間が長くなり始める。日中ゆとりもでき、気持ちものびやかになる。❖実際に最も昼が長いのは夏至の前後だが、春は冬の短日を託《かこ》ったあとなので日が長くなった感慨が強い。夏は夜の短さを惜しんで「短夜《みじかよ》」という。↓長閑《のどか》・遅日

驢馬に乗る子に長江の日永かな　松崎鉄之介
球根のおが屑払ふ日永かな　遠藤由樹子
犬の仔を見せあってゐる日永かな　石田郷子
永き日や欠伸うつして別れ行く　夏目漱石
永き日のにはとり柵を越えにけり　芝　不器男
永き日のうしろへ道の伸びてをり　村越化石
永き日の鐘と撞木の間かな　小笠原和男
鳥は鳥にまぎれて永き日なりけり　八田木枯
永き日の島一つ沖へ行く如し　大串　章
永き日や問診票のペンに紐　柘植史子

永き日の日は雲中に力増し　金原知典

【遅日《ちじつ》】遅き日　暮遅し　暮れかぬ　夕永し

春日遅々として暮れかねること。❖日永と同じだが、遅日は日暮れの遅くなることに重点を置く。→日永

遅き日のつもりて遠きむかしかな　蕪　村
この庭の遅日の石のいつまでも　高浜虚子
縄とびの端もたさるる遅日かな　橋　閒石
生簀籠波間に浮ける遅日かな　鈴木真砂女
揚げ船に波の這ひ寄る遅日かな　黛　執
いつまでも窓に島ある遅日かな　寺島ただし
松の上に人の働く遅日かな　藤本美和子
もとほるや遅き日暮るる黒木御所　志城　柏
をみなにも着流しごころ夕永し　岡本　眸
水よりも鮒つめたくて夕永し　友岡子郷

【木の芽時《このめどき》】木の芽山　木の芽冷　木の芽晴　木の芽雨　木の芽風　芽起こし

さまざまな木が芽吹くころをいう。木の種類や寒暖によって遅速はあるが、確かな春の息吹を感じる時である。木の芽時の雨を「木の芽起こし」「芽起こし」ということがある。→木の芽

源泉に硫気ほのかや木の芽時　上田五千石
ひたひたと夢のつゞきの木の芽山　矢島渚男
結婚記念日いつもながらの木の芽冷え　大牧　広
木の芽雨もめん豆腐に布目あと　伊藤敬子
木の芽風燈台白をはためかす　桂　信子

【花時《はなどき》】桜時　花のころ　花過ぎ

桜の咲くころをいう。大方の桜が散ったころが花過ぎ。

花どきの峠にかかる柩かな　大峯あきら
花時の赤子の爪を切りにけり　藤本美和子
さきがけて駅の灯の点き桜どき　鷹羽狩行

【花冷《はなびえ》】

桜の咲くころ、急に冷え込むことがある。

花冷という言葉のもつ美しい響きが好まれる。❖花時に感じる冷えを意味するので「花の冷」「桜冷」「花冷ゆ」などとせず「花冷」の形で使いたい。

一灯にみな花冷えの影法師　大野林火
花冷の百人町といふところ　草間時彦
花冷えや出刃で掻き出す魚の腸《わた》　河合凱夫
花冷や吾に象牙の聴診器　水原春郎
生誕も死も花冷えの寝間ひとつ　福田甲子雄
花冷や柱しづかな親の家　正木ゆう子
花冷や砕きて白き吉野葛　長谷川櫂
花冷の湯葉のうすきを掬ひけり　石嶌岳

**【蛙の目借時《かはづのめかりどき》】**　目借時

春が深まり、眠気をもよおすようなころをいう。蛙が人の目を借りてゆくからという俗説に基づく俳諧味のある季語である。❖「めかり」は本来は蛙の求愛行動の「妻《め》狩り」の意などというが、「目借《めか》り」の面白味を楽しんで使われてきた。

目借時狩野の襖絵古りに古り　京極杜藻
水飲みてすこしさびしき目借時　能村登四郎
顔拭いて顔細りけり目借どき　岸田稚魚
煙草吸ふや夜のやはらかき目借時　森澄雄
種あかす手品などみて目借時　髙澤良一

**【穀雨《こくう》】**

二十四節気の一つで、四月二十日ごろにあたる。穀物を育てる雨という意から穀雨という。

まつすぐに草立ち上がる穀雨かな　岬雪夫
ひねもすの穀雨の雨となりしかな　西嶋あさ子

**【春深し《はるふかし》】**　春闌く《はるたく》　春更く《はるふく》

桜も散って、風物の様子にどことなく春も盛りを過ぎたと感じられるころをいう。同じ時期を指す「夏近し」に次の季節への期待があるのに対して、「春深し」は春の頂点を過ぎた懈怠《けたい》の気分を宿す。❖慣用的に用いられる「春深む」は一考を要する。「深む」は「深める」の意であり、「深まる」の意ではない。

夜をふかす灯の下さらに春ふかし　木津柳芽
まぶた重き仏を見たり深き春　細見綾子
カステラと聖書の厚み春深し　岩淵喜代子
長き橋渡りて町の春深し　高橋睦郎
春深き音をみちのくの土鈴かな　菅原闘也
春闌くや框石とて黒御影　宮坂静生
春更けて諸鳥啼くや雲の上　前田普羅

**【八十八夜《はちじふはちや》】**

立春から数えて八十八日め。五月二日ごろ。野菜の苗はようやく生長し、茶摘みも始まるので、農家は忙しい。「八十八夜の別れ霜」といわれるように、このころはまた終霜の時期でもある。→別れ霜

音立てて八十八夜の山の水　桂　信子
山の湯に膝抱き八十八夜かな　木内彰志
海に降る雨の八十八夜かな　大石悦子

**【春暑し《はるあつし》】**

春でありながら、気温が急上昇し、どうかすると汗ばむような暑さを覚える日がある。❖薄暑（初夏）とは違う春のうちの暑さをいう。→暖か

春暑し赤子抜き取る乳母車　二本松輝久

**【暮の春《くれのはる》】** 暮春《ぼしゆん》　春暮る《はるく》　春の果

春の終わろうとするころの意で、「春の暮」ではない。行く春・春惜しむ・晩春などという感慨につながる。→行く春・春惜しむ・晩春

暮の春仏頭のごと家に居り　岡井省二
ペン先の金やはらかや暮の春　小川軽舟
干潟遠く雲の光れる暮春かな　臼田亜浪
人入つて門のこりたる暮春かな　芝　不器男
島人に路地神灯る暮春かな　橋本鶏二
落丁のごとし暮春の時計鳴る　八田木枯

春暮るる会津に白き山いくつ　岡田日郎

**【行く春《ゆくはる》】**　逝く春　春行く　春尽く　徂春《そしゅん》

暮の春と同様、春の終わろうとするころをいう。❖「暮の春」が静的な捉え方であるのに対し、「行く春」は動的な捉え方であり、去り行く春を留めえぬ詠嘆がより深くこもる。→春惜しむ

行く春や鳥啼き魚の目は泪　芭蕉
行く春を近江の人と惜しみける　芭蕉
ゆく春やおもたき琵琶の抱きごゝろ　蕪村
行春や版木にのこる手毬唄　室生犀星
ゆく春の耳搔き耳になじみけり　久保田万太郎
行春のこころ実生の松にあり　後藤夜半
ゆく春や午鐘かぞへてあと一打　上野章子
行く春の地図に磁石をのせにけり　山本洋子
ゆく春の舷に手を置きにけり　鴇田智哉
春ゆくとひとでは足をうちかさね　八木絵馬
カナリヤの脚の薄紅春逝くか　桂信子
春尽きて山みな甲斐に走りけり　前田普羅

**【春惜しむ《はるをしむ》】**　惜春《せきしゅん》

過ぎ行く春を惜しむこと。過ぎ去る春に対する詠嘆がことば自体に強く表れて、ものの寂しさがある。❖日本の詩歌の伝統では、惜しむべき良き季節は春と秋であり、「春惜しむ」「秋惜しむ」とはいうが「夏惜しむ」「冬惜しむ」とはいわなかった。

春惜むおんすがたこそとこしなへ　水原秋櫻子
春惜しむすなはち命惜しむなり　石塚友二
波頭どどと崩れて春惜しむ　星野椿
臍の緒を家のどこかに春惜しむ　矢島渚男
逆さ鐘撞いて近江の春惜しむ　加古宗也
瑞牆《みづがき》山のふしぎな春を惜しみけり　千葉皓史
銀閣へゆかずに曲り春惜む　金原知典
惜春のわが道をわが歩幅にて　倉田紘文
惜春の白波寄するところまで　藤本美和子

惜春の橋の畔《たもと》といふところ　星野高士

【夏近し《なつちかし》】　夏隣

ようやく夏に移ろうとしているころのこと。夜の明けるのが早くなり、木々の緑の眩《まぶ》しさも夏の近いことを思わせる。❖春を惜しみつつも次の季節への期待がふくらむ。

夏近し雲見て膝に手をおけば　富安風生
夏近し二の腕軽く機を織り　安達実生子
街川の薬臭かすか夏隣　永方裕子
海沿ひに自転車つらね夏隣　岡部名保子
ひとりづつ既決箱へと夏隣　櫂未知子

【弥生尽《やよひじん》】　三月尽　四月尽

旧暦三月の晦日をいう。三月尽も同じ。春が尽きるという感慨がこもり、惜春の情の深いことばである。❖新暦になってからは春が尽きる感慨を四月尽として詠む作例も出てきた。三月尽は新暦三月の終わりの意でも使われる。

怠りし返事書く日や弥生尽　几董
日の影の池の底まで弥生尽　川上梨屋
弥生尽書架にもどらぬ中也の詩　矢地由紀子
桜日記三月尽と書き納む　正岡子規
あまき音のチェロが壁越し四月尽　秋元不死男
こんこんと眠る流木四月尽　秋沢猛

# 天文

**【春の日《はるのひ》】** 春日《はるひ》 春日影 春入日《はるいりひ》

うららかな明るい春の太陽、あるいはその日差しをいう。❖春日影は陽光のこと。↓春の日（時候）

春の日のぽとりと落つる湖のくに　岸田稚魚
春の日にすかして選ぶ手漉和紙　高橋悦男
大いなる春日の翼垂れてあり　鈴木花蓑
白波と春日漂ふ荒岬　桂信子
紫の山へ黄金《こがね》の春日入る　大峯あきら
出現の聖母の像に春日濃し　佐久間慧子

**【春光《しゆんくわう》】** 春色 春の色 春望 春の光

春景色のこと。まばゆい光や春らしい柔らかさを感じさせる。また春の陽光のこともいう。春色・春の色は春の風色。春望は春の眺め。❖春光は漢詩由来の語。本来は春の風光のことだが春の陽光の意もあり、その意で詠んだ句が多い。

春光の遍けれども風寒し　高浜虚子
春光や礁あらはに海揺るゝ　前田普羅
春光やさゞなみのごと茶畑あり　森田峠
春光や展翅のごとくうつぶせに　日原傳

**【春の空《はるのそら》】** 春空 春天

春の空は、晴れた日でもなんとなく白く霞んで見えることが多い。

山鳩の鳴きいづるなり春の空　松村蒼石
首長きりんの上の春の空　後藤比奈夫
死は春の空の渚に遊ぶべし　石原八束
春空へ堤斜めに上りけり　山根真矢
春天のとり落としたる鳥一つ　清崎敏郎

**【春の雲《はるのくも》】**

夏や秋の雲のようにはっきりとした形をなすことは少ないが、空全体に白く刷《は》いたような雲が現れることや、ふわりとした綿雲が浮かぶことがある。

春の雲人に行方を聴くごとし　飯田龍太
麦畑にひとり遊びの春の雲　遠藤梧逸
田に人のゐるやすらぎに春の雲　宇佐美魚目
二時限目はじまつてゐる春の雲　山本洋子
春の雲梯子外して運び行く　茨木和生

【春の月《はるのつき》】　春月《しゅんげつ》　春月夜　春満月　春三日月

春の月は柔らかく濡れたように見える。
❖古来、秋の月はさやけさを愛で、春の月は朧なるを愛でるというように、滴るばかりの風情を楽しむ。↓朧月・月（秋）

春の月さはらば雫たりぬべし　一茶
外にも出よ触るるばかりに春の月　中村汀女
車にも仰臥という死春の月　高野ムツオ
水の地球すこしはなれて春の月　正木ゆう子
菱形に包む赤子や春の月　小林貴子
百年は生きよみどりご春の月　仙田洋子
紺絣春月重く出でしかな　飯田龍太
初恋のあとの永生き春満月　池田澄子
春満月映す漆を重ねけり　野中亮介
春三日月近江は大き闇を持つ　鍵和田秞子

【朧《おぼろ》】

春は大気中の水分が増加し万物が霞んで見えることが多い。その現象を昼は霞というのに対して、夜は朧という。「草朧」「谷朧」「岩朧」、また鐘の音に「鐘朧」なども用いられる。↓朧月・春の月・霞

辛崎の松は花より朧にて　芭蕉
風呂の戸にせまりて谷の朧かな　原石鼎
貝こきと嚙めば朧の安房の国　飯田龍太
能舞台朽ちて朧のものの影　鷲谷七菜子
折鶴をひらけばいちまいの朧　澁谷道

燈明に離れて坐る朧かな　斎藤梅子
浪音の今宵は遠し草朧　本井英
流されてもうないはずの橋朧　永瀬十悟

**【朧月《おぼろづき》】**　月朧　朧月夜　朧夜

朧に霞んだ春の月で、薄絹に隔てられたような柔らかさを感じさせる。朧夜は朧月夜を略した語。『新古今集』の〈照りもせず曇りもはてぬ春の夜のおぼろ月夜にしくものぞなき　大江千里〉のように、古歌にもしばしば詠まれてきた。↓春の月・朧

大原や蝶の出て舞ふ朧月　丈草
さしぬきを足でぬぐ夜や朧月　蕪村
くもりたる古鏡の如し朧月　高浜虚子
木の家に棲み木の机おぼろ月　黒田杏子
おぼろ夜のかたまりとしてものおもふ　加藤楸邨
おぼろ夜のわが家に声をかけて入る　矢野景一
朧夜のマーマレードに深く匙　森賀まり

**【春の星《はるのほし》】**　春星《しゅんせい》

春の星は、柔らかい夜気に潤みつつ、しきりに瞬く。

春の星ひとつ潤めばみなうるむ　柴田白葉女
春の星またたきあひて近よらず　成瀬櫻桃子
乗鞍のかなた春星かぎりなし　前田普羅
妻の遺品ならざるはなし春星も　右城暮石
名ある星春星としてみなうるむ　山口誓子

**【春の闇《はるのやみ》】**

月の出ていない春の夜の闇をいう。『古今集』の〈春の夜の闇はあやなし梅の花色こそ見えね香やは隠るる　凡河内躬恒〉は有名。❖柔らかくみずみずしい闇の中には、芽ぐみ花開くものなどの息吹やささめきが宿り、神秘的な趣も持つ。

春の闇渚も音をさめけり　田村木国
千里より一里が遠き春の闇　飯田龍太
春の闇よりつぎつぎに濤頭　清崎敏郎
春の闇瑪瑙をひとつ孕みけり　鳴戸奈菜

春の闇生者は死者に会ひにゆく　西山　睦

【春風《はるかぜ》】　春風《しゅんぷう》　春の風

春風駘蕩《たいとう》というように、暖かくのどかに吹く風である。↓東風《こち》・春疾風《はるはやて》・風光る・涅《ね》槃西《はんにし》風・春一番

春風や堤長うして家遠し　蕪　村
春風や闘志いだきて丘に立つ　高浜虚子
春風や仏を刻む鉋屑　大谷句仏
古稀といふ春風にをる齢かな　富安風生
春風の檜原をかけし少女かな　岡井省二
兄妹にはるかぜ海を見にゆかむ　山田みづえ
泣いてゆく向うに母や春の風　中村汀女
春の風産着の白の尊しや　淺井一志
畳屋を出てゆく畳春の風　村上鞆彦

【東風《こち》】　朝東風　夕東風　強《つよ》東風　荒《あら》東風　雲雀《ひばり》東風　鰆《さはら》東風　梅東風　桜東風

東から吹くまだやや荒い早春の風。強東風はその激しいさまである。「東風」は古来春を告げる風、凍てを解く風、梅を咲かせる風として詠まれてきた。『拾遺集』の菅原道真の〈こち吹かば匂ひおこせよ梅の花あるじなしとて春を忘るな〉は有名。↓春風

東風吹くや耳現はるゝうなゐ髪　杉田久女
一湾の縁薄刃なす東風の波　福永耕二
朝東風に日のしろがねの端山かな　藤田湘子
夕東風のともしゆく燈のひとつづつ　木下夕爾
夕東風にしたがふごとし発つ汽車も　宮津昭彦
荒東風やふるまひ酒をこぼし合ひ　山尾玉藻
船の名の釣宿ばかり雲雀東風　古賀まり子

【貝寄風《かひよせ》】　貝寄

大阪四天王寺の聖霊会が行われるころに吹く強い季節風。この風で吹きよせられる貝殻で作った花を舞台に立てた。聖霊会はかつては旧暦二月二十二日、現在は新暦四月二十二日に行われる。↓春風・聖霊会

貝寄風や難波の蘆も葭も角　山口青邨
貝寄風に乗りて帰郷の船迅し　中村草田男
貝寄風の風に色あり光あり　松本たかし
貝寄せや我もうれしき難波人　松瀬青々

**【涅槃西風《ねはんにし》】**　涅槃吹《ねはんぶき》　彼岸西風《ひがんにし》

涅槃会（旧暦二月十五日）前後に吹く西風。俗に西方浄土《さいほうじようど》からの迎え風というが、この風が吹くと寒さが戻る。また春の彼岸のころにあたるので彼岸西風ともいう。→春風

涅槃西風麦のくさとるひとり言　松村蒼石
舟べりに鱗の乾く涅槃西風　桂　信子
涅槃西風すこし音して母の部屋　大澤ひろし
身のうちの透きゆくばかり涅槃西風　小島花枝
真夜中を過ぎて狂へる涅槃西風　福田甲子雄
鯉の麩は水面に乗つて涅槃西風　長谷川　櫂

**【比良八荒《ひらはつくわう》】**　比良の八荒　八講の荒れ

かつて比良山中各地で行われた法華八講を比良八講という。一説には近江の比良明神（白鬚神社）ゆかりの寺で旧暦二月二十四日に行われていたともいわれているがすでに絶えて久しい。現在は比叡山の僧により三月二十六日に行われる。その前後には寒さがぶり返し、比良山地から強風が吹き下ろして、琵琶湖が荒れることが多い。その強風を比良八荒という。❖「比良八荒」は天文の季語、「比良八講」は行事なので混同しないようにしたい。

比良八荒沖へ押し出す雲厚し　羽田岳水
比良八荒土間を濡らせる鮒の桶　酒井章鬼
比良八荒比良の見えざる荒れじまひ　尾池和夫
洗堰にも八講の荒れ及ぶ　三村純也

**【春一番《はるいちばん》】**　春二番　春三番

立春後、初めて吹く強い南風のこと。日本海低気圧によって激しく吹く。もとは壱岐地方などの漁師言葉であったが、気象用語

として定着した。→春風

春一番武蔵野の池波あげて　水原秋櫻子
春一番珊瑚の海をゆさぶりて　稲荷島人
春一番柩ぐらりとかつぎ出す　宮下翠舟
胸ぐらに母受けとむる春一番　岸田稚魚
春一番競馬新聞空を行く　水原春郎
春一番島に神父のおくれ着く　中尾杏子
酒蔵に板戸の枢春一番　金久美智子
春一番鞄の軽き日なりけり　藺草慶子

**【風光る《かぜひかる》】**

春になって日差しが強くなると、吹く風もきらめいているかのように感じられる。→春風

風光る海峡のわが若き鳶　佐藤鬼房
杉の秀《ほ》に並び立つ塔風光る　火村卓造
風光りすなはちもののみな光る　鷹羽狩行
風光る退きて読む花時計　中根美保
笛を吹く頬の産毛や風光る　角谷昌子

**【春疾風《はるはやて》】**　春颷《はるはやて》　春嵐　春荒《あれ》　春北風《はるきた》　春北風《はるならひ》

春の強風・突風をいう。西または南からの風で、雨を伴ったり、長時間砂塵を巻いたりする。→春風

春疾風屍は敢て出でゆくも　石田波郷
大阪の土を巻きあげ春疾風　宇多喜代子
鶏小屋に卵が五つ春疾風　高畑浩平
春嵐足ゆびをみなひらくマリヤ　飯島晴子
春北風白嶽の陽を吹きゆがむ　飯田蛇笏
さざ波はかへらざる波春ならひ　八田木枯
馬の背に陽光滑る春北風　藤木倶子

**【桜まじ《さくらまじ》】**

「まじ」は南風または南よりの風をいう。「桜まじ」は桜の花が咲くころの暖かな風。

待つことに馴れて沖暮る桜まじ　福田甲子雄
島人の訛うれしき桜まじ　南鹿郎
干網にのこる銀鱗桜まじ　藺草慶子

**【春塵《しゅんじん》】**　春の塵　春埃

春は風の強い日が多く、とかく埃や塵が立ちやすい。

春塵や観世音寺の観世音　高野素十

春塵にカリヨン光り歌ひだす　市村究一郎

春塵に押され大阪駅を出づ　辻田克巳

手鏡にありとしもなき春の塵　京極杜藻

活花のあさき水にも春の塵　鷹羽狩行

**【霾《つちふる》】**　霾《ばい》　霾《よな》ぐもり　霾風《ばいふう》　霾天《ばいてん》　黄砂　黄沙

春、モンゴルや中国北部で強風のために吹き上げられた多量の砂塵が、偏西風に乗って日本に飛来する現象。気象用語では黄砂。三月から五月に見られ、おもに関西や九州地方で空がどんよりと黄色っぽくなり、太陽も霞む。

霾るや星斗赤爛せしめつつ　小川軽舟

日は月のごとくに薄れ霾れる　日原傳

にはとりに牡蠣殻砕く霾ぐもり　広渡敬雄

黄砂ふる日を曼荼羅にぬかづきぬ　吉田汀史

砂時計あまた眠らせ黄砂降る　室生幸太郎

鳥の道きらりきらりと黄沙来る　石寒太

**【春雨《はるさめ》】**　春の雨　春霖《しゅんりん》

春雨はしめやかに小止みなく降る春の雨。春霖は数日間降り続く春の雨のこと。❖現代では「春雨」と「春の雨」は同義で用いられることが多いが、蕉門《しょうもん》では区別し、しとしと降り続く晩春の雨を春雨としていた。『三冊子』には「春雨は小止みなく、いつまでも降り続くやうにする、三月をいふ。二月末よりも用ふるなり。正月・二月初めを春の雨となり」とある。（ここでの三月・二月・正月は旧暦）→春時雨

春雨や小磯の小貝濡るゝほど　蕪村

春雨のかくまで暗くなるものか　高浜虚子

春雨の雲より鹿や三笠山　皆吉爽雨

春雨のあがるともなき明るさに　星野立子
春雨の檜にまじる翌檜《あすならう》　飯田龍太
捨て鍬の次第に濡れて春の雨　山口青邨

**【春時雨《はるしぐれ》】**　春驟雨《はるしゅうう》

春になっても時雨れることがある。春驟雨はやや雨足の強い春のにわか雨。❖時雨（初冬）が定めなく寂しいものであるのに対して、春時雨には明るさと艶やかさがある。→春雨・時雨（冬）

海の音山の音みな春しぐれ　中川宋淵
湖《うみ》の面に賤ケ岳より春時雨　八木林之助
晴れぎはのはらりきらりと春時雨　川崎展宏
アンダンテカンタービレの春時雨　稲畑廣太郎
春驟雨木馬小暗く廻り出す　石田波郷
大仏の忽ちに濡れ春驟雨　上野　泰
春驟雨花買ひて灯の軒づたひ　岡本　眸

**【菜種梅雨《なたねづゆ》】**

菜の花の咲くころしとしとと降り続く雨。❖気象用語として親しまれている。長雨だが菜の花の色から明るさも感じられる。→春雨

幻に建つ都府楼や菜種梅雨　野村喜舟
包丁を研ぎにほはせて菜種梅雨　長谷川浪々子
鯉痩せてしづかに浮ぶ菜種梅雨　福田甲子雄
炊き上る飯に光りや菜種梅雨　中嶋秀子

**【春の雪《はるのゆき》】**　春雪《しゅんせつ》　淡雪《あはゆき》　沫雪《あわゆき》　牡丹雪　桜隠し

冬の雪と違って解けやすく、降るそばから消えて積もることがないので淡雪・沫雪ともいう。雪とはいえ、晴れやかな感じである。「桜隠し」とは桜が咲く時期に降る雪。❖淡雪は淡い雪の意で歴史的かなづかいは「あはゆき」。「沫雪」は泡沫《うたかた》のように消えやすい雪の意で歴史的かなづかいは「あわゆき」。→雪の果・斑雪《はだれ》・雪（冬）

春の雪青菜をゆでてゐたる間も　細見綾子

青空をしばしこぼれぬ春の雪　原　石鼎
纜《ともづな》の張りてはこぼす春の雪　石田勝彦
灯に入りて大きくなりぬ春の雪　加藤瑠璃子
にわとりの卵あたたか春の雪　小西昭夫
こはだから握ってもらふ春の雪　長谷川　櫂
春雪の暫く降るや海の上　前田普羅
春雪三日祭の如く過ぎにけり　石田波郷
淡雪のつもるつもりや砂の上　久保田万太郎
淡雪や山にみひらく鰈の目　斎藤　玄
沫雪のことに触れたる誄詞かな　大石悦子
夜の町は紺しぼりつつ牡丹雪　桂　信子
手に何を握り産まれ来牡丹雪　ドゥーグル
可惜夜《あたらよ》の桜かくしとなりにけり　斉藤美規

【斑雪《はだれ》】　斑雪《はだれゆき》　はだら雪　はだら　はだれ野

まばらに降り積もった春の雪、または解けかけてまだらに残っている雪をいう。あるいは、はらはらとまばらに降る雪のこともいう。→春の雪

うつくしきはだれのこころしばしあり　岡井省二
雨ながら斑雪の光野に競ふ　堀口星眠
舟小屋の柱痩せをり斑雪　尾池葉子
はだれ野に朽ちて簓《ささら》の仏かな　小原啄葉
斑雪山月夜は滝のこだま浴び　飯田龍太

【雪の果《ゆきのはて》】　名残《なごり》の雪《ゆき》　雪の別れ　別れ雪　忘れ雪　涅槃雪

涅槃会《ねはんえ》（旧暦二月十五日）前後に降る雪が雪の終りといわれるが、実際にはそれ以降になることもある。名残の雪・雪の別れ・別れ雪は、いずれも最後の雪に心を寄せたことばである。→春の雪

松に鳴る風音堅し雪の果　石塚友二
再びの名残の雪と思ひけり　高木晴子
二上山《ふたかみ》も三輪山《みわ》もゆるびぬ別れ雪　和田悟朗
名も知らぬ塔抽んでて忘れ雪　長嶺千晶
涅槃雪渚に蒼くつもりけり　山本洋子

**【春の霙《はるのみぞれ》】** 春霙

春になっても寒いと霙の降ることがある。

❖「春の霙」「春の霰」「春の霜」はいずれも寒さの中に明るさと美しさを感じさせる。

↓霙（冬）

宮城野や春のみぞれを半眼に　佐藤鬼房
洛北や春の霙の小町寺　前田攝子
限りなく何か喪ふ春みぞれ　山田みづえ
鹿の斑のまだ見えてをり春霙　柚木紀子

**【春の霰《はるのあられ》】** 春霰《はるあられ》　春霰《しゅんさん》

春になっても急に気温が下がると霰が降ることがある。↓霰（冬）

津の国の春の霰ぞ聞きに来よ　大石悦子
じゆぶじゆぶと水に突込む春霰　岸田稚魚
纜《ともづな》は隠岐へ十里の春霰　庄司圭吾
魚に手をあてて捌くや春霰　大木あまり
春霰のあとたつぷりと入日かな　波多野爽波

**【春の霜《はるのしも》】** 春霜《しゅんさう》

春になってからも霜が降りることは少なくない。↓別れ霜・霜（冬）

つかの間の春の霜置き浅間燃ゆ　前田普羅
道のべに春霜解けてにじむほど　皆吉爽雨

**【別れ霜《わかれじも》】** 忘れ霜　霜《しも》の名残《なごり》　霜の別れ　霜の果　晩霜

晩春に降りる霜。俗に「八十八夜の別れ霜」といわれ、八十八夜（五月二日ごろ）を境に霜の降りることはまれになる。↓春の霜

古漬や大和国中《くんなか》別れ霜　石橋秀野
別れ霜あるべし夜の鯉しづか　早崎明
別れ霜仏飯やゝに尖りたり　柿本多映
新しきネクタイきゆつと別れ霜　佐藤郁良
竹に鉈打ち込む霜の別れかな　廣瀬直人

**【春の虹《はるのにじ》】** 初虹

単に虹といえば夏の季語だが、春にも淡い虹がかかることがある。春はじめて見る虹

を初虹という。→虹（夏）

春の虹うつれりくらき水の上　柴田白葉女
たをやかに幽明距つ春の虹　殿村菟絲子
一脚は西大寺より春の虹　河原枇杷男
春の虹誰にも告げぬうちに消ゆ　朝倉和江
抽斗につかはぬ音叉春の虹　菅原鬨也
捨て猫の瞼のうごく春の虹　甲斐由起子

**【春雷《しゆんらい》】**　春の雷　初雷　虫出しの雷　虫出し

春に鳴る雷のこと。夏の雷と違って一つ二つで鳴り止むことが多い。初雷《はつらい》は立春後初めて鳴る雷のこと。気圧が不安定な啓蟄《けいちつ》のころよく鳴るので、虫出しの雷・虫出しともいう。木の芽時の雷を「芽起こしの雷」ということもある。→雷（夏）

春雷や胸の上なる夜の厚み　細見綾子
春雷は空にあそびて地に降りず　福田甲子雄
指《ゆび》栞《しをり》して春雷を聞きゐたり　藤木倶子
あえかなる薔薇撰りをれば春の雷　石田波郷
初雷やホと口あけて萩の壺　高岡すみ子
初雷や波の隠せる海の紺　星野高士
虫出しの雷と聞きたる水辺かな　日原傳

**【佐保姫《さほひめ》】**

奈良の平城京の東にある佐保山を神格化した女神のことである。春の造化をつかさどる神とされ、秋の竜田姫と対をなす。天地の色を織りなし、柳を青く染め、霞の衣を着るなど、和歌の時代から多く詠まれてきた。『詞花集』の〈佐保姫の糸そめかくる青柳を吹きな乱りそ春の山風　平兼盛〉はその一例。

佐保姫の眠や谷の水の音　松根東洋城
佐保姫の髪の流れのやうに川　北沢瑞史
山鳩のこゑ佐保姫を誘ひだす　仲村美智子
佐保姫を待つ山中の水鏡　若井新一

**【霞《かすみ》】**　春霞　朝霞　夕霞　遠霞　薄霞

**棚霞　霞む**

春は大気中の水分が増えることによって、空の色・野面《のづら》・山谷《さんこく》など遠くのものが霞んで見えることがある。横に筋を引いたように棚引く霞を棚霞という。「草霞む」「山霞む」、また鐘の音に「鐘霞む」などとも用いられる。『万葉集』の〈ひさかたの天の香久山この夕べ霞たなびく春立つらしも　柿本人麻呂〉のように、古来春の風情を表すものとして多く詠まれてきた。❖霞は遠くかすかで、ほのかな優しい感じのするものである。

高麗船のよらで過ぎ行く霞かな　蕪村
春なれや名もなき山の薄霞　芭蕉
浮御堂あるべき方も朝霞　鷹羽狩行
夕がすみ燈台ともること早し　高浜年尾
沖へ出て霞むほかなき島の鐘　秋光泉児
熱湯は連珠のごとし山霞む　宇佐美魚目
帰るべき山霞みをり帰らむか　小澤實

**【陽炎《かげろふ》】**　糸遊《いというふ》　遊糸《いうし》　野馬《かげろふ》　野馬《やば》　かぎろひ

日差しが強く風の弱い日に、遠くのものがゆらゆら揺らいで見える現象。❖動詞「かげろふ」を季語として使う句を見るが、これは「影ろふ」で光がほのめくことや光が翳ることをいう語。「陽炎が立つ」と同意ではない。

丈六に陽炎高し石の上　芭蕉
陽炎やほろ〳〵落つる岸の砂　土芳
ちら〳〵と陽炎立ちぬ猫の塚　夏目漱石
かげろふの中へ押しゆく乳母車　轡田進
石段の陽炎をふむ卵売り　川崎展宏
陽炎や鳥獣戯画の端に人　安西篤
見ゆるものみなかげろふにほかならず　髙田正子
陽炎より手が出て握り飯摑む　高野ムツオ
糸遊を見てゐて何も見てゐずや　斎藤玄

絲遊の遊んでをりぬ草の上　後藤比奈夫

【春陰《しゅんいん》】
春の曇りがちの天候。明るい春にあって憂いを帯びた陰りを感じさせる。↓花曇

大いなる春陰の海うねりつぐ　川島彷徨子
春陰やおのが模型を城の中　鷹羽狩行
春陰や町は潮の香にまみれ　山本一歩
春陰の金閣にある細柱　恩田侑布子

【花曇《はなぐもり》】　養花天《ようかてん》
桜の咲くころの曇り空。花と一体になったかのような白い空がどこまでも続く。養花天も同じ。↓春陰

鮎菓子をつつむ薄紙はなぐもり　長谷川双魚
ゆで玉子むけばかがやく花曇　中村汀女
をととひもきのふも壬生の花曇　古舘曹人
そのままに暮れすすみたる花曇　深見けん二
花曇はこぼれながら鳴る琴よ　沼尻巳津子
ふつくらと長女十三花ぐもり　小島健
玄米にほのかな甘味養花天　栗原利代子

【鳥曇《とりぐもり》】　鳥風《とりかぜ》
雁・鴨などの渡り鳥が春になって北方へ帰っていくころの曇り空。このころの風を鳥風といい、鳥たちが乗って帰っていくという。また鳥の群の羽ばたきを風になぞらえたものともいう。↓鳥雲に入る

わがえにし北に多くて鳥曇　八木澤高原
鳥ぐもり子が嫁してあと妻残る　安住敦
供花挿して竹筒濡らす鳥曇　西山睦
鳥風や悲しみごとに帯しめて　大木あまり

【蜃気楼《しんきろう》】　海市《かいし》　山市《さんし》　蜃楼《かひやぐら》
天気が良く、風の弱い日、空気の温度差による光の異常屈折によって、海上や砂漠などに船舶・風景など、本来見えないはずの遠くのものがそこにあるかのように見える現象。富山県魚津海岸が有名。蜃は大蛤《おおはまぐり》の義で、昔中国では蛤が気を吐く現象と考え、

この名が生じた。

蜃気楼はたして見せぬ魚津かな　百合山羽公
生まざりし身を砂に刺し蜃気楼　鍵和田秞子
蜃気楼将棋倒しに消えにけり　三村純也
海市より戻る途中の舟に遭ふ　柿本多映
海市見せむとかどはかされし子もありき　小林貴子
蜃楼青き一郭より崩る　大石悦子

**【逃《にげ》水《みづ》】**

路上や草原で、遠く水のように見えるものに近づくと、また遠ざかって見える現象。武蔵野の名物とされ、古歌にも詠われている。蜃気《しんき》楼《ろう》現象の一種と考えられる。よく晴れた日、舗装道路の上などに見られる。

逃水を追ふ逃水となりしかな　平井照敏
逃げ水を追うて捨てたる故里よ　市堀玉宗

**【春夕焼《はるゆふやけ》】**　春夕《はるゆ》焼《やけ》　春の夕焼

単に夕焼といえば夏の季語であるが、四季それぞれに夕焼は見られる。春の夕焼は人を包むような柔らかさを感じさせる。↓夕焼（夏）

喪の家も春夕焼の一戸たり　蓬田紀枝子
鈴買つて春夕焼の肩ぐるま　菅原閧也
竹山の声つつぬけや春夕焼　長谷川櫂
一枚の硝子につづく春夕焼　高浦銘子
雪山に春の夕焼滝をなす　飯田龍太
水飲んで春の夕焼身に流す　岡本眸

# 地　理

**【春の山《はるのやま》】** 春山《はるやま》　春嶺《しゅんれい》　弥生山

雪が解け、木々が芽吹く春の山は生命感に満ちている。↓山笑ふ

蓬生の宿はくれけりやよひ山　遅　柳

絵巻物拡げゆく如春の山　星野立子

春の山おもひおもひに径通ふ　大峯あきら

鶏鳴の二度ほどあがる春の山　山本洋子

春の山たたいてここへ坐れよと　石田郷子

春山のどの道ゆくも濡れてをり　加藤三七子

山彦やむらさきふかく春の嶺　池田秀水

**【山笑ふ《やまわらふ》】**

春の山の明るい感じをいう。❖北宋の画家郭熙の『林泉高致』の一節に「春山淡冶《たんや》にして笑ふが如し　夏山碧翠として滴るが如し　秋山明浄にして粧ふが如し　冬山惨淡として眠るが如し」とある。そこから季語になった。↓山滴る（夏）・山粧ふ（秋）・山眠る（冬）

故郷やどちらを見ても山笑ふ　正岡子規

山笑ふ聴けばきこゆる雨の音　千代田葛彦

安曇野の真中に立てば山笑ふ　藤田湘子

山笑ふうしろに富士の聳えつつ　島谷征良

**【春の野《はるのの》】** 春野　春郊《しゅんこう》

春の野原。まだ吹く風も寒い中で早くも萌え出た若菜を摘む早春の野から、百花の咲く仲春から晩春にかけての野まで、春の野のながめは明るく、変化に富んでいる。『万葉集』の〈春の野にすみれ摘みにと来しわれそ野をなつかしみ一夜寝にける　山部赤人〉は有名。❖春の野は明るく開放感

がある。古来人は春を待ちかねて野に出て、自然の力にあやかろうとしてきた。

春の野辺橋なき川へ出でにけり　紫　暁
吾も春の野に下り立てば紫に　星野立子
くちばしの濡れて鳥翔つ春野より　黛　執
五合庵天にも春野にも近し　落合水尾

**【焼野《やけの》】** 焼野原　焼原　末黒野《すぐろの》

早春に野焼きをしたあとの野をいう。野焼きは害虫駆除と萌え出る草の生長のために行う。一面が黒く見えるので末黒野とも。
↓山焼く・野焼く

昼ながら月かゝりゐる焼野かな　原　石鼎
松風や末黒野にある水たまり　沢木欣一
末黒野に雨の切尖限りなし　波多野爽波

**【春の水《はるのみづ》】** 春水《しゆんすい》　水の春

春は降雨や雪解などで渓谷・河川・湖沼などの水嵩《みずかさ》が増す。冬涸れのあとだけに、豊かに勢いづき、まぶしさを感じさせる。水の春は水の美しい春をたたえていう。❖淡水のことで、主に景色をいう。海水には使わない。また、飲む水などには使わない。
↓水温む

春の水岸へ岸へと夕かな　原　石鼎
ひと吹きの風にまたたき春の水　村沢夏風
流れたきかたちに流れ春の水　澤本三乗
日の当るところ日のいろ春の水　児玉輝代
加賀は美し百萬石の春の水　渡辺恭子
春の水とは濡れてゐるみづのこと　長谷川　櫂
橋脚にふれて膨らむ春の水　松尾清隆
昃《ひかげ》れば春水の心あともどり　星野立子
渦をとき春水としてゆたかなる　大野林火
あふれんとして春水は城映す　今瀬剛一

**【水温む《みづぬるむ》】**

寒さがゆるむと、日差しによって川や湖沼、池の水が温んでくる。↓春の水

これよりは恋や事業や水温む　高浜虚子

山国の星をうつして水ぬるむ　吉野義子
水温むうしろに人のゐるごとし　原子公平
夜は月の暈の大きく水温む　岡本　眸
水温むガリア戦記の大河かな　有馬朗人
名を言へば生国問はれ水温む　戸恒東人
子供らは棒きれが好き水温む　稲田眸子

**【春の川《はるのかは》】**　春川《はるかは》　春江《しゆんかう》　春の江《はるのえ》

春は雨や雪解などで川の水嵩が増し、山国ではそれが一時に勢いよく流れ出る。野川や町を流れる川は、どことなくのんびりしている。

春の川水が水押し流れゆく　古屋秀雄
春の川曲れば道のしたがへる　細谷鳩舎
小さき堰波立てゝをり春の川　高木晴子
くらくらと竹山出づる春の川　岡井省二
海に出てしばらく浮かぶ春の川　大屋達治

**【春の海《はるのうみ》】**　春の浜　春の渚　春の磯　春の岬

春になると海も穏やかな表情を見せる。明るくきらめき、のどかさが感じられる。

春の海ひねもすのたり〳〵かな　蕪　村
春の海まつすぐ行けば見える筈　大牧　広
シャム猫の眼に春の海二タかけら　鈴木貞雄
春の浜大いなる輪が画《か》いてある　高浜虚子
逆立ちの手を突く春の渚かな　井上弘美
波すこしあそび覚えて春岬　関戸靖子

**【春の波《はるのなみ》】**　春濤《しゆんたう》　春怒濤

舷や汀にひたひたと寄せる波、あるいは川波にも、春らしさが感じられる。↓春潮

ひらかなの柔かさもて春の波　富安風生
おもはざるところに春の波がしら　林　翔
その上へ又一枚の春の波　深見けん二
翅立てゝ鷗の乗りし春の浪　鈴木花蓑

**【春潮《しゆんてう》】**　春の潮《はるのしほ》　彼岸潮《ひがんじほ》

春は潮の色もしだいに藍色が薄くなって、明るい美しさに変わる。また干満の差が大

きく、彼岸のころには秋の彼岸とならんで一年で最大となる。↓春の波

春潮といへば必ず門司を思ふ　高浜虚子
春潮に巌は浮沈を愉しめり　上田五千石
暁や北斗を浸す春の潮　松瀬青々
浮宮のたゆたふまでに春の潮　八染藍子

【潮干潟《しほひがた》】　潮干《しほひ》　干潟《ひがた》

春は潮の干満の差が大きくなり、干潮時には干潟をひろびろと残して退く。特に彼岸のころは広い干潟が現れる。潮干は干潟の意。↓汐干狩

潮干潟かすかに残る地の起伏　村上喜代子
あらはれし干潟に人のはや遊ぶ　清崎敏郎
われも引き残されしもの大干潟　片山由美子
よき松に赤子あづけぬ大干潟　中西夕紀
暈《かさ》のまま日は傾けり彼岸潮　宮津昭彦

【春田《はるた》】

冬の間放置され、春を迎えた田。紫雲英《げんげ》を咲かせた田、鋤《す》き返された田もある。↓冬田（冬）・田打

みちのくの伊達の郡の春田かな　富安風生
野の虹と春田の虹と空に合ふ　水原秋櫻子
東大寺さまの湯屋あり春田あり　加藤三七子
みちのくの春田みじかき汽車とほる　飴山　實
よろよろと畦の通へる春田かな　綾部仁喜
遍照の夕日春田もその中に　廣瀬直人

【苗代《なはしろ》】　苗田《なへだ》　苗代田　苗代時　苗代寒

籾種を蒔き稲の苗を仕立てる水田で、水を張り縄を引いて区分し短冊形に作る。かつては苗代を作る四～五月の時候を苗代時といった。しかし田植えが機械化された昭和四十年代以降、育苗箱に籾種を蒔く方式がとられ、現在ではほとんどの地域で苗代は姿を消した。↓種蒔

苗代の水のつゞきや鳰《にほ》の海　松瀬青々

苗代や漆のごとき夜の山　富安風生
苗代にきて押しあへる山の風　宮岡計次
苗代を囲める水に音のなし　山本一歩
ひと見えぬ苗代寒の鍬ひとつ　山上樹実雄

**【春の土《はるのつち》】**　土恋し　土現《あらは》る　土匂ふ

凍てがゆるみ、草が萌えるころになると柔らかな土に春の訪れを実感する。❖雪と氷に閉ざされた地方で生まれた「土恋し」ということばが今では広く使われるようになった。

鉛筆を落せば立ちぬ春の土　高浜虚子
つばさあるもののあゆめり春の土　軽部烏頭子
太陽へ裏返されて春の土　山崎ひさを
置き替はるごとき日向や春の土　斉藤夏風
春の土裏返したる匂ひかな　山本一歩
いちまいとなりたる春の土めくれ　岩田由美
土恋し恋しと歩く影法師　村越化石

**【春泥《しゆんでい》】**　春の泥

春のぬかるみ。春先は雨量が増え、日差しもまだ弱いので、土の乾きが遅い。特に凍《いて》解《どけ》・雪解などによって生じる泥濘《でいねい》は人々を悩ませる。

春泥のふかき轍《わだち》となり暮るる　金子麒麟草
春泥の道にも平らなるところ　星野高士
春泥のもつとも窪むところ照り　山西雅子
春泥にひとり遊びの子がふたり　下坂速穂
ゆく先に日輪うつり春の泥　西山泊雲
足の向くところかならず春の泥　草深昌子

**【残雪《ざんせつ》】**　雪残る　残る雪　雪形

春になっても消え残っている雪。北国や日本海側などでは、藪陰、山陰、樹陰などにいつまでも消えずに残る。雪形は、高い山の雪が解け出し残雪と岩肌が描き出す模様のこと。山の雪の解け具合を表す雪形は、田植えや種蒔きの時期を知る目安であり、農事暦ともなっている。北アルプス爺《じじ》ケ岳の種まき爺さん、白馬岳の代掻き馬などがよく知られる。

木枕の垢や伊吹に残る雪　丈草

嶺の残雪ぢりぢりと青空が押す　松村蒼石

雪残る頂一つ国境　正岡子規

一枚の餅のごとくに雪残る　川端茅舎

雪形の駒かけのぼる駒ヶ岳　井口幸朗

雪形の朝の風に嘶かむ　若井新一

## 【雪間《ゆきま》】雪のひま

降り積んだ雪が、春になってところどころ解けて消えた隙間をいう。そこにも芽吹き始めた草を見ることがある。↓残雪・雪間草

紫と雪間の土を見ることも　高浜虚子

たもとほる万葉の野の雪間かな　富安風生

四五枚の田の展けたる雪間かな　高野素十

しわしわと畦火のすすむ雪間かな　岸田稚魚

雀らのこゑ降らしをる雪間かな　森澄雄

篠竹の走り根あをき雪間かな　本宮哲郎

淡海といふ大いなる雪間あり　長谷川櫂

## 【木の根明く《きのねあく》】

雪国で、本格的な雪解の前に山や森の木の根元から雪が解け始めること。芽吹きを控えた木が水を吸い上げ活動を始めるためという。山毛欅《ぶな》や櫟の根元にドーナツ形にぽっかりと現れた地面が春を告げる。

木の根明くいづこの木より水こだま　成田智世子

木の根明く仔牛らに灯のひとつづつ　陽美保子

## 【雪崩《なだれ》】

春先、山岳地帯の積雪は気候の変化によってゆるみ、山上・山腹から崩れ落ちる。風を捲き白煙を上げるその轟然たる響きはすさまじく、時に人命を奪う。↓残雪・雪解

夜半さめて雪崩をさそふ風聞けり　水原秋櫻子

青天に音を消したる雪崩かな　京極杞陽

炉火守の遠き雪崩に目覚めをり　石橋辰之助

山深く金色の日や雪崩あと　村田脩

**【雪解《ゆきどけ》】**　雪解《ゆきげ》　雪解水《ゆきげみづ》　雪解川《ゆきげがは》　雪解風《ゆきげかぜ》　雪解雫《ゆきげしづく》　雪解野《ゆきげの》

雪国や山岳地帯の積雪が解け始めること。そのため川が増水して轟々と響き流れることもある。軒に滴る雪解雫には春の到来が感じられる。↓残雪・雪しろ

雪とけて村一ぱいの子どもかな　一茶
雪解の大きな月がみちのくに　矢島渚男
雪解や千手ゆるめし観世音　鈴木貞雄
光堂より一筋の雪解水　有馬朗人
ぶつかつてすぐ渦となり雪解水　太田寛郎
新しき鯉を入れたる雪解水　日原傳
雪解川名山けづる響かな　前田普羅
雪解川烏賊を喰ふ時目にあふれ　細見綾子
鶏小屋のなか明るくて雪解川　武藤紀子
雪解風梯子に吊し鼠捕　小原啄葉
たつぷりと水飲む仔牛雪解風　高畑浩平
にぎはしき雪解雫の伽藍かな　阿波野青畝

**【雪しろ《ゆきしろ》】**　雪汁　雪濁り　雪しろ水

寒気がゆるみ、積もった雪が解けて、川や海や野原へ流れ出たもの。雪濁りは雪しろのため川や海が濁ることをいう。↓雪解

雪しろの一瀑となり里に出づ　角川源義
雪しろの溢るるごとく去りにけり　沢木欣一
雪しろやまだもの言はぬ葡萄の木　佐野美智
雪しろは月光の音立てにけり　櫂未知子
簗場越す雪代水の盛り上がり　右城暮石

**【凍解《いてどけ》】**　凍解《いてと》く　凍ゆるむ

凍っていた大地が春になってゆるんでくること。↓氷解く

凍解や子の手をひいて父やさし　富安風生
凍て解のはじまる土のにぎやかに　長谷川素逝
全天に雲拡がりて凍てゆるむ　右城暮石
凍てゆるむどの道もいま帰る人　大野林火

**【薄氷《うすらひ》】**　薄氷《うすごほり》　春の氷　春氷

春先になって寒さが戻り、うすうすと氷の張るのを見ることがある。解け残った薄い氷にもいう。❖「うすらひ」はウスラヒともウスライとも読む。↓氷（冬）

せりせりと薄氷杖のなすまゝに　山口誓子
薄氷の吹かれて端の重なれる　深見けん二
薄氷のすこし流れて果てにけり　横井　遥
風過ぎるときに輝き薄氷　今瀬剛一
薄氷天に奥山在る如し　河原枇杷男
荒鋤の田や隅々の薄氷　染谷秀雄
籾殻のこぼれて春の氷かな　南　うみを

**【氷解く《こほりとく》】**氷解《こほりどけ》　氷消ゆ　解氷《かいひよう》　浮氷《うきごほり》

春に河川や湖沼などに張りつめていた氷が解け始めること。↓凍解・流氷

水神の裾吹く風に氷解く　原　裕
湖の氷解くるを聞きにこよ　小澤　實
薔薇色の暈して日あり浮氷　鈴木花蓑
流されて花びらほどの浮氷　片山由美子

**【流氷《りうひよう》】**氷流る　流氷期　海明《うみあけ》

シベリア東部から南下する流氷は、一月中旬に北海道のオホーツク海沿岸に接岸し、三月下旬頃になると、沖へ流れ出す。視界から半分以上の流氷が去ると海明という。

流氷や宗谷の門波荒れやまず　山口誓子
流氷に靡きて雪の大地あり　斎藤　玄
白炎をひいて流氷帰りけり　石原八束
ふかき罅もちて流氷つながれり　津田清子
接岸の流氷なほも陸を押す　中村正幸
海明けの海目にしみる旅の朝　北　光星

# 生活

**【春闘《しゅんとう》】**　春季闘争

春季に集中して行われる要求闘争のこと。ほとんどの会社は四月からの新年度に賃金引き上げを行うため、各労働組合は統一戦線を形成し、賃金引き上げ、労働時間短縮、労働条件の改善などを要求して闘争を繰り広げる。→メーデー

春闘妥結トランペットに吹き込む息　中島斌雄
腕章をはづし春闘終りけり　吉川一竿

**【大試験《だいしけん》】**　学年試験　進級試験　卒業試験　落第

かつては各学期末試験を小試験と呼び、学年末試験や卒業試験を大試験といっていた。❖入学試験のことではない。

大試験山の如くに控へたり　高浜虚子
大試験巷の音を遠くしぬ　岸風三樓
自らを恃む子として大試験　稲畑汀子
鳥影のぶつかつて来る大試験　川村研治
銀行の内定はあり大試験　小川軽舟
逆立ちの長さを競ひ落第生　鷹羽狩行
猫の耳吹いてゐるなり落第子　市川葉

**【入学試験《にふがくしけん》】**　受験　受験生　受験期

高校・大学などの入学試験は主に二月から三月にかけて実施される。❖受験生の不安や家族の心労を描くことが多い。

入学試験子ら消ゴムをあらくつかふ　長谷川素逝
入学試験幼き頸の溝ふかく　中村草田男
首出して湯の真中に受験生　長谷川双魚
一人づつきて千人の受験生　今瀬剛一
受験生大河のごとく来たりけり　仙田洋子

【卒業《そつげふ》】　卒業生　卒業式　卒業期　卒業証書　卒業歌

小学校から大学まで、卒業式の多くは三月上旬から下旬にかけて行われる。❖別れと共に次のステップへ踏み出す感慨がある。

卒業の兄と来てゐる堤かな　芝　不器男
ゆく雲の遠きはひかり卒業す　古賀まり子
卒業の空のうつれるピアノかな　井上弘美
卒業や見とれてしまふほどの雨　櫂　未知子
卒業の涙を笑ひ合ひにけり　加藤かな文
卒業の別れを惜しむ母と母　小野あらた
卒業生見送り千の椅子たたむ　井出野浩貴
卒業歌ぴたりと止みて後は風　岩田由美

【春休《はるやすみ》】

学年末から四月の始業式まで、学校は休みになる。宿題がないせいか、夏休などと異なり独特の解放感がある。

春休ひそかにつくる日記かな　久保田万太郎
二階より雪の山見て春やすみ　星野麥丘人
ケーキ焼く子が厨占め春休　稲畑汀子
電車から海を見てゐる春休　しなだしん
ビー玉の空の色なる春休　涼野海音

【入学《にふがく》】　入学式　新入生

小学校から大学までの入学式は、ふつう四月上旬に行われる。❖桜をはじめとする花々が咲き、木々の芽吹く時でもあり、新しい生活を始めるのにふさわしい。

これはさて入学の子の大頭《つむり》　山口誓子
入学の吾子人前に押し出だす　石川桂郎
入学の朝ありあまる時間あり　波多野爽波
入学の子に見えてゐて遠き母　福永耕二
入学の子のなにもかも釘に吊る　森賀まり
入学児手つなぎはなしまたつなぐ　右城暮石
名を呼べば視線まつすぐ入学児　鷹羽狩行

【新社員《しんしやゐん》】　新入社員　入社式

新年度とともに会社でも新規採用の社員が

実務につく。一目で新卒とわかるその初々しい姿が春らしい。

相寄りしとき声高に新社員　山崎ひさを
新社員名馬の像を見上げをり　大串　章
昇降機迅し新入社員乗せ　高木利夫
新入社員たびたび鏡覗きけり　深川敏子

**【遠足《えんそく》】**

新学期の親睦を深めるためなどに行う学校の行事。かつては近郊の山や海へ歩いて出かけることが多かった。

遠足の列大丸の中とおる　田川飛旅子
遠足といふ一塊の砂埃　後藤比奈夫
遠足の列大仏へ大仏へ　藤田湘子
海見えてきし遠足の乱れかな　黛　執
遠足やつねの鞄の教師たち　福永耕二
遠足の列恐竜の骨の下　山尾玉藻

**【花衣《はなごろも》】**　花見衣　花見小袖

花見に着てゆく女性の衣装。昔はこの日のために晴着を用意したが、現在は和服に限らず花時に着る美服を指す。

花衣たたむ庇に雨到る　渡辺未灰
花衣ぬぐや纏《まつは》る紐いろ〳〵　杉田久女
旅鞄ほどけばあふれ花衣　稲畑汀子
身を滑る水のおもさの花衣　赤松蕙子
てのひらをすべらせたたむ花衣　西宮　舞
従姉妹とは一つ違ひや花衣　星野　椿

**【春の服《はるのふく》】**　春服《しゅんぷく》　春装　春コート　春セーター　春手套

春らしい軽やかな衣装のことで、かつては和服だった。明るい柄や春らしい淡い色彩のものが多い。❖正月の晴着（春着）のことではない。

リボンより古くなりゆく春の服　中嶋秀子
他所《よそ》ゆきの体通して春の服　中原道夫
廻転扉出て春服の吹かれけり　舘岡沙緻
春コート巨船より去りひるがへり　加藤瑠璃子

スプリングコートその日を待ちにけり　佐藤博美

**【春袷《はるあはせ》】**

裏地のついた着物を袷といい、春に着る袷を春袷という。春らしい軽やかな布地や淡い色合いのものが好まれる。↓袷（夏）

形見なる裾むらさきの春袷　きくちつねこ

着て立つや藍のにほひの春袷　片山鶏頭子

**【春ショール《はるショール》】**

春なお寒い時に用いる肩掛け。防寒を旨とした冬のものと異なり、おしゃれを楽しむための美しい色、そして素材の豊富さが特徴である。

花を買ふごとくに春のショール撰る　佐野美智

春ショール落ちやすきゆゑ華やぎぬ　佐藤麻績

大阪の灯のいきいきと春ショール　西村和子

**【春日傘《はるひがさ》】**

春でも日差しの強い日には日傘をさして歩く女性をよく見かける。↓日傘（夏）

春日傘まはすてふこと妻になほ　加倉井秋を

遠出せしごとくにたたみ春日傘　鷹羽狩行

**【花菜漬《はなづけ》】**　菜の花漬

開ききらない菜の花を葉や茎といっしょに塩漬けにしたもの。食卓に春をもたらしてくれる色合いがいい。

花菜漬酔ひて夜の箸あやまつも　小林康治

人の世をやさしと思ふ花菜漬　後藤比奈夫

**【桜漬《さくらづけ》】**　花漬　桜湯

八重桜の花や蕾を塩漬けにしたもの。熱湯を注ぐと、花びらがほどけ、香気が立つ。桜湯として祝いの席などに用いられるほか、炊き込み飯などに混ぜたりする。

止みさうな雨あがらずよ桜漬　岸田稚魚

さくら湯の花のゆつくりひらきけり　関戸靖子

桜湯の花の浮かむとして沈む　片山由美子

桜湯をはつかに乱す息なりけり　櫂未知子

**【蕗味噌《ふきみそ》】**

蕗味噌は細かく刻んだ蕗《ふき》の薹《とう》をすりつぶし、味噌・砂糖・味醂を加えて火にかけ練り上げたもの。早春ならではのほろ苦い味覚である。↓蕗の薹

蕗味噌や音なくひらく月の暈　神尾久美子
蕗味噌や声のまぶしき山の鳥　秋山幹生

**【木の芽和《きのめあへ》】**　山椒和《さんせうあへ》　木の芽味噌　山椒味噌　木の芽漬

山椒の若い葉をすりつぶし、砂糖・味醂・白味噌などを混ぜ合わせたものが山椒味噌（木の芽味噌）。これで筍《たけのこ》、蒟蒻《こんにゃく》、魚介などを和えたものが木の芽和である。木の芽漬は、山椒のまだ柔らかい葉を塩漬けにしたもの。

塗椀の重くて母の木の芽和え　桂　信子
木の芽和山河は夜もかぐはしき　井沢正江
木芽漬貴船の禰宜が句をそへて　藤井紫影

**【田楽《でんがく》】**　田楽豆腐　田楽焼　木の芽田楽

豆腐を平串に刺して焼き、木の芽味噌をつけたもの。串に打ったところが田楽の舞姿に似ていることからこの名がある。菜飯がつきものである。

田楽に酔うてさびしき男かな　三橋鷹女
田楽にともしび少し強うせよ　鈴木鷹夫
田楽の串の無骨を舐めにけり　井上弘美
厚板に載せて田楽豆腐かな　尾池和夫

**【青饅《あをぬた》】**

葱・分葱《わけぎ》・浅葱《あさつき》などをさっと茹でて、魚介類といっしょに酢味噌で和えたもの。「青」がいかにも春を感じさせる。

青饅や暮色重なりゆく故山　加藤燕雨
青ぬたやまだ見えてゐる伊賀の国　岡井省二
青饅のにぎはひといふ貝の足　中原道夫

**【蜆汁《しじみじる》】**

蜆の味噌汁。昔から黄疸《おうだん》や寝汗に効くとい

われている。↓蜆

少しさめ薄紫の蜆汁　中嶋秀子
宍道湖の今朝の濁りや蜆汁　辻　桃子
金沢にかかる繊月しじみ汁　田中裕明
寝台車の揺れ残る身や蜆汁　黒澤麻生子

【蒸鰈《むしがれひ》】
鰈を塩水に漬けてから蒸し、陰干しにしたもの。卵を抱いた子持ち鰈が特に美味。❖若狭《わかさ》の「やなぎむしがれひ」が有名。

雲千々に空にある夜の蒸鰈　西村公鳳
若狭には仏多くて蒸鰈　森　澄雄
蒸鰈焼くまでの骨透きにけり　草間時彦
暮れ切つてよりの集ひや蒸鰈　小林貴子

【干鰈《ほしがれひ》】
腸を抜いた鰈に薄塩をほどこし、天日に干したもの。

山の向うは雪が降りゐて干鰈　長谷川かな女
まどろみの後の夕餉の干し鰈　能村登四郎
春月のひと夜の白さ干し鰈　文挾夫佐恵
山の名の酒は立山干鰈　小島　健

【白子干《しらすぼし》】　しらす　ちりめんじやこ　ちりめん
鰯《いわし》の稚魚をさっと茹でて塩干ししたもの。一名じゃこと呼ぶのは雑魚のなまったもので、しらうおその他の稚魚が混じっているため。乾燥してくるとちりちりと縮れるので、ちりめんじゃこともいわれるようになった。

昨日今日波音のなし白子干　清崎敏郎
さざなみの遠くは照りて白子干　伊藤通明
鳶の輪のひろやかな日の白子干　友岡子郷
子を抱けりちりめんざこをたべこぼし　下村槐太

【目刺《めざし》】　頰刺　ほほざし
真鰯《まいわし》または片口鰯の小形のものに塩を振り、五、六尾くらいずつ、目に竹串または藁を通して一連とし、天日で生干しや固干しにしたもの。鰓《えら》から口を藁で刺し貫いて干しあげたものがほおざしである。

重なりて同じ反りなる目刺かな　篠原温亭
一聯《いちれん》の目刺に瓦斯《がす》の炎かな　川端茅舎
目刺より抜く一本のつよき藁　大牧　広
目刺焼く路地の先なる海見えて　岩田由美
頬刺や父をひとりにして永し　冨田正吉
ほほざしや野山さきほどから寂し　飯島晴子

【干鱈《ひだら》】　干鱈《ほしだら》　乾鱈《ほしだら》　棒鱈

助宗鱈《すけそうだら》に塩を振り干したもの。あぶって、細く裂き、酒の肴にしたりお茶漬にのせたりする。棒鱈は三枚におろして固く素干しにしたもの。京料理によく用いられる。

塩の香のまづ立つ干鱈あぶりをり　草間時彦
なが生きの途中の干鱈焙りをり　亀田虎童子
火にぬれて干鱈の匂ふ夕べかな　大木あまり
干鱈の乾ききらずに触れあへり　加藤憲曠
棒鱈の荒縄掛が糶られゐる　中村石秋

【壺焼《つぼやき》】　焼栄螺《やきさざえ》

栄螺をそのまま火に掛けて醤油などを加えて焼いたもの。磯の匂いが立ち上り野趣豊かである。身を取り出して刻み、三つ葉や芹《せり》、銀杏《ぎんなん》などといっしょに殻に戻して煮る調理法もある。

壺焼の二つかたむきもたれ合ふ　水原秋櫻子
壺焼の煮ゆるに角《つの》も炎立つ　皆吉爽雨
壺焼の蓋といふものありにけり　清崎敏郎
壺焼を待てる間海の色変り　森田　峠
壺焼に炎の先の触れにけり　小野あらた
海凪げるしづかさに焼く栄螺かな　飯田蛇笏

【鶯餅《うぐひすもち》】

餡《あん》をくるんだ餅の両端をとがらせ、青黄粉をまぶして作る和菓子。その色がいわゆる鶯色ということで早春らしさを感じさせる。

街の雨鶯餅がもう出たか　富安風生
鶯餅つまみどころのありにけり　百合山羽公

からうじて鶯餅のかたちせる　桂　信子
雪舞ふや鶯餅が口の中　岸本尚毅

【蕨餅《わらびもち》】
蕨の根からとった澱粉を水に溶き、火にかけて練った後、冷やし固めて作った菓子。黄粉などを掛けて食べる。

腹減るとにはあらねども蕨餅　長谷川零余子
讐《あだ》討《うち》の古き辻あり蕨餅　古舘曹人
一日を余さず使ひわらび餅　神蔵　器
蕨餅三月堂の闇を出て　伊藤伊那男
おろおろと日の暮れてゆく蕨餅　黒澤麻生子

【草餅《くさもち》】　草の餅　蓬餅《よもぎもち》　母子餅《ははこもち》　草団子
茹でた蓬の葉（餅草）を搗き込んだ餅。餡を包んだものが多い。平安時代から作られていた餡菓子で、かつては御形《おぎょう》（母子草《ははこぐさ》）も用いられた。素朴な餅菓子である。

草餅や吉野の果の杉の箸　小笠原和男
草餅の包に掛けて赤い紐　川崎展宏
夜は雨といふ草餅の草のいろ　岡本　眸
草餅を焼く天平の色に焼く　有馬朗人
ちよつとだけ供へ草餅頂きぬ　北村仁子
草餅を取りまはしをる畳かな　山西雅子
庭先へ廻りて一つ草の餅　草間時彦
生国を知る人とゐて蓬餅　木内彰志
切り取られゆく野がありぬ蓬餅　古田紀一

【桜餅《さくらもち》】
小麦粉と白玉粉を溶いて薄く焼いた皮で餡を包み、塩漬けの桜の葉で包んだもの。餡の甘さと葉の塩味が独特の味わいを生む。江戸向島の長命寺境内で売り出したのが始まりといわれている。関西では道明寺糒《ほしいい》を蒸して作る。

三《み》つ食へば葉三片や桜餅　高浜虚子
葉のぬれてゐるいとしさや桜餅　久保田万太郎
わが妻に永き青春桜餅　沢木欣一

雨かしら雪かしらなど桜餅　深見けん二
山裾に大きな鐘や桜餅　宇佐美魚目
どの山のさくらの匂ひ桜餅　飴山實
駒込に菩提寺を訪ふ桜餅　岡本眸
墨《ぼく》堤《てい》に雨の明るし桜餅　下山宏子
三つ入れる箱を奥から桜餅　金原知典

**【菜飯《なめし》】**　嫁菜飯

青菜を茹でて細かく刻み炊きたての塩味の飯に混ぜたもの。油菜の他に蕪や大根の葉、小松菜も用いる。昔、菊川などの間宿《あいのしゅく》では、田楽に必ず菜飯を添えた。

さみどりの菜飯が出来てかぐはしや　高浜虚子
母訪へば母が菜飯を炊きくれぬ　星野麥丘人
岬へ発つ菜飯田楽たひらげて　櫻井博道
箸置いて菜飯の色を賞でにけり　江國滋酔郎
炊きあげてうすきみどりや嫁菜飯　杉田久女

**【春《しゅん》灯《とう》】**　春《はる》の灯《ひ》　春ともし　春の燭

春の灯火は独特の華やぎを感じさせる。❖ことに朧夜の灯りはうるんでいるようである。

春燈や衣桁に明日の晴の帯　富安風生
春燈やはなのごとくに嬰のなみだ　飯田蛇笏
春燈や長女の部屋は消えずをる　上野泰
春燈にひとりの奈落ありて坐す　野澤節子
春の灯のともりて間なき如きかな　右城暮石
春の灯や女は持たぬのどぼとけ　日野草城
春の灯をひとつのこらず消しにけり　坂戸淳夫
仰山に猫ゐやはるわ春灯　久保田万太郎
春ともし母の万能薬ひとつ　齋藤朝比古

**【春の炉《はるのろ》】**　春炉　春暖炉《はるだんろ》

冬のうち薪や榾《ほた》を焚いて暖をとった炉は、春になるとだんだん使う日が減ってくるが、そうすぐに塞いでしまうわけではない。↓炉（冬）

くろもじを燻《く》べて春の炉なごむかな　古沢太穂
春の炉に焚く松かさのにほひけり　藤岡筑邨

春の炉や飛騨高山の土間広し　磯野充伯
春の炉の燠となりゆく暇《いとま》かな　片山由美子
春暖炉名画の女犬を抱く　富安風生
春暖炉見つめるための椅子ひとつ　西村和子

【春炬燵《はるごたつ》】
春になってもしばらくは寒さがぶり返すこともあるので、なかなか炬燵をしまうことができずにいる。
小説に時流れゐる春炬燵　本岡歌子
屋根越しにマストのゆきき春炬燵　原田青児
かくれんぼ入れてふくらむ春炬燵　八染藍子
弔問の部屋より見ゆる春炬燵　内田美紗
わが死後のことにも及び春炬燵　橋本榮治

【春火鉢《はるひばち》】　春火桶
春になってもまだ寒い日があるため火鉢は手離せないものだった。
男来て声をつつしむ春火鉢　廣瀬直人
生前にくはしき人と春火鉢　鷹羽狩行
遠ざけて引寄せもする春火桶　高浜虚子
坐りたる所に遠く春火桶　星野立子
不機嫌の父がつまづく春火桶　八田木枯
生きてゐる指を伸べあふ春火桶　西山睦

【炉塞ぎ《ろふさぎ》】　炉の名残　炉の別れ　炉蓋《ろぶた》
春になって使わなくなった炉に炉蓋をして塞ぐこと。炉を塞いだ部屋は広く感じられ部屋の趣きが変わる。茶の湯では炉を塞ぐ日を前にして「炉の名残」の茶会を催す。
炉塞ぎて立ち出づる旅のいそぎかな　蕪村
炉塞や坐つて見たり寝て見たり　藤野古白
塞がむと思ひてはまた炉につどふ　馬場移公子
芸名をつぎて閑居や炉の名残　原月舟
藪せめぐ雨がふるなり炉の名残　吉本伊智朗
洛北の寺を訪ねて炉の名残　山田弘子

【炬燵塞ぐ《こたつふさぐ》】
暖かい日が続くと、もう炬燵は邪魔になる。置炬燵は片づけられ、切炬燵は塞がれてその上に畳が入れられる。炬燵のなくなった部屋は急に広々として拠り所のなくなった感じがする。

手焙りや炬燵塞ぎて一二三日　小杉余子

昼過ぎの火燵《こたつ》塞ぎぬ夫の留守　河東碧梧桐

**【廄出し《うまやだし》】**　まやだし

雪の深い地方では、冬の間廄舎のなかで飼っていた馬や牛を春になると野に解き放つ。運動と日光浴をさせ、ひづめを固めさせる。

雪舐むる他なし蝦夷の廄出し　佐藤たみ子

阿蘇の雪一とたびは消え廄出し　山内星水

廄出しのあと綿雲も流れつつ　友岡子郷

湖に主峰の映り厩出し　太田土男

まや出しに備へて馬を磨きけり　柏原眠雨

**【北窓開く《きたまどひらく》】**

防寒のため、冬の間閉ざしていた北側の窓を開くこと。❖冬の暗さが家の中から一掃され、春になったことを実感する。↓北窓塞ぐ（冬）

山鳩の声の北窓ひらきけり　山田みづえ

北窓をひらく誰かに会ふやうに　今井杏太郎

七回忌済みし北窓ひらきけり　東野礼子

癒え告ぐるごとく北窓開きけり　佐藤博美

**【目貼剝ぐ《めばりはぐ》】**

冬の間、隙間風を防ぐために貼っておいた目貼をはがすこと。建築様式の変化に伴い、目貼そのものが減った。

目貼剝ぐや故里の川鳴りをらむ　村越化石

目貼剝ぐ海坂に藍もどりしと　成田智世子

手応えもなく剝されし目貼かな　松田弟花郎

**【雪囲とる《ゆきがこひとる》】**　雪垣解《ゆきがきと》く　雪除《ゆきよけ》とる　霜除《しもよけ》とる　風除《かざよけ》解く　冬構解く　冬囲とる　雪吊《ゆきつり》解く　雪割

雪の深い日本海側などで、雪や寒気を防ぐためにしてあった備えを春になって外すこと。❖雪割は硬く凍った根雪を、つるはし

などで割り、雪解をうながすこと。↓雪囲
（冬）

雪囲解き月山を振り仰ぐ　松本　旭
風垣を解きたる夜の風狂ふ　千田一路
雪吊りのありし高さを目に測り　鷹羽狩行
雪割の雪燦爛と街さびし　岸田稚魚
胸紅き鳥の来てをり雪を割る　金箱戈止夫
波音の高まる雪を割りにけり　陽　美保子

**【屋根替《やねかへ》】**　葺替《ふきかへ》　屋根葺く　屋根《やね》繕《つくろ》ふ

冬の間、雪や強風で傷《いた》んだ茅葺や藁葺の屋根を春に葺き替えたり繕ったりすること。❖近年は屋根の素材は様々だが、積雪などで傷んだ屋根を修理する。

屋根替の埃の上の昼の月　高浜虚子
屋根替の一人下りきて庭通る　高野素十
屋根替の竹を大きく宙に振り　森田　峠
高々と屋根替の日の懸るなり　大峯あきら
屋根替の埃に在す仏かな　山田閏子
葺替の萱束抱きて受け渡す　茨木和生
葺き替へて屋根石もとの位置に載る　橋本美代子

**【垣繕ふ《かきつくろふ》】**　垣手入

風雪に傷められた竹垣・生垣・柴垣などを修理すること。

山際の大きな家の垣繕ふ　黒田杏子
垣の竹青くつくろひ終りたる　高浜虚子
門ひらき垣の手入の進みをり　上野　泰

**【松の緑摘む《まつのみどりつむ》】**　緑摘む　若緑摘む

春になると松の新芽がぐんぐん伸びるので、それを適宜指で摘む。枝ぶりをよくするためである。↓若緑

かつてなき男ごころ松の緑摘み　鷹羽狩行
緑摘む下にひろがり潦　本多邑多

**【麦踏《むぎふみ》】**　麦を踏む　麦踏む

霜柱で根が浮き上るのを防ぐため、また根張りがよくなるようにと麦踏を行う。数回にわたって行われる。

歩み来し人麦踏をはじめけり　高野素十
麦踏の折り返す足とんと踏む　綾部仁喜
麦踏の手をどうするか見てゐたる　茨木和生
麦踏みのまたはるかなるものめざす　鷹羽狩行
麦踏みのひとり近づく推古陵　山本洋子
麦を踏む子のかなしみを父は知らず　加藤楸邨
麦踏んで今日はひとりになりたき日　後藤比奈夫

**【野焼く《のやく》】**　野焼　堤焼く　野火　草焼く　芝焼く　芝焼

土地を肥やし、害虫を駆除するため、野や土手などの枯草を焼き払うこと。野火は野焼の火の意。→焼野

野を焼くやぽつん〳〵と雨到る　村上鬼城
野を焼けば焔一枚立ちすすむ　山口青邨
野を焼ける火色にはるか仏の灯　井上　雪
野を焼きて明日疑ふこともなく　光部美千代
古き世の火の色うごく野焼かな　飯田蛇笏
落日を野火の面に見うしなふ　加藤楸邨
少年に獣の如く野火打たれ　野見山朱鳥
飛火してたちまち野火の炎なり　廣瀬直人
野火走るさきざき闇の新しく　三村純也
野火果ててふたつの鼓動だけの夜　櫂　未知子

**【山焼く《やまやく》】**　山焼《やまやき》　焼山《やけやま》　山火

早春の晴れて風のない日、野山の枯草を焼き払うこと。飼草や山菜類の発育を促し、害虫を駆除するためである。山火は山焼の火の意。

山焼くや夜はうつくしきしなの川　一　茶
ねもころに祓ふ山焼く種火かな　蟇目良雨
山焼の煙の上の根なし雲　高浜虚子
山焼の炎はばたくとき暗む　しなだしん
野火山火柩に古きものはなし　神尾久美子
火の鳥となりて羽搏く山火かな　豊長みのる

**【畑焼く《はたやく》】**　畦焼《あぜや》く　畑焼　畦焼　畦火

畑の作物の枯れ残り、畦の枯草などを焼き払うこと。害虫の卵や幼虫を絶滅させるた

めで、あとの灰は畑の有用な肥料となる。

畑焼や炎にならぬものすこし　櫂　未知子
畦焼の煙のとどく珠算塾　柏原眠雨
満月の中宮寺裏畦焼けり　山田孝子
はしりきて二つの畦火相搏《あいう》てる　加藤楸邨

**【耕《たがやし》】**　**耕す　耕《たがへし》　春耕　耕人**

種蒔・植付けの前に田畑の土を鋤《す》き返して柔らかくすること。昔は牛馬に鋤を引かせるか、あるいは人力で耕したが、現在はトラクターなど、機械化が進んだ。

たがやすや伝説の地を少しづつ　京極杞陽
赤人の富士を仰ぎて耕せり　大串　章
天耕の峯に達して峯を越す　山口誓子
春耕の鍬の柄長し吉野人　細川加賀
春耕のひとりにつよく川折れぬ　森川光郎
春耕のときどき土を戻しをり　井上弘美
耕人の遠くをりさらに遠くをり　不破　博
耕人に余呉の汀の照り昃《かげ》り　長谷川久々子

**【田打《たうち》】**　**春田打　田を打つ　田を返す　田を鋤く　田起し**

田の土を起こして柔らかくし、田植に備える作業。機械化が進む前は、牛馬を使うことが多かった。

風さきを花びらはしる田打かな　山上樹実雄
生きかはり死にかはりして打つ田かな　村上鬼城
ゆく雲の北は会津や春田打　岡本　眸
たてよこの畦よみがへる春田打　木内怜子
田起しの日和の遊行柳かな　太田土男

**【畑打《はたうち》】**　**畑打つ　畑鋤く　畑返す**

春蒔きの作物のために畑の土を起こすこと。

動くとも見えで畑うつ男かな　去来
我行けば畑打ちやめて我を見る　正岡子規
天近く畑打つ人や奥吉野　山口青邨
はるかなる光りも畑を打つ鍬か　皆吉爽雨
畑を打つフランス鍬の修道女　西本一都

**【畦塗《あぜぬり》】**　**畔塗《くろぬり》　畦塗る**

田に水を張る前に、水や肥料が流出しないよう、また堅牢な畦道を保つために畦を田圃の泥土で塗り固めること。❖塗り終わった畦が輝いている光景はいかにも春らしい。

畦塗りの一日かわく嶽の風　六角文夫
花過ぎし峡田の畦を塗る音か　加藤楸邨
畦塗つてほろりほろりと夕の雨　久保田博
畦塗つて海の没日《いりひ》を大きくす　本宮哲郎
ひとたびは削り落とし畦を塗る　若井新一
塗り了へて畦直なるに汽笛添ふ　野澤節子

【種物《たねもの》】　物種　花種　種売　種袋　種物屋

穀類・野菜・草花の種のこと。前年採取した種は天井などに吊し、乾燥させて、冬の間保存する。❖種物屋や花屋の店頭に野菜や花が美しく印刷された袋などが飾られているのを見ると、春らしい気分になる。

ものの種にぎればいのちひしめける　日野草城
花種買ふ運河かがよひをりしかば　石田波郷
花の種買ふアルプスの麓町　岬　雪夫
種売のとり出す種の多からず　中村汀女
種袋海あをあをと膨れ来る　野中亮介
あの世めく満開の絵の種袋　加藤かな文
うつすらと空気をふくみ種袋　津川絵理子
看板の何も出て居ず種物屋　加倉井秋を

【種選《たねえらび》】　種選《たねえらみ》　種選《たねより》

前年穫り入れた籾種を、春の彼岸ごろに塩水に浸し、浮いた不良な種を除いてよい種を残すこと。籾種に限らず、大豆や小豆など一般に種物を選り分けることをもいう。

白波の昼となりたる種選　斎藤梅子
降り出しの雨粒甘き種選　宮田正和
うしろより風が耳吹く種撰み　飴山實
指先の水にしびれし種選み　若井新一
種選むとき北国の風硬し　北　光星

【種浸し《たねひたし》】　種浸ける　種浸け　籾浸け

る　**種井　種俵　種池**

発芽を促すため、選別された稲の籾種を水や温水などに浸しておくこと。かつては籾種を俵や叺《かます》に入れたまま、池、井戸、汲み置いた水などに浸し、その後、苗代に蒔いた。

種浸しひと桶にして澄みわたり　斎藤夏風
みづうみの水汲んで来て種浸す　茨木和生
太秦《うづまさ》の門べに作る種井かな　松瀬青々
大いなる種井まはりて人来る　高野素十
次の雨近づいてゐる種井かな　大峯あきら
水天へしづしづ沈め種俵　若井新一
筑波よく晴れ種池の気泡かな　坂巻純子

**【種蒔《たねまき》】**　**種下《たねおろ》し　播種《はしゅ》　籾下《もみおろ》す　種案山子《たねかがし》**

種籾を苗代に蒔くこと。現在では苗代にかわる育苗箱への播種がほとんど。全国的にみると八十八夜前後が多いという。

種蒔のひとりに風の立ちにけり　嶋田麻紀
種蒔ける者の足あと洽《あまね》しや　中村草田男
種蒔ける影も歩みて種を蒔く　林　徹
種蒔くや雪の立山神ながら　本田一杉
指先を流るゝ如し種を蒔く　野村泊月
湖山まだ冷えをはなさず種下し　鷲谷七菜子
種下ろし青き鈴鹿を神として　山本洋子
籾蒔けり静に足を抜き換ふる　高浜年尾
一路なる白毫寺村籾おろす　赤松蕙子
種案山子短かき影を落しけり　山田みづえ

**【物種蒔く《ものだねまく》】**　**胡瓜《きうり》蒔く　南瓜《かぼちゃ》蒔く　牛《ご》蒡《ばう》蒔く　西瓜《すいくわ》蒔く　茄子《なす》蒔く**

夏から秋にかけて収穫する野菜の種を蒔くこと。種類によって床蒔き・直《じか》蒔きがあり、彼岸から八十八夜前後に蒔くことが多いが、地域によって時期は異なる。❖具体的に「胡瓜蒔く」「南瓜蒔く」「茄子蒔く」などと使う。

南瓜蒔く書斎の窓はここに開く　山口青邨
茄子の種紫ならず蒔きにけり　今井千鶴子
糸瓜蒔く頃と思ひて糸瓜蒔く　吉川千代

**【花種蒔く《はなだねまく》】**　朝顔蒔く　鶏頭蒔く　夕顔蒔く

夏または秋に咲く草花の種を蒔くこと。寒さが去った春の彼岸前後に、花壇や鉢・木箱などに蒔く。

花種を蒔きてこころは沖にあり　鷲谷七菜子
妻しづかなれば花種蒔きてをり　東　義人
喪にありてねんごろに蒔く花の種　片山由美子
朝顔を蒔きて人待つ心あり　中村汀女
花種を蒔き常の日を新たにす　岡本　眸

**【苗床《なへどこ》】**　種床《たねどこ》　播床《まきどこ》　温床《おんしやう》　冷床《れいしやう》　苗障子

野菜などの種を蒔き、苗を育成するために植えておく仮床。保温のために油障子・ビニール障子・ガラス障子など、いわゆる苗障子で覆う。露地に直接しつらえるものを冷床という。

苗床に突きさしてある温度計　伊佐山春愁
苗床のぬくもりぬつと顔を打つ　有賀辰見
苗床の大き足跡あかねさす　福田甲子雄
まだ油ひかぬ真白き苗障子　中田みづほ
この辺り耳成村や苗障子　野中丈義
苗障子子供のこゑのはねかへり　細川加賀
みづうみの松風ばかり苗障子　石田勝彦

**【苗札《なへふだ》】**

苗床、花壇、鉢などへ種を蒔き、あるいは苗を植え替えたあと、添えておく小さな札のこと。品種、名称、日付などを記しておくのがふつうである。

苗札を十あまり挿す夜も白し　八木林之助
苗札にややこしき名を書きにけり　細川加賀
苗札を立てて吉報待ちゐたり　本宮鼎三
太陽が出る苗札のうしろより　辻田克巳

**【苗木市《なへぎいち》】**　苗市　苗木売　植木市

春に立つ、苗木を売る市。社寺の境内でよくみられる。庭木や果樹の苗木が多く扱われる。

奥多摩の山見えてゐる苗木市　皆川盤水
少年に虚しき日あり苗木市　鈴木六林男
夕冷えの湖となりけり苗木市　藤田湘子
苗売や千葉の人なりよく笑ふ　岩田由美
植木市当て字ばかりの名札つく　右城暮石
そのなかの勿忘草や植木市　石田勝彦
早暁の荷を運びこむ植木市　青柳志解樹

**【藍蒔く《あゐまく》】**　藍植う

葉から染料をとる藍は、タデ科の蓼藍《たであい》で、二月ごろに種を蒔き、丈が伸びたら畑に移植する。四国の徳島、吉野川沿いが主産地だった。化学染料の出現のため微々たるものとなった。

明日植うる藍の宵水たつぷりと　豊川湘風
十郎兵衛屋敷に植ゑて藍の苗　林　俊子

**【麻蒔く《あさまく》】**

麻（大麻）は古くから日本に入り、衣料に織られていたことは『万葉集』によって知られる。夏草（主として繊維材料）、秋草（食料および油料）の両種があり、三、四月ごろに種を蒔く。↓麻（夏）

陽炎の中にちらすや麻の種　樗　堂
麻まくや湖《うみ》へ傾く四五ケ村　永田青嵐

**【蓮植う《はすうう》】**

蓮は、泥田や沼などに栽培するもので、日当たりの良いことが必須条件。四、五月ごろ、二、三節ぐらいに短く切った種蓮を埋め込む。

蓮を植う軽き田舟を引き寄せて　大坪景章
白鷺や蓮うゑし田のさざなみに　木津柳芽

**【芋植う《いもうう》】**　里芋植う

里芋、八頭《やつがしら》などは、三、四月ごろ植付けを

する。種芋である子芋を、芽を上にして植え込む。↓種芋

芋植うる土ねんごろに砕きをり　林　徹
芋植ゑて息つく雨となりにけり　青木就一郎

**【馬鈴薯植う《ばれいしようう》】**

馬鈴薯はじかに畑に植える。もともと低温地帯の作物である。種薯《たねいも》を切ったものを使う時は、切り口に木灰を塗って病菌の付着を防ぐ。

切株の累々薯を植うるなり　相馬遷子
じやが薯を植ゑることばを置くごとく　矢島渚男

**【木の実植う《このみうう》】**

春の彼岸前後に、櫟、樫、檜、桐その他さまざまの木の実を苗床に植えたり山に直植えしたりすること。❖種の小さいものは「松の実蒔く」などという。

浅間嶺の雲に乗る鳥木の実植う　藤田湘子
木の実植う紀伊の岬の明るさに　河野青華

**【球根植う《きうこんうう》】**　ダリア植う　百合植う

晩秋、葉が枯れたあと掘り出し保存してあった球根を春先に植える。春植えのものにダリア、カンナ、百合、グラジオラスなどがある。❖「ダリア植う」「百合植う」など、花の名を特定して詠むことも多い。チューリップ、ヒヤシンス、クロッカスなどは秋に植え、春に花を楽しむ。

球根を植ゑし深さへ水そそぐ　近藤　實
みなどこかゆがむ球根植ゑにけり　片山由美子

**【果樹植う《くわじゆうう》】**　桃植う　柿植う

果樹の苗木は芽を出す少し前に植え付ける。日当たりの良い場所が選ばれる。❖実際には具体的な果樹を詠むのが望ましい。「桃植う」「柿植う」など。

柿植ゑて子らに八年先のこと　辻田克巳
ぶだう苗木寸土に植ゑて子とゐる日　古沢太穂

**【苗木植う《なへぎうう》】**　植林　杉苗

植林する場合、松・杉・檜などの苗木は三月から四月ごろに植える。観賞用の庭木についてもいう。

わが影の濃くおくところ苗木植う　上村占魚
つちくれに語りかけつつ苗木植う　福永みち子
杉植ゑて雲の中より戻りけり　宇都木水晶花
どさどさと放り出されし杉の苗　青柳志解樹
苗すでに北山杉の容かな　城戸崎丹花
国《くに》東《さき》の山田山田に櫟植う　滝沢伊代次
白梅の苗てふ鞭のごときもの　飴山實

**【剪定《せんてい》】**

剪定は、果樹の開花・結実をよくするためのものと、観賞用の花木や庭木の形を整えるためのものに大別される。伸びすぎた枝や枯枝を取り除く作業である。

剪定の林檎の枝の束白く　山口青邨
剪定の遠きひとりに靄かかる　木村蕪城
剪定に夕星ともる梨畠　石田勝彦
剪定の一人の鋏音を立て　深見けん二
剪定のすめば日輪力あり　森田峠
剪定の切り口雪を呼びにけり　石田郷子
剪定の一枝がとんできて弾む　髙田正子

**【接木《つぎき》】**　接穂　砧木《だいぎ》　接木苗　芽接　根接

枝の一部を切り取り、他の木に接ぎ合わせること。接ぐ枝を接穂、接がれる木を砧木という。接木は果樹に多く、甘柿をとるのに渋柿を砧木にしたり、接木によって実生よりもはやく果実を収穫することを目的として行う。早いものは二月から、他は春の彼岸の前後が選ばれる。↓挿木

湖の夕日さしゐる接木かな　山口青邨
高野へと雲を見送る接木かな　上田五千石
接木して彦根林檎の三代目　尾池和夫
川音の高みのなかの接木かな　鷲谷七菜子
しののめの紅さしのぼる接穂かな　成田千空

柿接ぐや遠白波の唯一度　大峯あきら

**【挿木《さしき》】**　挿葉　挿芽　挿穂　取木

若枝などを切り取って土に挿し、根を生じさせて、苗木を作ること。時期は彼岸前後から八十八夜ごろまで。柳・葡萄・茶などは挿木で増やすことが多い。葉に傷をつけ、地に挿して根を生じさせるのを挿葉といい、弁慶草や秋海棠などに行う。蔬菜《そさい》類では、トマト・馬鈴薯の芽をかいて挿芽《さしめ》をするのと、薩摩芋の蔓の挿植はよく知られている。挿木や接木が容易ではない時は、枝の一部の皮をはぎ、その部分を水苔などで包み、充分に根が出たところで親木から切り離して植えつける取木を行う。→接木

一と杓を傾け挿木をはりけり　後藤夜半
日当たりてすでに目だたぬ挿木かな　中島月笠
挿木せしゆゑ日に一度ここに来る　山口波津女
挿木していちにち門を出ぬ日かな　鷹羽狩行
小鳥らのこゑこぼれくる挿木かな　根岸善雄

**【根分《ねわけ》】**　株分　菊根分　萩根分　菖蒲根分

春になると、菊・萩・菖蒲などは古株から新芽が出てくるので、それを分けて増やす。
❖菊根分・萩根分・菖蒲根分など、植物名をともなって用いることが多い。

根分して施す水のかゞやきぬ　安田蚊杖
菊根分うしろを誰か通りけり　三宅応人
みささぎのその名知らずよ菊根分　関戸靖子
菊根分振り向きざまの日がまぶし　蟇目良雨
菊根分父訪ふ人の稀となり　片山由美子
わけもなく故人の話菊根分　星野高士
萩根分して小机に戻りけり　村山古郷
菖蒲根分水をやさしう使ひけり　草間時彦

**【慈姑《くわゐ》掘《ほ》る】**

慈姑は地下の球茎が食用となるので、水田に植えられた慈姑の茎・葉が黄色くなり、

地上部が枯れきってから掘り出す。時期は大体、十二月から三月ごろまで続くが、古来春の季語とされている。❖新年に縁起物として食される。

慈姑掘る門田深きに腰漬けて　石塚友二
掘り出せる泥の塊なる慈姑　山地国夫
勾玉の慈姑泥より掘り出せり　林　徹

【桑解く《くはとく》】 桑ほどく

冬の間、括っておいた桑の枝を、春先、蚕飼の始まるまえに解き放つこと。

桑解くや大江山より雨の粒　吉本伊智朗
終りまで遂にひとりや桑を解く　草野駝王
桑を解く伊吹に雪の厚けれど　茨木和生
縄ぼこり立ちて消えつゝ桑ほどく　高浜虚子

【霜くすべ《しもくすべ》】

晩春のよく晴れた夜に突然霜が降りることがある。その害を防ぐために、くすぶりやすい籾殻・松葉などを焚いて煙幕を作り畑一面を覆うこと。

鰻田に及べる遠き霜くすべ　能村登四郎
霜くすべ終へたる父の朝寝かな　皆川盤水
人影の立ちつかがみつ霜くすべ　松崎鉄之介
暗がりに人声のする霜くすべ　石田勝彦
山ひとつ北に尖りて霜くすべ　廣瀬直人

【桑摘《くはつみ》】 桑摘唄　桑籠　桑車　夜桑摘む

養蚕農家では、桑を摘むのが毎日の重要な作業である。蚕の成長に合わせて、若葉摘みから始まり、しまいには枝ごと摘んで蚕に与える。最盛期には昼夜を問わず摘む。

桑摘むや桑に隠れて妙義の頭《づ》　松根東洋城
夜桑摘み桑の中より月生まる　佐藤郷雨

【蚕飼《こがひ》】 養蚕　種紙《たねがみ》　毛蚕《けご》　蚕種《こだね》　掃《はき》立《たて》　蚕の眠り　飼屋《かひや》　蚕棚《かひこだな》　蚕室《さんしつ》　蚕籠《こかご》　蚕飼時　眠蚕《いこ》

繭を採るため蚕を飼うこと。春夏秋とある

が、俳句では春蚕《はるご》を育てることをいう。孵化したばかりの毛蚕を羽箒などで集め蚕座に移し広げることを掃立という。桑の若い葉を食べて成熟した毛蚕は休眠と脱皮をくり返し上蔟《じようぞく》し始める。上蔟の前後は蚕ざかりといい、息継ぐ暇もないくらい忙しい。掃立は普通四月中旬だから、繭の採れるのは五月の半ば以降である。→蚕・夏蚕(夏)

高嶺星蚕飼の村は寝しづまり　水原秋櫻子
あめつちの中に青める蚕種かな　吉岡禅寺洞
掃立や微塵のいのちいとほしみ　金子伊昔紅
時刻む飼屋の時計蠶《こ》のねむり　富安風生
飼屋の灯母屋の闇と更けにけり　芝　不器男
蚕時雨の食ひ足りてきし音となる　村山一棹

**【牧開《まきびらき》】**

春になり、牛や馬を放牧地に放つこと。家畜が自由に動き回り、新鮮な草を食べられるようになる。

牧開白樺花を了りけり　水原秋櫻子
ゆく雲に高嶺はさとし牧開　土屋未知

**【羊の毛刈る《ひつじのけかる》】**　羊毛剪る　羊剪毛　剪毛期

緬羊《めんよう》の毛を刈り取ること。緬羊は毛糸・毛織物の原料を採るため日本でも飼育されている。毛を剪る時期はその土地によって違うが、おおむね晩春から初夏にかけて行う。

羊の毛刈る日近くて雲ひとつ　北　光星
毛を刈る間羊に言葉かけとほす　橋本多佳子
毛を剪りし羊の足の立上り　依田明倫
刈り了《を》へし羊脱兎のごとくかな　橋本末子

**【茶摘《ちやつみ》】**　一番茶　二番茶　茶摘時　茶摘唄　茶摘籠　茶摘笠　茶山　茶畑

茶の新芽摘みは、産地によって相違があるが、ふつう八十八夜を挟んで二、三週間ほどが最盛期。あと二番茶、三番茶などと晩茶が刈られるが、四月下旬までに摘まれた一番茶が最上とされる。❖新茶は精製されたものなので「新茶摘む」は誤り。

むさしのもはてなる丘の茶摘かな　水原秋櫻子
茶を摘むや胸のうちまでうすみどり　本宮鼎三
茶を摘めるしづかな音が移りゆく　西島陽子朗
摘みし茶の匂ひあふるる籠を抱く　杉浦すゞ子
茶摘唄木蔭は深くなりにけり　外川飼虎
日の中に浮き沈みして茶摘笠　畠山譲二
ひとごゑのやさしき茶山がくれかな　細川加賀
茶畑のひと雨ありしまろさかな　鷹羽狩行

**【製茶《せいちや》】**　茶づくり　茶揉《ちやも》み　焙炉《ほいろ》　焙炉場　焙炉師　茶《ちや》の葉《は》選《えり》

摘んだ若い葉は蒸し、焙炉の上であぶりながら、茶師が丹念に手で揉んで乾かす。

懐柔を事とするなる製茶かな　相生垣瓜人
製茶の香大和づくりの門入れば　大島民郎
もみあげて針の如くに玉露かな　水内鬼灯
仏壇の中も茶ぼこり焙炉どき　大森積翠
焙炉場の窓竹林に開け放つ　斎藤佳織

**【鮎汲《あゆくみ》】**　稚《ち》鮎汲《あゆくみ》　小《こ》鮎汲《あゆくみ》　鮎苗《あゆなえ》

孵化した小鮎は川を下り、冬季、近海で成育し、春に川を遡り始める。その鮎をすくいとるのが鮎汲である。現在ではその鮎を育ててから放流する。❖琵琶湖などでは稚鮎を育てて鮎苗として出荷する。→若鮎

鮎を汲む朝妻湊雨けぶる　松崎鉄之介
稚鮎汲む安曇《あど》の四つ手の上りたる　後藤比奈夫
薄絹の水のおぼろや小鮎汲　西山泊雲
比良かくす雨いくたびや小鮎汲　笹井武志
みづうみに鮎汲桶の投げらるる　井上弘美

**【魞挿《えりさ》す】**

魞は琵琶湖などで使われる定置漁具。魚の通るところに何本もの青竹を迷路のように突きさし、外側から魞簀を張りめぐらし、入ってきた魚を手網で掬《すく》いとる仕掛け。そ

のための青竹を突き刺す作業を魞挿すとい
う。二月から三月中旬に行う。

竹積んで魞挿す舟と覚えたり　高浜年尾
湖の待ちをる魞を挿しはじむ　後藤比奈夫
魞竿を挿す大揺れの舟に立ち　津田清子
魞挿して波をなだむる奥琵琶湖　福永耕二
雪の日もまだありながら魞を挿す　三村純也

**【上り簗《のぼりやな》】**

鮎や鮭・鱒など川を上る習性を持つ魚類を獲るための簗。川の瀬に竹や木などで水を堰き、ひとところだけ魚道を作っておき、簀や網を仕掛けて魚を獲る。→簗（夏）・下り簗（秋）

淀川や舟みちよけて上り簗　田中王城
上り簗秩父は山を集めけり　落合水尾
上り簗組む賄ひの鯉料理　茨木和生

**【磯竈《いそかまど》】**　磯焚火

海女は、海から上がると岩陰その他風の当たらない所に磯竈を作って暖をとる。三重県志摩地方では、春に限り、また磯焚火ともいい、男子禁制。

磯かまど女ばかりの笑ひ声　渋沢渋亭
磯かまど乾かす髪も汐いたみ　石川星水女
一枚の波屏風立ち磯焚火　上野　泰
立膝の海女の囲める磯焚火　佐藤露草

**【磯菜摘《いそなつみ》】**

磯菜は磯菜草ともいい、磯辺に生える食用の海藻。潮が温んでくると、女たちは磯に出、岩の間に生い茂っている海藻の類を、腰まで水に浸かりながら採る。

防人《さきもり》の妻恋ふ歌や磯菜つむ　杉田久女
総の国犬吠崎の磯菜摘む　大橋櫻坡子
波暗き長門の磯菜摘むが見ゆ　野見山朱鳥
磯菜摘む波は寄せつつ限りなし　清崎敏郎

**【海女《あま》】**　磯海女　沖海女　海女の笛　磯なげき

海に潜り貝類や海藻類を採り生活する女性。陸近く、比較的浅い海で潜る磯海女（陸人《かちど》、桶海女《おけあま》、磯人《いそど》）と、船で沖に出てから潜る沖海女（舟人《ふなど》）とがいる。磯海女は、磯桶を浮かべ、長い綱を自分の腰に結び付けて潜る。沖海女はその腰綱の端を船上でその夫などが握り、呼吸をはかる。海面に浮き上がった海女たちは口を細めて息を吐き出す。その音を「海女の笛」「磯なげき」とよんでいる。↓鮑（夏）

命綱たるみて海女の自在境　津田清子
陸ながくあゆみ来りて海女潜る　山口波津女
断崖の見下ろしてをり海女しづむ　上野泰
磯なげき鳶が羽搏ちをとめにけり　大橋敦子
磯なげき月日を白く累ねたり　宇佐美魚目

**【木流し《きながし》】**　修羅落し　初筏《はついかだ》

冬の間に伐採した木は積雪などを利用して谷間に集めておく。そして春先に雪が解け始めると筏に組み、水流を利用して川下に流すのである。現在ではほとんど行われない。

雪しろの断崖《きりぎし》哭かす修羅落　角川源義
初筏あやつる櫂の荒削り　小林広子

**【磯遊《いそあそび》】**　磯開　磯祭

旧暦三月三日前後の大潮のころ、磯辺で一日を祝祭気分で過ごす風習。汐干狩はここから始まった。今では行楽についてもいう。

磯遊び二つの島のつゞきをり　高浜虚子
岩の間に手をさし入れて磯遊び　山口誓子
子との距離いつも心に磯遊び　福永耕二
空を航くごとく船見え磯遊　高田風人子
磯遊びふと漂泊の思ひあり　寺島ただし
汐の香をいつか忘れし磯遊び　柴田佐知子
靴下を花と残して磯遊　野中亮介
一反の晒あかるき磯開　中原道夫

**【汐干狩《しほひがり》】**　潮干狩　汐干貝　汐干籠

**潮干船**

春の行楽の一つ。潮の干上がった浜辺で、蛤《はまぐり》・浅蜊《あさり》などの貝や魚をとって遊ぶこと。旧暦三月三日前後の大潮のころが好機である。→潮干潟

濃紺の海少しある汐干狩　右城暮石
置きし物遠くなりたる汐干狩　八木澤高原
燈台の影が日時計汐干狩　藤井亘
汐干狩ふいにみんなが遠くなり　内田美紗
脛白く見せたる母や汐干狩　老川敏彦
さりげなくひとと競へり潮干狩　黒坂紫陽子
待つ人のなき陸《くが》はるか潮干狩　櫂未知子

**【観潮《くわんてう》】**　渦潮見《うづしほみ》　渦見《うづみ》　渦見船　観潮船　渦潮

淡路島と四国の間の鳴門海峡は、大小無数の岩礁が散在しており、潮の流れが速いので、潮の干満によっていたるところに潮の渦ができて壮観を呈する。これを鳴門の渦潮といい、旧暦三月三日前後の大潮のころが見ごろである。

観潮船天井に潮映しけり　矢島渚男
流されてみせて観潮船といふ　後藤立夫
渦潮を落ちゆく船の姿して　山口誓子
潮待ちは心待ちなり渦見舟　鈴木鷹夫

**【踏青《たふせい》】**　青き踏む

旧暦三月三日に野辺に出て、青々と萌え出た草の上を歩き、宴を催した中国の風習にならったもの。❖今ではその日に限らず、春の野を散策することをいう。→野遊

踏青や古き石階あるばかり　高浜虚子
あかんぼにはや踏青の靴履かす　飴山實
天平の仏にまみえ青き踏む　石原八束
みづうみのふくらむひかり青き踏む　鍵和田秞子
子は母の影を出で入り青き踏む　伊藤敬子
踏青やひとりを佳しと思ふまで　柴田佐知子

**【野遊《のあそび》】**　山遊　野がけ　春遊

春、野山へ出かけ、食事をしたり遊んだりすること。本来は物忌みのために仕事を休んで出かける行事であった。↓踏青

野遊びの着物のしめり老夫婦　桂　信子
野遊びの妻に見つけし肘ゑくぼ　森　澄雄
野遊びや水の上くる火の匂ひ　田部谷　紫
野遊の味噌こそよけれにぎりめし　綾部仁喜
野遊びの終り太平洋に出づ　大串　章
野遊びのひとりひとりに母のこゑ　橋本榮治
野遊びや詩の一節を諳んじて　明隅礼子
むかし兵たりし身を伏せ野に遊ぶ　辻田克巳

**【摘草《つみくさ》】**　草摘む　蓬摘む　土筆摘む　芹摘む

春の行楽の一つ。野や堤に出て、嫁菜・蓬《よもぎ》・土筆《つくし》・芹など食用になる野草を摘むこと。

摘草や橋なき土手を何処までも　篠原温亭
摘草の人また立ちて歩きけり　高野素十
摘草やはじめは少し離れゐて　川村研治
摘草に永き踏切ありにけり　津川絵理子
草摘むとかがめば光る川面あり　村田　脩
太陽のぬくもりを摘む草を摘む　嶋田摩耶子
流れには遂に出逢はず蓬摘む　山口波津女
西行庵十歩離れずよもぎ摘む　細見綾子
蓬摘む一円光のなかにゐて　桂　信子
手の中へふくらんでくる蓬摘む　坂巻純子
大仰に籠をならべて蓬摘　大嶽青児
籠の蓬抑へおさへてまだ摘める　鷲谷七菜子

**【梅見《うめみ》】**　観梅　梅見茶屋

二月ごろから百花にさきがけて開く梅は古くから観賞用として栽培され、高い香気が愛でられた。花の期間が長く、梅の名所は観梅の人々で静かに賑わう。↓梅・探梅（冬）

青空のいつみえそめし梅見かな　久保田万太郎
はこべらに梅見の酒をこぼしたり　河合佳代子

にはたづみいくつも越えて梅見かな　山本洋子
日の当る床几をえらび梅見茶屋　山田光子

**【花見《はなみ》】**観桜《くわんあう》　桜狩　花の宴　花筵《はなむしろ》
花見酒　花見客　花見人　花人《はなびと》　花見舟

桜の花を観賞し、楽しむこと。桜花を愛でる習慣は、平安時代に起こったものだが、当時はもっぱら貴族の行楽とされた。秀吉の醍醐《だいご》の花見は有名だが、庶民の行楽となったのは、江戸も元禄以降のことである。桜狩は、桜の名所を訪ね歩き、その美を賞すること。❖本来は群桜・群衆・飲食を伴う。

花見にと馬に鞍置く心あり　高浜虚子
業平の墓もたづねて桜狩　高野素十
翠黛とひもすがらある桜狩　後藤夜半
風音はいつも谷間に桜狩　高木晴子
少年の髪白みゆく櫻狩　齋藤愼爾
花筵端の暗さを重ねあふ　能村研三
一つ杭に繋ぎ合ひけり花見船　長谷川零余子
石垣を突いて廻しぬ花見船　綾部仁喜

**【花篝《はなかがり》】**花雪洞《はなぼんぼり》

夜桜の風情を引き立てるために焚く篝火のこと。京都円山公園の花篝は特に名高い。

燃え出づるあちらこちらの花篝　日野草城
火花とは爆ぜて飛ぶ花花篝　粟津松彩子
花篝火の色今や得つゝあり　鈴鹿野風呂
つねに一二片そのために花篝　鷹羽狩行
水中の闇をうごかし花篝　木内怜子
あはうみの闇あふれしむ花篝　黒田杏子
くべ足して暗みたりけり花篝　西村和子

**【花守《はなもり》】**花の主　桜守

桜花の番をする人、花を守る人、または桜の花の主。

喉ふかきところよりこゑ桜守　鷲谷七菜子
まなぶたのいくたび冷えて桜守　神尾久美子
花守のさらさらと水のみにけり　岡井省二

花守の布掛けてある碁盤かな　黒澤麻生子

**【花疲れ《はなづかれ》】**

人出や陽気のせいか、花見は疲れやすい。美しいものを見た余韻とともに疲労が押し寄せてくる。その疲れに浸ることも花時の趣の一つである。

坐りたるまゝ帯とくや花疲れ　鈴木真砂女
光にも揉まれしごとし花疲れ　香西照雄
川を見て坐れる母や花疲れ　北澤瑞史
吉野葛溶くやほぐるる花疲　大網信行
雨だれの誘ふまどろみ花疲れ　大竹きみ江
まつしろな空の下なる花疲れ　石田郷子

**【ボートレース】**　競漕　レガッタ

多くは花盛りの時期に行われる、各大学や会社、団体の対抗レース。❖東京では隅田川の早慶レガッタ、関西では琵琶湖瀬田川での競漕などが有名。

競漕や午後の風波立ちわたり　水原秋櫻子
競漕の船腹ほそく岸に寄る　鷹羽狩行
レガッタの母校を囃し相識らず　今戸光子

**【猟期終る《れふきをはる》】**　猟名残　猟期果つ

多くの地域では、原則として二月十五日で猟期が終わる。

この山を知り尽したる猟名残　岡安仁義
猟名残酒の粕など炙りては　中村与謝男
呼笛の紐のくれなゐ猟期果つ　広渡敬雄

**【凧《たこ》】**　紙鳶《しえん》　いかのぼり　字凧　絵凧　奴凧《やっこだこ》　切凧　懸凧《かかりだこ》　はた

江戸時代以降凧揚は春の行事としてさかんに行われるようになった。❖静岡・新潟・長崎などで凧合戦は今でもさかんに行われている。↓正月の凧（新年）

夕ぐれのものうき雲やいかのぼり　才麿
凧《いかのぼり》きのふの空のありどころ　蕪村
日の暮に凧の揃ふや町の空　一茶
旅人や泣く子に凧を揚げてやる　石島雉子郎

凧日和とは海峡の荒るゝ日よ　松本圭二
凧《いかのぼり》なにもて死なむあがるべし　中村苑子
津の国の水暮れのこるいかのぼり　大石悦子
切凧の敵地へ落ちて鳴りやまず　長谷川かな女
連凧の一つがそつぽ向く難儀　尾池和夫

【風船《ふうせん》】　紙風船　風船売　ゴム風船
春の子どもの遊び。ふくらませ、手でついて遊ぶ。豊かな彩りも春らしい。❖春の季語とされたのは大正以降のことという。
風船の子の手離れて松の上　高浜虚子
かなしびの満ちて風船舞ひあがる　三橋鷹女
置きどころなくて風船持ち歩く　中村苑子
風船におのづと空の道展け　青柳志解樹
風船が乗つて電車のドア閉まる　今井千鶴子
天井に風船あるを知りて眠る　依光陽子
日曜といふさみしさの紙風船　岡本眸
紙風船突くやいつしか立ちあがり　村上喜代子
風船の中の風船売の顔　杉本零

【風車《かざぐるま》】　風車売
美しい色のセルロイド・ビニール・紙などを花のような形に組み合わせ柄の先に取りつけた玩具。風を受けて回るさまが美しい。かつては春先になると風車売が藁束に刺したものを売り歩いたりした。❖発電用の風《ふう》車《しゃ》や供えられた風車《かざぐるま》は季語ではない。
風車まはり消えたる五色かな　鈴木花蓑
街角の風を売るなり風車　三好達治
風車とまりかすかに逆もどり　京極杞陽
風車持ちかへてよく廻りけり　今井杏太郎
空回りせよかざぐるまかざぐるま　櫂未知子
風車売風筋に荷を卸す　田上石情

【石鹼玉《しゃぼんだま》】

石鹼水をストローなどの端につけて吹く遊び。江戸時代には無患子《むくろじ》の実を煎じた液を用いた。子どもの遊びで、のどかな春らしい景物の一つである。

石鹼玉木の間を過ぐるうす〳〵と　水原秋櫻子
流れつつ色を変へけり石鹼玉　松本たかし
しやぼん玉独りが好きな子なりけり　成瀬櫻桃子
石鹼玉吹けば此の世の色尽す　三好潤子
濡縁をすこし濡らしてしやぼん玉　八染藍子
石鹼玉まだ吹けぬ子も中にゐて　山西雅子
うつむいて吹いても空へしやぼん玉　鶴岡加苗

**【鞦韆《しうせん》】**　秋千　ぶらんこ　ふらここ　ふらんど　ゆさはり　半仙戯

中国北方民族には、寒食の節（冬至後百五日目）に鞦韆に乗って春の神を呼んだ。それが春の遊びの季語として広まった。春の来た躍動感ある季語である。❖半仙戯はぶらんこそのものではなく、それを漕ぐ感覚のこと。

ふらんどや桜の花をもちながら　一茶
鞦韆は漕ぐべし愛は奪ふべし　三橋鷹女
鞦韆に腰掛けて読む手紙かな　星野立子
鞦韆に夜も蒼き空ありにけり　安住敦
鞦韆をゆらして老を糅《なめ》しけり　八田木枯
ぶらんこの影を失ふ高さまで　藺草慶子
ふらここや岸といふものあるやうに　森賀まり
高空に見えくる鳥や半仙戯　小林貴子

**【春の風邪《はるのかぜ》】**

春になって油断すると風邪をひいてしまう。冬季の風邪のようにひどくなることは少ないが、長引きやすい。

鷗ひとつ舞ひゐて春の風邪心地　安住敦
春の風邪会議に青き海見えて　神尾季羊
電線の錯綜の下春の風邪　林徹
目に触るるもの白ばかり春の風邪　永方裕子
水に皿沈めて眠る春の風邪　正木ゆう子
春の風邪小さな鍋を使ひけり　井上弘美
鳥の眼のふちどり赤し春の風邪　辻内京子

**【朝寝《あさね》】**

春の朝は心地よさからつい寝過ごしてしま

う。その眠たさが心地よく、寝床を離れがたい。

美しき眉をひそめて朝寝かな　高浜虚子
毎日の朝寝とがむる人もなし　松本たかし
長崎は汽笛の多き朝寝かな　車谷　弘
朝寝して夢のごときをもてあそぶ　山田みづえ
朝寝してとり戻したる力あり　稲畑汀子
朝寝して授かりし知恵ありにけり　片山由美子

**【春眠《しゅんみん》】**　春眠し

孟浩然の詩に「春眠暁を覚えず、処処啼鳥を聞く」（「春暁」）とあるように、春の眠りはことのほか快く深い。

春眠の覚めつゝありて雨の音　星野立子
春眠の身の閂を皆外し　上野　泰
春眠のきれぎれの夢つなぎけり　舘岡沙緻
春眠のさめてさめざる手足かな　稲畑汀子
春眠の覚めぎはに見し峰の数　井上康明

**【春の夢《はるのゆめ》】**

春の夢は、昔から「春の夜の夢のごとし」とか「昔日富貴、一場春夢」などのように、華やかだがはかない人生のたとえに用いられる。快い眠りのなかで見る夢にはどこか艶なる趣が漂う。

春の夢みてゐて瞼ぬれにけり　三橋鷹女
古き古き恋人に逢ふ春の夢　草村素子
しまひまで見てしまひけり春の夢　行方寅次郎

**【春愁《しゅんしう》】**　春愁《はるうれひ》

春ゆえの気だるさを伴うそこはかとない愁いや哀しみのこと。❖「春愁う」と動詞化するのは望ましくない。↓秋思（秋）

春愁や雲に没日《いりひ》のはなやぎて　原　コウ子
髪おほければ春愁の深きかな　三橋鷹女
春愁や人間に影あるかぎり　宮崎すみ
春愁やかたづきすぎし家の中　八染藍子
縁側欲し春愁の足垂らすべく　中原道夫
人の世に灯のあることも春愁ひ　鷹羽狩行

## 行事

**【曲水《きよくすい》】**　曲水の宴　曲水《ごくすい》　流觴《りうしやう》　盃《さかづき》流《なが》し

三月上巳《じようし》または桃の節句に、宮中や貴族の邸宅で穢《けが》れを祓《はら》う儀式として行われた遊宴の行事。奈良時代から平安時代にかけて行われた。上流から流される盃が自分の前を通りすぎるまでに歌を作り、盃の酒を飲む。福岡県太宰《だざい》府《ふ》天満宮や京都府城南宮の他、岩手県毛越寺などでも行われている。

曲水の詩や盃に遅れたる　正岡子規
はしり書する曲水の懐紙かな　松瀬青々
曲水や草に置きたる小盃　高浜虚子
曲水の宴にはべりて眉うすく　西野文代
曲水や木洩日を酌む小盃　山田弘子

**【建国記念の日《けんこくきねんのひ》】**　建国記念日　建国の日　紀元節　建国祭

二月十一日。国民の祝日の一つ。戦前の紀元節にあたり、戦後、昭和二十三年に廃止されたが、昭和四十一年、建国記念の日として復活した。

大和なる雪の山々紀元節　富安風生
いと長き神の御名や紀元節　池上浩山人
空高く風音はしる建国祭　太田鴻村

**【春分の日《しゆんぶんのひ》】**

昭和二十三年に制定された国民の祝日の一つ。三月二十一日ごろ。自然をたたえ、生物をいつくしむ日。戦前の春季皇霊祭の日で、彼岸の中日にあたる。→彼岸

春分の日切株が野に光る　安養白翠
春分の日をやはらかくひとりかな　山田みづえ

見上げゐる春分の日の時刻表　井上康明
春分の日のわが影と門を出づ　片山由美子

**【絵踏《ゑぶみ》】**　踏絵

徳川時代の宗門改めで、多く春先に行われた。信者の多い九州長崎、五島、大村、平戸などの地方で、江戸幕府が人々に聖母マリア像・キリスト十字架像などを踏ませ、キリシタンでないことを証明させたこと。踏まない人を処罰し多くの殉教者を出した。❖踏絵は絵を描いた木版や銅板のこと。

島の子ら絵踏を知らず遊びをり　保坂伸秋
真直に額に日矢射す絵踏かな　岩岡中正
抱かれたるイエスをさなき踏絵かな　加藤三七子
素通りのできぬ踏絵のよごれ見る　嶋田一歩
数かぎりなき足過ぎし踏絵かな　吉田汀史

**【憲法記念日《けんぱふきねんび》】**

五月三日で国民の祝日の一つ。昭和二十二年に日本国憲法が施行されたことを記念して設けられた。毎年、この日には憲法に関する論議や集会などが各地で開かれる。

憲法記念日天気あやしくなりにけり　大庭雄三
巨船まだ白し憲法記念の日　櫂未知子

**【初午《はつうま》】**　一の午　二の午　三の午　午祭　稲荷講　福参《ふくまゐり》　験《しるし》の杉《すぎ》

二月初めの午の日に全国各地の稲荷神社や稲荷の祠で行われる祭礼。稲荷神の信仰は、農耕を司る倉稲魂神《うがのみたまのかみ》を祀って五穀豊穣などを祈るものであるが、狐神の俗信も習合し、全国で広く行われるようになった。京都の伏見稲荷大社では、稲荷山の神杉《かんすぎ》の枝を験の杉として頒ち、沿道は土産物を売る市で賑わう。❖初午の日に参詣出来なかった時には二の午、三の午に参詣する。

初午に無冠の狐鳴きにけり　一茶
初午やずしりと重き稲荷寿司　金子千侍
初午の朱の塗りたての稲荷駅　辻田克巳

初午や狐の穴に燭揺らぎ　山田弘子
初午やどの道ゆくもぬかるみて　檜　紀代
田にすこし潤ひ出でて一の午　能村登四郎
紅さして夕月はあり一の午　深見けん二
撥ね強き枝をくぐりて一の午　石田郷子
ひとときの山雨はげしき午祭　小島花枝

**【二月礼者《にぐわつれいじや》】**

正月に年始の廻礼をできなかった人が、二月一日に廻礼に歩くこと。正月多忙な職業の人がこの日を廻礼にあてた。↓礼者（新年）

鎌倉へはる〴〵二月礼者かな　大場白水郎
出稽古の帰りの二月礼者かな　五所平之助
鴨提げて歩ける二月礼者かな　茨木和生
二月礼者舞台衣裳のまま来る　棚山波朗

**【二日灸《ふつかきう》】**　二日灸《ふつかやいと》　春の灸

旧暦二月二日および八月二日に灸をすえると、無病息災で過ごせるとか、効能が倍加するなどという俗信があった。もとは一種の節供で、農閑期を選んで行ったものであろう。俳句で二日灸といえば二月のものをさす。

撫肩のさびしかりけり二日灸　日野草城
二日灸よはひの壁のはたとあり　井沢正江
二日灸秩父の雪が見えにけり　綾部仁喜

**【針供養《はりくやう》】**　針祭　針祭る　針納　針納む　納め針

平素使っている針を休め、折れた古い針を社に納める行事。神前に準備された豆腐や蒟蒻に刺して納める。関東や和歌山市加太《かだ》の淡島神社では二月八日を針供養の日としているが、関西や九州では十二月八日に行うところが多い。↓針供養（冬）

針供養子が子を連れて来てゐたる　安住　敦
針供養女人は祈ること多し　上野　泰
布目よき豆腐をえらみ針供養　安東次男

針供養にも夕影といへるもの　深見けん二
針といふ光ひしめき針供養　行方克巳
佐助の眼突きたる針も納めしや　三好潤子

【雛市《ひないち》】　雛の市　雛店　雛見世　雛売場

三月節句の前に、雛や、雛祭に用いる品々を売る市。江戸時代から明治時代にかけて、日本橋・浅草・人形町などに市が立ち賑わいを見せたが、今は人形専門店とデパートの特設売場に受け継がれている。

雛市の灯ともし頃を雨が降る　石井露月
雛市を抜け言ひやうのなき疲れ　佐藤博美
雛市の灯にたたずみて人形師　舘野　豊
雛店の雛雪洞の総てに灯　大橋敦子

【雛祭《ひなまつり》】　桃の節供　上巳　三月節供　弥生の節供　桃の日　雛の日　雛　ひひな　雛遊び　雛飾　雛飾る　雛人形　内裏雛《だいりびな》　官女雛《かんによ》　五人囃《ごにんばやし》　男雛《をびな》　女雛《めびな》　古雛　紙雛　立雛　土雛　吉野雛　雛段　雛の調度　雛道具　雛菓子　雛あられ　菱餅　白酒　雛の燭　雛の灯　雛の客　雛の宴　雛の家　雛の間

三月三日に女児の息災を祈って行われる行事で、古くは桃の節句、雛遊びなどといった。桃の節供はもとは五節句（人日＝一月七日、上巳＝三月三日、端午＝五月五日、七夕＝七月七日、重陽＝九月九日）の一つ。雛に桃の花を飾り、白酒・菱餅・あられなどを供えて祝う。人形《ひとがた》で身体の穢れを祓い川に流した上巳の日の祓の行事に、雛遊びの風習が習合したもので、江戸時代から紙雛にかわって内裏雛が多く作られるようになり、豪華な段飾りへと発展した。❖白酒や菱餅は邪気を祓うもの。地域によって供される食物や調度品が異なり、地方色が豊かである。

草の戸も住み替はる代ぞ雛の家　芭蕉
綿とりてねびまさりけり雛の顔　其角
裏店や箪笥の上の雛まつり　几董
蠟燭のにほふ雛の雨夜かな　白雄
厨房に貝があるくよ雛祭　秋元不死男
潮引く力を闇に雛祭　正木ゆう子
眼覚めけり上巳の餅を搗く音に　相生垣瓜人
雛の日の海をのせたる雛かな　轡田進
吸物に手毬麩ふたつ雛の日　能村研三
天平のをとめぞ立てる雛かな　水原秋櫻子
きぬぎぬのうれひがほある雛かな　加藤三七子
黒髪の根よりつめたき雛かな　田中裕明
雛飾りつゝふと命惜しきかな　星野立子
雛飾る四五冊の本方寄せて　山本洋子
仕る手に笛もなし古雛　松本たかし
折りあげて一つは淋し紙雛　三橋鷹女
手にうけてかぐはしきもの吉野雛　吉田鴻司
雛壇の奈落に積みて箱の数　綾部仁喜
歪まざるものなき雛の鏡かな　山西雅子
雛菓子の蝶のむらさき鶴の紅　大橋敦子
雛あられちよつと揺すりて飾りけり　山尾玉藻
菱餅の上の一枚そりかへり　川本臥風
白酒の紐の如くにつがれけり　高浜虚子
雛の灯を消せば近づく雪嶺かな　本宮哲郎
ひんやりと人の影ゆく雛の家　酒井弘司
雛の間の更けて淋しき畳かな　高浜年尾

**【雛流し《ひなながし》】**　**雛送り　流し雛　捨雛**

三月節句に飾った紙雛などを海や川へ流す風習。人形《ひとがた》に穢れを移し川に流した上巳の日の祓に、淡島信仰などが習合したもので、鳥取市用瀬《もちがせ》町・和歌山市加太《かだ》の淡島神社の雛流しなどが有名。

雛流し手向けの花も濤の上　岡本眸
櫂が欲し櫓が欲し加太の雛流し　下村梅子
手もとまで海の青さよ雛流し　鷹羽狩行
流し雛堰落つるとき立ちにけり　鈴木花蓑

明るくてまだ冷たくて流し雛　森　澄雄
遠くなるほど速くなり流し雛　白濱一羊
押し寄せて来ておそろしき流し雛　藺草慶子
天仰ぎつづけて雛流れゆく　大橋敦子
一炊の夢に雛を流しけり　岩岡中正
野の花を手向け雛を流しけり　山田佳乃

【雛納め《ひなをさめ》】

三月節句に飾った雛をしまうこと。雛の顔を吉野紙などの柔らかい紙で丁寧にくるんで、防虫剤などを入れた箱にしまう。早くしまわないと、婚期に遅れるなどという言い伝えもある。

紐すこし貰ひに来たり雛納め　能村登四郎
日が落ちて風がもの言ふ雛をさめ　八田木枯
夕雲のふちのきんいろ雛納め　鍵和田秞子
何もかも畳の上に雛納　岩田由美
夜々おそく戻りて今宵雛あらぬ　大島民郎

【闘牛《とうぎう》】　牛角力《うしずもう》　牛合はせ　牛の角突き

牛と牛が角を突き合わせて、互いに押し合って勝敗を争う競技。出場の牛には、相撲と同じように横綱・三役・前頭など番付が決まっている。現在も愛媛県の宇和島市や島根県の隠岐島などで行われている。❖逃げた方が負けとなるが、神事として行う新潟では勝敗はつけない。

闘牛や蜜蜂村にとびはじめ　三宅絹子
牛角力の花道うづめ落椿　下田　稔
闘牛の角突き合はせ動かざる　金沢正恵

【鶏合《とりあはせ》】　闘鶏　鶏《とり》の蹴合《けあひ》　勝鶏　負鶏　闘鶏師

蹴爪《けづめ》の強い雄鳥を闘わせて勝負を競うこと。平安時代以降、春先、宮中で盛んに行われた。鹿児島では、江戸時代薩摩鶏を闘わせる遊戯があった。❖九州・沖縄では、現在も軍鶏《しやも》を使った闘鶏が行われている。

勝鶏の抱く手にあまる力かな　太　祇
中入に砂入れ足せる鶏合　茨木和生
闘鶏の眼つぶれて飼はれけり　村上鬼城
闘鶏の赤き蹴爪の跳びにけり　中西夕紀
負け鶏を蛇口に伏せて洗ひけり　森田　峠

**【雁風呂《がんぶろ》】**　雁供養《かりくやう》

青森県外ヶ浜には、春に雁が帰ったあと、海岸の木片を拾い風呂をたてて雁の供養をするという伝説があった。雁は、秋に渡ってくる時海上で羽を休めるための木片をくわえてきて、春にその木片を拾って帰る。残された木片は帰れずに死んだ雁の数ということになり、その雁を供養するために村人は風呂を焚くと信じられていた。

雁風呂や海あるる日はたかぬなり　高浜虚子
雁風呂に海のつづきの波がたつ　澁谷　道
雁風呂や日の暮れ方を浪さわぐ　豊長みのる
波音の奥より暮るる雁供養　星野高士
雁供養砂の埋れ木焚き添へぬ　新谷ひろし

**【伊勢参《いせまゐり》】**　伊勢参宮　伊勢講　参宮講　抜参《ぬけまゐり》　御蔭参《おかげまゐり》

伊勢神宮に詣でること。伊勢参宮は四季を通じて行われるが、時候の良い春に多く行われた。主人や親に隠れて参るのを抜参という。遷宮の翌年のお蔭年に行くのを御蔭参という。各地に伊勢講があって、旅費を積み立てたり貸与したりした。❖伊勢参は江戸期から盛んになり、一生に一度はするものとされた。

大声で桃の里行く伊勢参　松瀬青々
伊勢参海の青さに驚きぬ　沢木欣一
伊勢講の船霞みたり常夜燈　堀　古蝶
約束の木下に影やぬけ参り　西村和子

**【十三詣《じふさんまゐり》】**　知恵詣　知恵貰ひ

四月十三日（もとは旧暦三月十三日）に、十三歳になった少年少女が、知恵・福徳を授かるため京都市虚空蔵《こくうぞう》法輪寺の虚空蔵菩薩に詣でること。十三日が虚空蔵の縁日であることにちなむ。参詣の帰り、渡月橋を渡る時後ろを振り向くと、せっかく授かった知恵を失うという俗信がある。❖もとは少女の成年式の意味があり正装して詣でた。

人の子の花の十三参かな　松根東洋城
はじめての嵯峨に十三参りかな　松瀬青々
石段にかゝぐる袂智恵詣　阿部蒼波
明眸に生ひさき見ゆる知恵詣　前田攝子

【義士祭《ぎしさい》】　義士祭《ぎしまつり》

四月一日から七日まで、東京都港区高輪の泉岳寺で行われる赤穂義士の御霊祭。大石内蔵助の念持仏摩利支天の開帳や、寺宝が展示される。❖兵庫県赤穂の大石神社では内蔵助ら四十七士が討ち入りをした日にちなんで新暦十二月十四日に赤穂義士祭を行う。

曇天の花重たしや義士祭　石川桂郎
義士祭香煙帰り来ても匂ふ　石田波郷
大石家よりの献花も義士祭　安川颯雲
義士祭柱に脂のもりあがり　山口昭男

【釈奠《せきてん》】　釈奠《おきまつり》　孔子祭　聖廟忌　釈菜《せきさい》

孔子とその弟子を祀る行事で、日本には儒学とともに伝わった。室町時代以降、衰微したが、江戸時代になって再興された。徳川綱吉が江戸上野から湯島に聖堂を移してから盛大になり、現在は四月第四日曜日に行われている。

釈奠や祀るに鯉の尾を曲げて　片山由美子
石刷の軸多く掛けおき祭　池上浩山人
おほかたの書舗は閉せり孔子祭　三溝沙美
孔子祭すみし楷樹の芽立かな　藺草慶子

【水口祭《みなくちまつり》】　苗代祭　田祭　水口《みなくち》の幣《ぬさ》　水口まつる

苗代に種を蒔く際に田の神を祀る豊作祈願

の祭。一般に田の水を引く口を少し土盛りし、そこに神の依り代として栗・つつじ・空木の枝や竹などを挿し、焼米を供えた。愛知県では焼米を供えることを「鳥の口にあげる」などといい、この祭が害鳥除けの行事でもあったことをうかがわせる。

小魚まで遊ぶ水口祭かな　柳　几
田祭や深き茶碗にあづき飯　前田普羅
絹糸の雨に水口まつりけり　大峯あきら
関の戸や水ノ口まつる田一枚　飯田蛇笏

【四月馬鹿《しがつばか》】　エープリルフール　万愚《ばんぐ》節《せつ》

四月一日。この日は嘘をついても許されるとされ、騙《だま》された人や嘘のことをいう。ヨーロッパ起源の風習で日本には大正年間に伝わった。

掌につつむ心臓模型四月馬鹿　山田みづえ
騙す人ある幸せや四月馬鹿　市川榮次
けふよりの禁酒禁煙四月馬鹿　富永晃翠
エイプリルフールの駅の時計かな　轡田　進
万愚節半日あまし三鬼逝く　石田波郷
万愚節跳べそうに水ひかりおり　高橋由紀夫

【昭和の日《しょうわのひ》】

四月二十九日。昭和天皇の誕生日だったが、平成元年に「みどりの日」に変わり、平成十九年から昭和の日となった。激動の日々を経て復興を遂げた昭和の時代を顧み、国の将来を考えるための国民の祝日。

名画座の三本立てや昭和の日　原田紫野

【みどりの日《みどりのひ》】　植樹祭

五月四日。自然に親しむとともにその恩恵に感謝し、豊かな心をはぐくむことを趣旨とする国民の祝日で、平成十九年から、ゴールデンウィーク中の五月四日になった。国公立公園の無料開放や、国民が自然に親しむための各種行事が実施される。植樹祭はその一つ。

体内の水の流れやみどりの日　和田悟朗
新聞にみどりの頁みどりの日　森松まさる
祝辞みな未来のことや植樹祭　田川飛旅子
をりからの雨を称へて植樹祭　小原啄葉

**【メーデー】**　労働祭　五月祭　メーデー歌　労働歌

五月一日、世界各国で行われる勤労者を中心にした祭典。日本では大正九年に東京の上野公園で行われたのが最初。以後、弾圧を受けたり中断されたりした時期があったが、現在では親睦を深めるイベントの色彩が強くなっている。

ごみ箱に乗りメーデーの列を見る　加倉井秋を
ねむき子を負ひメーデーの後尾ゆく　佐藤鬼房
雪のこるメーデーへ来て加はりぬ　安東次男
ガスタンクが夜の目標メーデー来る　金子兜太

**【どんたく】**　松囃子　どんたく囃子

五月三・四日に福岡市で行われる博多の伝統的な祭。現在の日程になったのは戦後。古くは一月十五日に行われ、松囃子といわれた。松囃子は正月に年の神が降臨する年木を、山から引き下ろす囃し歌だった。現在は豪華な花傘や仮装した人々による錬りが祭の中心。どんたくはオランダ語のゾンターク（日曜日）が語源。

どんたくの鼓の音ももどりたる　吉岡禅寺洞
どんたくの夜は花火をふりかぶり　塩川雄三
どんたくははやしながらにあるくなり　橋本鶏二
旅の身やどんたく囃す杓子欲し　下村梅子
一管の笛にはじまる松囃子　松本節子

**【都をどり《みやこをどり》】**　都踊《みやこをどり》

京都市祇園の舞妓・芸妓が、毎年四月一〜三十日に祇園甲部歌舞練場で行う歌舞。明治五年の勧業博覧会の催しとして行われたのが始まり。舞曲は毎年新作が披露され、趣向が凝らされている。京都に春を告げる行事として定着している。

花道に都をどりはあふれつつ　亀井糸游

都をどりはヨーイヤサほほゑまし　京極杞陽

しとど濡れ都をどりの提灯も　西村和子

せり上る都踊の那智の滝　大橋越央子

春の夜や都踊はよういやさ　日野草城

行く先きもなく暮れ都踊りかな　永井龍男

都踊の紅提灯に灯が入りぬ　宇田零雨

**【鴨川をどり《かもがはをどり》】**　鴨川踊《かもがわをどり》

京都市先斗町の舞妓・芸妓が、毎年五月一～二十四日に行う歌舞。祇園甲部の都をどりと並ぶ京都の年中行事の一つ。❖俳句では春の季語である。

馴じみなる地方《ぢかた》鴨川をどり聞く　不破菊子

大川や鴨川踊の灯が泳ぐ　中村美治

水打つて鴨川踊の夜となりぬ　岸風三楼

**【春祭《はるまつり》】**

春に行われる祭の総称。春祭は本来は農耕の開始にあたって田の神を迎え五穀の豊穣を予祝し、疫病・悪霊を祓うものである。しかし現在ではその意義も多様になっている。→祭（夏）・秋祭（秋）

陸奥《むつ》の海くらく濤たち春祭　柴田白葉女

山車曳きて田畑を覚ます春祭り　馬場移公子

刃を入れしものに草の香春まつり　飯田龍太

山国の星の大粒春祭　石田勝彦

水口に鯉のあつまる春祭　淺井一志

祝詞すぐ田の風に乗り春祭　鍵和田秞子

雨となり雨の木となり春祭　友岡子郷

**【北野菜種御供《きたのなたねごく》】**　北野御忌日《きたのおんきにち》　天神《てんじん》御忌《おんき》　梅花祭《ばいくわさい》　梅花御供　道真忌《みちざねき》　菜種の神事　菜種御供

二月二十五日、菅原道真の忌日に京都市の北野天満宮で行われる祭。梅花祭ともいう。かつては神前に供えた盛り飯に菜の花を挿したが、新暦で行う現代では梅を献じている。神官の冠には菜の花を挿す。当日は上七軒の芸妓による野点《のだて》などが行われる。

ともしびの洩れくる菜種御供の森　加藤三七子
本殿に琴運び込む菜種御供　椹木啓子
昼の月ほのと懸かりて梅花祭　堀井英子
菜の花を烏帽子にかざし道真忌　永守澄子

**【春日祭《かすがまつり》】**　申祭《さるまつり》

奈良市の春日大社の祭礼。かつて二月と十一月の上申の日に行われたことから申祭ともいったが、明治十九年以降三月十三日と定められ、今日に至る。京都の賀茂・石清《いわし》水《みず》とともに三勅祭の一つ。祭では御戸開《みとびらき》の神事ののち華麗な行列が繰り出し、王朝絵巻を彷彿とさせる。

懐かしき山をかさねて春日祭　田口冬至
申祭むべ山風の冷えに冷え　村上麓人

**【鎮花祭《はなしづめまつり》】**　鎮花祭《ちんくわさい》　花鎮め

花の霊力によって飛散する悪霊・疫神を鎮める祭。毎年四月十八日に奈良県桜井市の大神《おおみわ》神社と摂社の狭井《さい》神社で行われている。祭の起源は古く、崇神《すじん》天皇の時に始まり、平安時代に盛んになった。また春日大社（奈良市）の摂社水谷《みずや》神社でも四月五日に鎮花祭が行われている。❖神前に薬草の忍冬（すいかずら）と百合根を供えることから、「薬まつり」とも呼ばれている。

巫《かんなぎ》の老いもめでたし花しづめ　荷兮
恋の神えやみの神や鎮花祭　松瀬青々
鋺《かなまり》に狭井の水汲む鎮花祭　小野　耐
花しづめ祭の巫女の花簪　下村梅子
花鎮め花を被けるうなゐ髪　文挾夫佐恵
花鎮め花によりゆく水をみる　津根元　潮

**【安良居祭《やすらゐまつり》】**　やすらひ祭　安良居　夜須礼《やすらゐ》　安良居花

京都市の今宮神社の摂社の一つである疫神《えやみ》

社の祭礼。毎年四月第二日曜日に行われる。祭の中心は「風流傘」と呼ばれる大きな花傘と大鬼の踊である。行列は先達、鉾、赤と黒のしゃぐまを被った鬼や囃子方、花傘などからなり、町内を練り歩く。傘に入ると一年間無病息災でいられるというので、行列を待ち迎え、多くの人が傘に入る。一種の鎮花祭で王朝時代から続く京都の奇祭。国の重要無形民俗文化財。

やすらゐの膳椀朱き祭かな　曾根けい二
安良居の鬼飛びあがり羯鼓《かつこ》打つ　宮下翠舟
安良居の花傘の下混み合へり　永方裕子
安良居の羯鼓迎ふる戸口かな　奥村和廣
鬼が飛ぶやすらゐ花と唱ふれば　井澤秀峰

**【高山祭《たかやままつり》】**　高山春祭　山王祭

岐阜県高山市の日枝神社の祭礼。四月十四・十五日に行われる。十月九・十日に行われる秋の高山祭は同市の櫻山八幡宮の祭礼で、ともにユネスコ無形文化遺産。高山祭の見どころは屋台（山車）で、飛驒の匠《たくみ》による精緻な装飾やからくりが見事。❖俳句では春の祭が季語になっている。

嶺の雪の照り合ふ高山祭かな　金尾梅の門
櫺子《れんじ》窓高山祭の灯を漏らす　関　俊雄

**【靖国祭《やすくにまつり》】**　招魂祭

東京都九段の靖国神社の春季例大祭。四月二十一〜二十三日に行われる。御魂慰《みたまなごめ》の舞などのほか、各種芸能や相撲などが奉納される。

玉垣に赤き実あまた靖国祭　市川千鶴子
事古りし招魂祭の曲馬団　松本たかし
招魂祭遠く来りし顔と遭ふ　三橋敏雄

**【先帝祭《せんていさい》】**　先帝会《せんていゑ》

山口県下関市の赤間神宮で五月二〜四日に行われる祭礼。現在はこの祭にあわせて「しものせき海峡まつり」が行われる。壇ノ浦で入水した安徳天皇の霊を慰めたことが始まり。❖平家滅亡の後、女官や平家ゆかりの女性たちが、遊女になりながらも安徳天皇の命日には昔の装束をつけて墓参したという故事によるもので、豪華な花魁《おいらん》道中が繰り広げられる。

先帝祭流れゆく藻の浮き沈み　岡本庚子
駕籠ぬちに眠き禿《かむろ》や先帝祭　石津柊光
裃は揚羽の紋や先帝祭　林　徹
先導に先帝祭の烏帽子海士　山田緑子
先帝祭波の底こそゆかしけれ　金久美智子
歯を剥いて先帝祭のうつぼの子　菊田一平

**【涅槃会《ねはんゑ》】**　**涅槃　涅槃の日　仏忌　涅槃像　涅槃変　涅槃絵　涅槃図　涅槃寺　寝釈迦　餅花煎《もちばないり》　釈迦の鼻糞**

釈尊入滅の日といわれる旧暦二月十五日の法要。現在では新暦三月十五日前後に行われることが多い。各寺院では涅槃図を掲げ遺教経《ゆいきょうぎょう》を読誦《どくじゅ》し、遺徳を偲《しの》ぶ。涅槃会は飛鳥時代に奈良の元興《がんごう》寺で始められたといわれる。涅槃図は入滅した釈尊のまわりで仏弟子・諸天・鬼神・鳥獣などが嘆き悲しむさまを描いたもの。釈迦の鼻糞は正月のもち花をたくわえておいて涅槃会に煎って供物にしたもののこと。❖涅槃変の変は変相のことで、涅槃画・涅槃図に同じ。

涅槃会の闇に積みあげ皿小鉢　井上　雪
涅槃会の嘆のさまざま地を叩き　長谷川久々子
土不踏《つちふまず》ゆたかに涅槃し給へり　川端茅舎
潮先のふきとばさるる涅槃かな　山西雅子
なつかしの濁世の雨や涅槃像　阿波野青畝
近海に鯛睦みゐる涅槃像　永田耕衣
百獣のなみだあかるし涅槃像　室積徂春
大いなる歎きはしづか涅槃変　岩井英雅
座る余地まだ涅槃図の中にあり　平畑静塔
涅槃図のいやしきは口あけて泣く　殿村菟絲子

涅槃図の近づきすぎて見えぬもの　駒木根淳子
葛城の山懐に寝釈迦かな　阿波野青畝

【常楽会《じやうらくゑ》】
釈尊入滅の旧暦二月十五日に修する法会で涅槃会のこと。仏の悟りは永遠にして安楽であるという意の「常楽我浄」の最初の二字からとったもの。多くの寺院では涅槃会として行っているが、高野山では常楽会の名で新暦二月十四・十五日に行う。

百僧のたれかささやく常楽会　黒田杏子
悪食の鳥の来てゐる常楽会　菅原閧也

【竹送り《たけおくり》】
東大寺二月堂の修二会で使用する竹を寄進する行事。竹は各地の松明講から送られるが「山城松明講」では二月十一日の早朝に京都府京田辺市の観音寺周辺の竹林から、六、七本の竹を掘り起こし、寺で一本ずつ「奉納二月堂」と墨書し、法要の後二月堂へ運ぶ。かつては舟や牛を使ったが、現在は奈良坂までトラックで運び、そこから二月堂までの道程を、一本は四、五人で担ぎ、残りは大八車に乗せて曳く。

山城を送れる竹のあつぱれな　大石悦子
竹送る住持副住声揃へ　朝妻力
根付ごと雪ごと竹を送りけり　松村茂

【修二会《しゆにゑ》】二月堂の行《にぐわつだうのおこなひ》　お松明《たいまつ》
奈良市の東大寺二月堂で毎年三月（かつては旧暦二月）一～十四日に行われる悔過法《けかほう》会《ゑ》。本尊の十一面観音へ懺悔《ざんげ》し、豊作を祈願する。授戒・籠松明《かごたいまつ》・お水取などの一連の行を修し、最後に達陀《だつたん》の行法で締め括られる。特に十二日の夜の籠松明と十三日のお水取が名高い。

つまづきて修二会の闇を手につかむ　橋本多佳子
修二会いま走りの行や床鳴らし　村沢夏風
多羅葉の実の真っ赤なる修二会かな　細川加賀

法螺貝のあるときむせぶ修二会かな　黒田杏子
闇割つて五体投地の修二会僧　鷹羽狩行
修二会僧まつくらがりを掃いてをり　中岡毅雄

**【お水取《おみづとり》】**　水取　若狭《わかさ》の井《ゐ》　お水送り　送水会《そうすいゑ》

東大寺二月堂の修二会の行法の一つで、特に一般に親しまれている。三月十三日未明、閼伽井屋《あかいや》から香水《こうずい》を汲み上げ、本尊に供える。この香水は若狭国（福井県）の遠敷明《おにゆう》神から送られるとされ、三月二日に送水会が行われる。❖お水取が終わると、奈良には本格的な春がやってくるとされる。↓修二会

水とりや氷の僧の沓の音　芭蕉
檐《のき》裏に火の映えて来しお水取　右城暮石
飛ぶごとき走りの行もお水取　粟津松彩子
お水取三月堂は闇の中　落合水尾
水取や五体投地の堂谺　松瀬青々
水取やささくれ立ちて水流る　山本洋子
水取の桶を覆へる樒かな　中岡毅雄
加はりてお水送りの手松明　右城暮石
まつくらな背山の鳴りぬ送水会　大石悦子

**【嵯峨の柱炬《さがのはしらたいまつ》】**　嵯峨《さが》御松明《おたいまつ》　柱松明

京都市清涼寺で三月十五日に行われる「涅槃会お松明式」のこと。旧暦二月十五日の涅槃会の行事の一種で、釈迦の荼毘《だび》の再現といわれる。午後八時ごろ、高さ八メートル余りの漏斗形の大松明三基に点火され、境内は昼間のように明るくなる。かつて近在の農家はこの松明の燃え方でその年の豊凶を占った。

早稲よしと柱炬燃え尽きぬ　茨木和生
高張りへ火の粉はねたり御松明　野上智恵子
愛宕よりちらつく雪やお松明　茶樹三胡

**【嵯峨大念仏《さがだいねんぶつ》】**　嵯峨念仏　融通念仏

**花念仏**　**嵯峨大念仏狂言**

京都市清凉寺で四月の第一土・日曜日と第二日曜日に行われる大念仏会のこと。弘安二年（一二七九）に始まったといわれ、後に融通念仏布教として踊や狂言を取り込んでいった。壬生《みぶ》大念仏同様の仮面無言劇で、国の重要無形民俗文化財。

鉦音のうつらうつらと大念仏　西村和子
嵯峨豆腐さげて見てをり嵯峨念仏　福田恵二
口上もなく始まりぬ嵯峨念仏　片山由美子
嵯峨狂言舞台にしぶく雨となる　山田弘子

**【彼岸会《ひがんゑ》】**　**彼岸詣《ひがんまうで》**　**彼岸参《ひがんまゐり》**　**彼岸寺**
**お中日**　**彼岸団子**　**彼岸餅**

春分の日を中日とする前後三日の七日間を彼岸と呼び、この期間に全国諸寺で行われる法会を彼岸会という。中日には太陽が真西に沈み衆生が西方浄土の所在を知ることができたためである。これが祖霊信仰と結びつき、墓参りが行われるようになった。

↓彼岸

信濃路は雪間を彼岸参りかな　也有
彼岸会や浮世話の縁者たち　清水基吉
彼岸会の風のちらばる山ばかり　松澤昭
彼岸会の若草色の紙包　岡本眸
彼岸会や青菜一枚水に泛く　永島靖子
雲に古る扉の花鳥彼岸寺　飯田蛇笏
万燈を灯して淋しお中日　伊藤康江
手に持ちて線香売りぬ彼岸道　高浜虚子

**【御影供《みえいく》】**　**御影講**　**大師忌**　**空海忌**
**弘法忌**

本来は祖師・故人の像を祀って供養することだが、特に弘法大師の正忌をいう。弘法大師が入定《にゅうじょう》した三月二十一日に真言宗の各寺院では法要を営む。和歌山県高野山金剛《こんごう》峯《ぶ》寺では新暦では正御影供《しょうみえく》を、旧暦では旧《きゅう》正御影供《しょうみえく》を営む。京都市東寺では四月二十一日に行われ、境内には露店が所狭しと並ぶ。

御影供やいまも亡びぬいろは歌　近藤一鴻
春深く御影供といふ一と日あり　後藤比奈夫
こらへゐて雨も大粒空海忌　宇佐美魚目
四国上空雲をゆたかに空海忌　正木ゆう子
白鳩に空の濃くなる空海忌　市村栄理

**【聖霊会《しやうりやうゑ》】**　貝の華

旧暦二月二十二日の聖徳太子の忌日法要。大阪市の四天王寺では四月二十二日、奈良県斑鳩《いかるが》町の法隆寺では三月二十二〜二十四日に行われる。四天王寺では太子像を安置した鳳輦《ほうれん》の前で法要と舞楽が行われる。この聖霊会舞楽は国の重要無形民俗文化財に指定されている。❖舞楽のための石舞台の四方に、高さ六メートルほどの紅紙（昔は住之江の浜に集まった貝殻）で作った曼珠沙華（天上の華）を立てる。これが「貝の華」。→貝寄風《かひよせ》

難波津の貝の白妙聖霊会　中村子瓶
夕はへや舞台の隅の貝の華　友梅
聖霊会風に押されて舞ひ始む　西村和子

**【開帳《かいちやう》】**　お開帳《かいちやう》　開龕《かいがん》　出開帳　開帳《かいちやう》寺《でら》　居開帳《ゐかいちやう》

神仏の厨子を開いて、平生秘仏となっている本尊・祖師像の参拝を許すこと。安置されている寺院での開帳を居開帳、他の土地へ移して拝観させることを出開帳という。

開帳や大きな頬の観世音　阿波野青畝
開帳や雲居の鳥の声こぼれ　木村蕪城
下萌のいたくふまれて御開帳　芝不器男
川舟を繰り出して行く御開帳　茨木和生
はるぐ〜と山おり来まし出開帳　高田蝶衣

**【遍路《へんろ》】**　お遍路　遍路笠　遍路杖　遍路道　遍路宿　善根宿《ぜんこんやど》

弘法大師ゆかりの四国八十八か所霊場を参

拝すること。またその人のこと。徳島県の霊山《りょうぜん》寺を振り出しに右回りに香川県の大窪寺で終わる全長一四〇〇キロに及ぶコースを「正（順）打ち」といい、逆を「逆打ち」という。白装束に「同行二人《どうぎょうににん》」の菅笠という装束で、「善根宿」に宿泊しながら巡る。

雨やどりやがて立ちゆく遍路かな　清原枴童
石段をひろがりのぼる遍路かな　皆吉爽雨
先頭の遍路が海の入日見る　桂　信子
一人ゆくまだ少年の遍路かな　杉原美代子
かなしみはしんじつ白し夕遍路　野見山朱鳥
お遍路の美しければあはれなり　高浜年尾
遍路笠沖は黒潮流れをり　益本三知子
かんかんと磴転げ落つ遍路杖　鈴木鷹夫
手足より確かなものに遍路杖　鷹羽狩行
夕波のひびき戸を打つ遍路宿　田守としを

**【仏生会《ぶつしやうゑ》】**　灌仏会《くわんぶつゑ》　降誕会　誕生会　浴仏会《よくぶつゑ》　花祭　甘茶寺　花御堂　花の塔　誕生仏　甘茶　仏の産湯　五香水《ごかうずい》　甘茶仏　灌仏　浴仏

釈迦の誕生日といわれる日にちなみ、四月八日にその降誕を祝って宗派にかかわらず各寺院で行われる行事。花祭ともいわれる。花祭と称したのは元来浄土宗であったが、のちに一般化した。境内に花御堂といういろいろな花で飾った小堂をしつらえ、水盤に誕生仏を安置し、参拝者が甘茶（五香水）を灌《そそ》ぐようになっている。❖「甘茶」は木甘茶の葉と萱草の根を煎じたもの。釈迦が誕生したとき、八大竜王が甘露の雨を降らして太子を湯浴みさせたという伝説による。「花の塔」は竿の先に樒・躑躅・石楠花・空木などの花を結んだもので、門口に立てて釈迦に供えた。

灌仏の日に生れあふ鹿の子かな　芭　蕉

花御堂月も上らせ給ひけり　一茶
山寺や五色にあまる花見堂　蓼太
ぬかづけばわれも善女や仏生会　杉田久女
大灘を日のわたりゐる仏生会　鷲谷七菜子
地より湧く水の明るし仏生会　ながさく清江
降り足りて夜空むらさき仏生会　鍵和田秞子
仏母たりとも女人は悲し灌仏会　橋本多佳子
わらべらに天かゞやきて花祭　飯田蛇笏
この谷戸のもつとも奥の甘茶寺　星野立子
尼寺の畳の上の花御堂　松本たかし
人絶えて暮るゝを待てり花御堂　相馬遷子
葺きあげて野の花ばかり花御堂　木村有恒
ゆれ合へる甘茶の杓をとりにけり　高野素十
杓のもと小さくかなしや甘茶仏　松本たかし

**【吉野の花会式《よしののはなゑしき》】**　吉野の会式　花会式　鬼踊　吉野の餅配《もちくばり》

奈良県吉野の金峯《きんぶ》山《せん》寺蔵王堂で行われる花《はな》供懺法会《ぐせんぼうえ》。白河天皇の時代の桜の花神の供養に始まったとされる。四月十一・十二日の両日とも満開の桜の下、山伏・稚児《ちご》の行列が進み、剣・斧・松明を持った三匹の鬼が悪霊を鎮めた後、懺法が行われ、最後に餅配りとなる。

花会式かへりは国栖《くず》に宿らんか　原石鼎
喚鐘にみだるる燭や花会式　水原秋櫻子
漆黒の薬師輝く花会式　平尾圭太
花会式蕾のまゝに修しけり　和泉喜代子

**【御身拭《おみぬぐひ》】**

京都市清凉寺で四月十九日に営まれる法会。この日、釈迦堂本尊の釈迦像を香湯に浸した白布で洗い清めることからこの名がある。その白布を死後の経帷子《きょうかたびら》にすると極楽往生できるといわれ、希望者に頒布される。

垂れたまふみ手にかくれて御身拭　田中王城
百の燭天井を染め御身拭　太田穂醉

**【鞍馬の花供養《くらまのはなくやう》】**　鞍馬花会式　花《はな》

**供《ぐ》懺《せん》法《ぼふ》**　花供養

京都市の鞍馬寺で毎年四月中旬に行われる花供懺法会。期間中、稚児の練供養・謡曲・狂言・茶事・生け花などの催しがにぎやかに行われる。

母の背の稚児山伏や花供養　内藤十夜
つきかはる鐘のひゞきや花供養　百合山羽公
花供養きざはし天に昇るかな　土田春秋
咲き残る花にかしづき花供養　西村和子

**【御《ぎょ》忌《き》】**　法然忌　円光忌　御忌詣　御忌参　御忌の寺　御忌の鐘　御忌小袖　弁当始

浄土宗開祖の法然の忌日法要。勅令により総本山知恩院（京都市）で営まれたのが最初で、現在では浄土宗各寺院で営まれる。かつては旧暦一月十九～二十五日に行われたが、明治になって四月十九～二十五日に改められた。他に東京芝の増上寺などが有名。❖京都ではこれを、一年の遊山始めも兼ねて着飾って詣でたので御忌小袖、弁当始とよんだ。

御忌の鐘ひびくや谷の氷まで　蕪村
御仏花は大山桜法然忌　堀　葦男
貝の砂椀に残れり法然忌　鈴木鷹夫
大原女の餅をひさげる御忌の寺　池内ひろむ
無患子の幹にふれてや御忌小袖　岡井省二
やまんばも来てをる弁当始めかな　上野一孝

**【壬生念仏《みぶねんぶつ》】**　壬生念仏《みぶねぶつ》　壬生祭《みぶさい》　壬生狂言　壬生踊　壬生の鉦《かね》　壬生の面

京都市の壬生寺で四月二十一～二十九日に行われる大念仏法要。鎌倉時代末に円覚上人が悪疫退散のために法会を営み、融通念仏を唱えたのが始まり。これが鰐口《わにぐち》・太鼓・笛に合わせて無言の仮面劇を行う狂言に発展した。国の重要無形民俗文化財。❖鉦や太鼓をガンデンデンと打ち鳴らすことで親しまれている。

長き日を云はで暮れ行く壬生念仏　蕪　村
炮烙《はうらく》の放り出されて壬生念仏　岡村光代
壬生狂言うなづき合うて別れけり　岸　風三樓
鬼退治せむ早襷《はやだすき》壬生狂言　大橋敦子
鬼女の出に昼の月あり壬生狂言　山尾玉藻
壬生の鉦打てるはいつも向うむき　後藤比奈夫
子を食ひし口をぬぐへり壬生の面　井上弘美

**【峰入《みねいり》】**　大峰入　順の峰入　順の峰　入峰《にふぶ》

山岳信仰の中心道場として名高い紀伊山地の大峰山脈に修行のために入山すること。「順の峰入」は天台宗聖護《しょうご》院の本山派の春季の熊野側からの入山、「逆の峰入」は真言宗醍醐《だいご》寺の当山派の秋季の吉野側からの入山であった。「逆の峰入」は秋の季語。現在は当山派が六月、本山派が七月と、どちらも順の峰入のみを行い夏季に移っている。

峰入りやおもへば深き芳野山　白　雄
峯入の笠を伝へる雨しづく　三村純也
峰入りや脚拵《こしら》への足を踏み　北詰雁人
倒れ木を越す大勢や順の峰　飯田蛇笏

**【鐘供養《かねくやう》】**

晩春に行われる梵鐘供養で、謡曲「道成寺」で有名な和歌山県日高川郡日高川町の道成寺（四月二十七日）と東京都の品川寺《ほんせんじ》（五月五日）の供養が有名。

鐘供養大蛇なかなか現はれず　嶋　杏林子
座について供養の鐘を見上げけり　高浜虚子
清姫の鐘の供養の雨降らす　眞砂卓三
大蛇いま山門潜る鐘供養　平松三平
人も世も変りつつある鐘供養　星野高士

**【バレンタインの日《ばれんたいんのひ》】**　バレンタインデー

二月十四日。ローマの司教聖バレンタイン

が殉教した日。ローマ神話と結びつき、恋人同士が贈物を交わす日になった。日本では女性が男性に愛を告白できる日として、チョコレートを贈ったりするようになった。

呼び交す鳥のバレンタインの日　渡邉千枝子

金色の封蠟バレンタインの日　水田光雄

いつ渡そバレンタインのチョコレート　田畑美穂女

バレンタインデーと頭の片隅に　本井英

バレンタインデー心に鍵の穴ひとつ　上田日差子

バレンタインデーの紅茶の濃く苦く　黒澤麻生子

**【謝肉祭《しやにくさい》】**　カーニバル　カルナヴァル

カトリックの国々ではキリストの苦行をしのび、復活祭前の四十日間肉食を絶つ。それに先立ち肉食を許されている期間に数日間、祝祭が行われる。悪霊追放のために仮装などをする昔の風習とむすびついて種々の仮面劇などが催される。

謝肉祭の仮面の奥にひすいの眼　石原八束

**【御告祭《おつげさい》】**　告知祭　受胎告知日　聖母祭

三月二十五日、大天使ガブリエルがマリアにキリストの受胎告知をした日。

昼月のほそく定かに告知祭　片山由美子

鳩聡き受胎告知の日なりけり　髙柳克弘

聖母祭近き玻璃拭くマリア園　古賀まり子

**【受難節《じゆなんせつ》】**　受苦節　受難週

復活祭の前日までの二週間をさす。キリストが捕えられ、十字架に磔《はりつけ》となって死ぬ受難を記念する週間。特に受難節の第二週にあたる復活祭直前の週は聖週間と呼ばれ、重要な儀式が行われる。❖受難節は四旬節（灰の水曜日から復活祭の前日までの期日で、日曜日を除いた四十日間）に同じとする説もある。

オルガンの黒布ゆゆしや受難節　下村ひろし

受難節の日矢むらさきに雪の原　鷲谷七菜子

受難節今日の夕映鮮烈に　古賀まり子
ばらの刺まだ柔らかく受難節　村手圭子

【聖金曜日《せいきんえうび》】　聖金曜　受難日

聖週間の金曜日をいい、キリストの受難と死を記念する日。十字架上のキリストの三時間を思い、三時間の礼拝を行う。

火を消して聖金曜の主に近し　内田哀而
受難日のすらりと抜けし魚の骨　有馬朗人

【復活祭《ふくくわつさい》】　イースター　聖週間　染《そめ》卵《たまご》

キリストが死んでから三日目に復活したことを記念する祭。キリスト教徒にとってクリスマスと並ぶ重要な行事。復活祭は春分後の最初の満月直後の日曜日（三月二十二日～四月二十五日）であるため、年によって異なる。彩色した卵を贈る習慣がある。

復活祭蜜蜂は蜜ささげ飛ぶ　石田あき子
鎧扉の海にひらかれ復活祭　朝倉和江
渦潮の巻きを強めて復活祭　荒井千佐代
山羊の子に宝石の名や復活祭　佐藤博美
カステラに沈むナイフや復活祭　片山由美子
棘をもつ草のやさしく聖週間　鷹羽狩行
天窓に夕日差し来る染卵　井上弘美

【良寛忌《りやうくわんき》】

旧暦一月六日。僧良寛（一七五八～一八三一）の忌日。天衣無縫の性格で子供たちに親しまれたことは有名。越後国（新潟県）出雲崎《いずもざき》の名主の家に生まれたが、出家して故郷を離れ、後に故郷の国上《くがみ》山に五合庵を結んだ。いくつかの庵を転々として島崎で没した。

ぬば玉の黒飴さはに良寛忌　能村登四郎
舟小屋に藁火の匂ひ良寛忌　本宮哲郎
煉炭の穴の真っ赤に良寛忌　佐藤和枝
胸中の毬は真白ぞ良寛忌　伊藤通明

【義仲忌《よしなかき》】　義忠忌《ぎちゆうき》

旧暦一月二十日。源義仲（一一五四〜八四）の忌日。寿永二年（一一八三）、平家を破って上洛したが、後白河法皇と衝突し、翌年源範頼《のりより》・義経らの頼朝軍に敗れ、粟津《あわづ》（大津市）で討ち死にした。現在、大津市の義仲寺《ぎちゆうじ》では毎年一月第三日曜日に法要が営まれている。

大風の中の松籟義仲忌　皆川盤水
義仲忌熊笹に雨錐のごと　飯田龍太
義仲忌の膳所《ぜぜ》はみぞるゝばかりかな　飴山實
夕闇は楠より立ちぬ義仲忌　奥坂まや

**【実朝忌《さねともき》】**
旧暦一月二十七日。鎌倉幕府の第三代将軍源実朝（一一九二〜一二一九）の忌日。承久元年（一二一九）、鶴岡八幡宮（神奈川県鎌倉市）で甥にあたる公暁によって暗殺された。歌人として評価が高く、家集に『金槐和歌集』がある。

鎌倉右大臣実朝の忌なりけり　尾崎迷堂
口衝いていづる和歌あり実朝忌　後藤夜半
引く波に貝殻鳴りて実朝忌　秋元不死男
てのひらにくれなゐの塵実朝忌　永島靖子
谷《やつ》かけて霰急なり実朝忌　是枝はるか

**【光悦忌《くわうえつき》】**
旧暦二月三日。本阿弥光悦（一五五八〜一六三七）の忌日。光悦は京の有力町衆で刀の研磨・浄拭・鑑定を業とする家に生まれ、書画や陶芸など多方面に才能を開花させた。徳川家康から拝領した鷹峯《たかがみね》（京都市）には、現在、光悦寺と墓がある。

貝の名に鳥やさくらや光悦忌　上田五千石
瞭暁と松のうたへり光悦忌　大石悦子

**【大石忌《おほいしき》】**
旧暦二月四日。大石内蔵助良雄（一六五九〜一七〇三）の忌日。同志とともに吉良上野介を討ち、亡君の恨みを晴らした内蔵助はこの日、幕府の命により切腹して果てた。ゆかりの京都市祇園の一力亭では三月二十日に法要を営み、蕎麦・抹茶・舞で招待客をもてなす。

笛に名をとどめし老妓大石忌　大橋櫻坡子
大石忌忍返しに降りそめて　丸山海道
大雨のあとの庭木や大石忌　梶山千鶴子
一力に舞をさめたり大石忌　金久美智子
無理強ひをせぬが酒豪や大石忌　鷹羽狩行

**【西行忌《さいぎやうき》】**　円位忌

旧暦二月十六日。歌人西行（一一一八〜九〇）の忌日。河内国（大阪府）弘川寺で没した。家集に『山家集』がある。その特異な生涯は全国にさまざまな伝説を生んだ。弘川寺では旧暦二月十五日の晩に西行忌が行われる。鴫立庵のある神奈川県大磯町では三月末の日曜日に西行祭が行われる。

栞して山家集あり西行忌　高浜虚子
ほしいまま旅したまひき西行忌　石田波郷
一椀の粥に落着く西行忌　小檜山繁子
青空は雲ありてこそ西行忌　河内静魚
円位忌の波の無限を見てをりぬ　鍵和田秞子

**【利休忌《りきうき》】**　宗易忌

旧暦二月二十八日。茶人の千利休（一五二二〜九一）の忌日。武野紹鷗《じようおう》に茶を学び、茶の湯を完成させた功績は大きい。織田信長・豊臣秀吉に仕えたが、秀吉の不興を買って切腹。利休忌は茶道各派で行われるが、表千家では三月二十七日、裏千家では三月二十八日に忌を修している。

利休忌の灯の漏れてゐるにじり口　老川敏彦
利休忌の雨しづかなり戻橋　岸山素粒子
利休忌の白一徹の障子かな　伊藤伊那男
利休忌のその淀川を渡りけり　大屋達治

**【梅若忌《うめわかき》】**　梅若祭　梅若参

旧暦三月十五日。謡曲「隅田川」で名高い

梅若丸の忌日とされる日。梅若塚のある東京都墨田区の木母《もくぼ》寺では、毎年四月十五日に忌が修され、本堂で謡曲「隅田川」が奉納される。

波よりも白きもの翔つ梅若忌　三田きえ子
夕空の水より淡く梅若忌　藤内しづ
激流に放つ一花や梅若忌　新藤公子

**【人麻呂忌《ひとまろき》】**　人麿忌　人丸忌　人丸祭

旧暦三月十八日。『万葉集』の代表的歌人柿本人麻呂の忌日とされるが、実際の生没年は不詳。この日が忌日とされるのは『正徹物語』による。石見《いわみ》国（島根県）で没したとされる。島根県益田市の二つの柿本神社や、兵庫県明石市の柿本神社（人丸神社）では四月十八日前後に例祭が行われる。

波が波追うて暮れゆく人麻呂忌　福谷俊子
人丸忌歌を読むにはあらねども　大橋越央子
いはみのくにいまも遠しや人丸忌　山口青邨

**【蓮如忌《れんにょき》】**　中宗会《ちゅうそうえ》　吉崎詣　蓮如輿

旧暦三月二十五日。浄土真宗の中興の祖蓮如（一四一五～九九）の忌日。京都山科で没した。福井県あわら市金津町の吉崎御坊では四月二十三日～五月二日まで法要が営まれる。西本願寺山科《やましな》別院では「中宗会」として四月十三・十四日に法要を行う。

蓮如忌やをさな覚えの御文章　富安風生
蓮如忌の一枚夜空疾風なす　森　澄雄
蓮如忌のぬれては緊まる海の砂　渡辺純枝

**【友二忌《ともじき》】**

二月八日。俳人・小説家の石塚友二（一九〇六～八六）の忌日。新潟県生まれ。本名友次。文学は横光利一に師事、俳句は最初、長谷川零余子の「枯野」に所属、後「馬酔木」。昭和十二年、石田波郷とともに「鶴」を創刊、同四十四年に波郷が没した後は「鶴」を主宰。

友二忌の昼いちまいの蕎麦せいろ　星野麥丘人
友二忌の稲村ケ崎うすがすみ　小野淳子
干鱈で寸酌交はす友二の忌　清水基吉

**【菜の花忌《なのはなき》】**

二月十二日。小説家司馬遼太郎（一九二三〜九六）の忌日。大阪生まれ。歴史小説を一新する話題作を次々発表。『竜馬がゆく』『国盗り物語』で菊池寛賞を受賞したのを始め、数々の賞を受賞した。明晰な歴史の見方が絶大な信頼をあつめた。ほかに『菜の花の沖』『坂の上の雲』『街道をゆく』などがある。

ゆるやかな海の明るさ菜の花忌　山田みづえ
指で追ふ古地図の山河菜の花忌　前田攝子

**【かの子忌《かのこき》】**

二月十八日。小説家・歌人岡本かの子（一八八九〜一九三九）の忌日。東京生まれ。明星派の歌人として出発。晩年は豊麗な「いのち」の文学ともいうべき小説によって文壇の注目を集めた。代表作に『河明り』『老妓抄』『生々流転』などがある。

食卓にこんぺい糖やかの子の忌　星野麥丘人
地下茎の鉢をはみ出すかの子の忌　小泉友紀恵
かの子忌や耳飾りして耳の古り　鷹羽狩行

**【鳴雪忌《めいせつき》】**　老梅忌

二月二十日。俳人内藤鳴雪（一八四七〜一九二六）の忌日。本名師克、後に素行。別号破蕉・老梅居。江戸の松山藩邸で生まれる。文部省退官後、松山出身者のための寮の監督となった。その寮生であった正岡子規の影響で俳句を始め、後年「ホトトギス」の長老となる。東京麻布で死去。

折り口の荒き野梅を鳴雪忌　京極杜藻
子規知らぬコカコーラ飲む鳴雪忌　秋元不死男

**【多喜二忌《たきじき》】**

二月二十日。作家小林多喜二（一九〇三〜

三三）の忌日。秋田県生まれ。プロレタリア文学運動に加わり、『蟹工船』により作家としての地位を確立した。共産党に入党し、苦しい非合法活動を続け、特高警察に逮捕され拷問を受け死亡した。

多喜二忌や糸きりきりとハムの腕　秋元不死男
多喜二忌やまだある築地警察署　三橋敏雄
多喜二忌やがんじがらめの荷の届き　遠藤若狭男
吹かれゐて髪が目を刺す多喜二の忌　角谷昌子

**【風生忌《ふうせいき》】**　艸魚忌《さうぎよき》

二月二十二日。俳人富安風生（一八八五〜一九七九）の忌日。愛知県生まれ。本名謙次。東京帝国大学卒業後、逓信省に入り、昭和十二年退官、以後は俳人として過ごし、「若葉」を主宰する。軽妙洒脱な句風が特色。

老梅のくれなゐの艶風生忌　鈴木貞雄
春星の二つ相寄る風生忌　伊東とみ子

**【茂吉忌《もきちき》】**

二月二十五日。歌人斎藤茂吉（一八八二〜一九五三）の忌日。山形県生まれ。医業の傍ら伊藤左千夫に師事し短歌を学ぶ。『赤《しやっ》光《こう》』でその名を不朽のものにした。島木赤彦没後「アララギ」主宰。山形県上山《かみのやま》市には斎藤茂吉記念館があり、忌日には歌会を主催する。

茂吉忌の渚をゆけば波の舌　石田勝彦
音立てゝ日輪燃ゆる茂吉の忌　相馬遷子
茂吉忌の雪代あふれゐたりけり　石鍋みさ代

**【龍太忌《りゆうたき》】**

二月二十五日。俳人飯田龍太（一九二〇〜二〇〇七）の忌日。山梨県生まれ。近代俳句を築いた飯田蛇笏の四男で、蛇笏の死後「雲母」を継承主宰。山梨県境川村（現、笛吹市）に根をおろし、自然と向き合い感性豊かな作品によって独自の作風を確立。

読売文学賞・日本芸術院賞恩寵賞など数々の賞を受賞し、昭和俳句を代表する俳人として俳壇内外から高い評価を得た。句集に『百戸の谿』『忘音』『山の木』『遅速』など十冊。その他随筆や評論など著書多数。

龍太忌の暁はくれんの咲きゐたり　木村　蠻

龍太忌の甲斐一国の霞みけり　西山　睦

双眸に春風龍太忌が近し　井上康明

**【立子忌《たつこき》】**

三月三日。俳人星野立子（一九〇三〜八四）の忌日。東京生まれ。高浜虚子の次女。二十三歳で俳句を始め、昭和五年に父の勧めで女性を中心とする俳誌「玉藻」を創刊主宰した。

立子忌や空の裳裾はくれなゐに　藤田直子

立子忌の風に囁きある如し　星野高士

**【誓子忌《せいしき》】**

三月二十六日。俳人山口誓子（一九〇一〜九四）の忌日。京都生まれ。本名新比古《ちかひこ》。はじめ「ホトトギス」に投句、四Sの一人と称された。昭和二十三年「天狼」を創刊主宰。即物具象による構成の方法を俳句に取り入れた。

誓子忌の夜は万蕾の星となれ　鷹羽狩行

誓子忌の伊吹になほも雪残る　塩川雄三

七曜に疾風《はやて》のひと日誓子の忌　山口　速

くれなゐの富士に真向ひ誓子の忌　神谷青楓

**【三鬼忌《さんきき》】**　西東忌

四月一日。俳人西東三鬼（一九〇〇〜六二）の忌日。岡山県生まれ。本名斎藤敬直。新興俳句の旗手といわれ、「天狼」創刊に尽力した。

三鬼忌のハイボール胃に鳴りて落つ　楠本憲吉

奏でゐる自動ピアノや三鬼の忌　三橋敏雄

降りてすぐ煙草の陣へ三鬼の忌　檜山哲彦

廃れたるものにステッキ西東忌　池田秀水

【虚子忌《きょしき》】　椿寿忌

四月八日。俳人高浜虚子（一八七四～一九五九）の忌日。愛媛県生まれ。本名清。伊予中学在学中、河東碧梧桐を介して正岡子規と知り合い、俳句を志す。子規没後「ホトトギス」を継承・発展させ、客観写生・花鳥諷詠を唱導した。

うら〳〵と今日美しき虚子忌かな　星野立子
花待てば花咲けば来る虚子忌かな　深見けん二
虚子の忌の大浴場に泳ぐなり　辻　桃子
能衣裳暗きに掛かる虚子忌かな　小川軽舟

【啄木忌《たくぼくき》】

四月十三日。歌人石川啄木（一八八六～一九一二）の忌日。岩手県生まれ。本名一。「明星」の新進歌人として注目を浴びたが生活は困窮した。詩集『あこがれ』、歌集『一握の砂』などがある。

啄木忌いくたび職を替へてもや　安住　敦
いつ消えしわが手のたばこ啄木忌　木下夕爾
遠くのものよく見える日よ啄木忌　加藤憲曠
うつうつと夜汽車にありぬ啄木忌　藤田湘子
便所より青空見えて啄木忌　寺山修司

【荷風忌《かふうき》】

四月三十日。小説家永井荷風（一八七九～一九五九）の忌日。東京生まれ。本名壮吉。別号断腸亭主人。広津柳浪に師事し、「地獄の花」などでゾラを紹介。アメリカ・フランスに渡り、帰国後その体験をもとに『あめりか物語』『ふらんす物語』を発表し作家としての地位を確立した。のち江戸趣味による耽美享楽の作風に転じ、花柳界を舞台とする作品も多い。代表作に『濹東綺譚』、日記『断腸亭日乗』などがある。

レッスンの脚よくあがる荷風の忌　中原道夫
荷風忌の近しひそかに潮上げて　片山由美子
舟宿に灯ともる頃や荷風の忌　石川倜子

荷風忌の午後へ踏切渡りけり　宮崎夕美

**【修司忌《しゅうじき》】**

五月四日。寺山修司（一九三五〜八三）の忌日。青森県生まれ。十代で俳句から出発し、短歌・詩をはじめとする文学活動、演劇など、前衛的な試みで時代をリードした。演劇実験室「天井桟敷」は若い世代の支持を得て大きな影響力をもった。句集『花粉航海』、『寺山修司俳句全集』などがある。

修司忌の五月の森の暗さかな　遠藤若狭男

木にやどる滴もみどり修司の忌　成田千空

五月の蝶消えたる虚空修司の忌　新谷ひろし

## 動物

**【春駒《はるごま》】**　春の駒　春の馬　若駒　馬の子　子馬　孕馬《はらみうま》

冬が終わり、野に遊ぶ馬を見ると、いかにも潑剌《はつらつ》として春を喜び楽しむ感じがする。特に若駒を見るとその感が深い。春は子馬の生まれる時期で、子馬が母馬に甘えながら歩いている姿も見られる。

春駒や通し土間より日本海　赤塚五行
二度呼べばかなしき目をす馬の子は　加藤楸邨
馬の仔の貌の映れる盥かな　陽　美保子
親馬のおとなしければ子馬また　森田　峠
潮風をよろこぶ仔馬生まれけり　原　雅子
産み月の瞳のやはらかき孕み馬　寺島美園

**【春の鹿《はるのしか》】**　孕鹿

春になると、雄鹿は角が抜け落ち、雌鹿も脱毛し、まだらに色褪せて醜い。また鹿は十～十一月ごろに交尾し、五～六月に出産する。春、子を宿した鹿は孕鹿といい、やつれてものうげで、動作も鈍く大儀そうである。❖秋の鹿の美しさに対し、春の鹿は哀れを誘う。→落し角・鹿（秋）

赤き星高きにありぬ春の鹿　永島靖子
春の鹿水のひびきが木の間より　友岡子郷
眼が合えば眼からよりくる春の鹿　花谷　清
双眸の濡れて立ちゐる春の鹿　石嶌　岳
孕鹿とぼ〳〵雨にぬれて行く　高浜虚子
起つときの脚の段取り孕鹿　鈴木鷹夫
飛火野の遠ちに日がさし孕み鹿　鍵和田秞子

**【落し角《おとしづの》】**　鹿の角落つ　落ち角　忘れ角

春、雄鹿から抜け落ちた角のこと。鹿の角は四月ごろに落ち、初夏にまた再生する。
❖角の落ちた雄鹿は気力が衰え、どこかさびしげである。↓春の鹿・袋角（夏）

角落ちてはづかしげなり山の鹿　一　茶
山裾や草の中なる落し角　高浜虚子
風強く晴れたる山の落し角　宇佐美魚目
さを鹿はからんと角を落としけん　長谷川　櫂

**【猫の恋《ねこのこひ》】** 恋猫　猫交《さか》る　うかれ猫　猫の夫《つま》　猫の妻　春の猫　孕猫

猫の交尾期は年に数回あるが、特に早春の発情期を迎えた猫の行動をさす。発情期に入った雄猫は夜昼となく雌猫を恋い、さまよう。数匹が争いわめきたてたり、泣き声を立てて恋情を訴える。飼い猫が数日家を空けたあとで憔悴《しょうすい》し傷つき汚れて帰ってくるのは哀れである。↓猫の子

麦飯にやつるる恋か猫の妻　芭　蕉
うらやまし思ひきる時猫の恋　越　人
色町や真昼ひそかに猫の恋　永井荷風
山国の暗《やみ》すさまじや猫の恋　原　石鼎
己が傷を舐めて終りぬ猫の恋　清水基吉
奈良町は宵庚申や猫の恋　飴山　實
恋猫の恋する猫で押し通す　永田耕衣
恋猫の皿舐めてすぐ鳴きにゆく　加藤楸邨
恋猫や世界を敵にまはしても　大木あまり
入りくんで四谷坂がち浮かれ猫　八田木枯

**【猫の子《ねこのこ》】** 子猫　猫生まる　親猫

猫の繁殖期は不定であるが、一〜三月、五〜六月に多く見られ、約二か月の妊娠期間を経て出産する。子を孕んだものうげな親猫、出生してまだ目のあかぬ子猫、離乳し遊び始めたころの子猫、いずれも可愛い。↓猫の恋

百代の過客しんがりに猫の子も　加藤楸邨
黒猫の子のぞろぞろと月夜かな　飯田龍太

ねこの子の猫になるまでいそがしく　鈴木　明
スリッパを越えかねてゐる仔猫かな　高浜虚子
わが仔猫神父の黒き裾にのる　平畑静塔
脱ぎ捨てしものの中より仔猫かな　小原啄葉
抱かれて子猫のかたち定まらず　片山由美子
眠る間に貰はれてゆく仔猫かな　長谷川　櫂

**【亀鳴く《かめなく》】**

春になると亀の雄が雌を慕って鳴くというが、実際には亀が鳴くことはなく、情緒的な季語。藤原為家の題詠歌「川越のみちのながぢの夕闇に何ぞと聞けば亀ぞなくなる」（『夫木和歌抄』）によるといわれ、古くから季語として定着している。

亀なくや水田の上の朝の月　梅　浜
裏がへる亀思ふべし鳴けるなり　石川桂郎
亀鳴くを聞きたくて長生きをせり　桂　信子
亀鳴きぬ彼の世の人とまどろめば　古賀まり子
亀鳴くや男は無口なるべしと　田中裕明

**【蛇穴を出づ《へびあなをいづ》】**　蛇出づ　蜥蜴出づ

冬眠していた蛇が暖かくなり穴から這《は》い出してくること。啓蟄《けいちつ》のころといわれるが、このころにはまだ本格的な活動はしていない。人目につきやすい青大将は九州でも早い時で三月初旬〜四月初旬が初見である。❖穴から出たばかりの蛇は動作も鈍く、何匹かかたまってじっとしているが、やがて餌をもとめて離れていく。↓地虫穴を出づ・啓蟄・蛇穴に入る（秋）

けつかうな御世とや蛇も穴を出る　一　茶
蛇穴を出て見れば周の天下なり　高浜虚子
蛇穴を出づ古里に知己すこし　松村蒼石
蜥蜴出て既に朝日にかがやける　山口誓子

**【蝌蚪《とくわ》】**　蛙子《かへるご》　蛙の子　お玉杓子　蛙生まる　蝌蚪生まる　蝌蚪の紐　数珠子

中国語で蝌蚪《かと》はおたまじゃくしのこと。春、産卵後しばらくすると孵化《ふか》し、ひょろひょろと尾を振って泳ぐ姿は滑稽味がある。「蝌蚪の紐」「数珠子」は紐状の卵のことである。❖蝌蚪という語は近代以降の俳人に好んで使われているが、近世の句にはない。

↓蛙

川底に蝌蚪の大国ありにけり　村上鬼城
天日のうつりて暗し蝌蚪の水　高浜虚子
蝌蚪一つ鼻杭にあて休みをり　星野立子
飛び散つて蝌蚪の墨痕淋漓たり　野見山朱鳥
焼跡に蝌蚪太りゆく水のあり　原子公平
尾を振ってはじまる蝌蚪の孤独かな　日原　傳
蝌蚪一つ寄りきて一つ離れけり　森賀まり
蝌蚪の紐継目なきこの長きもの　右城暮石
水底の水のふくらみ蝌蚪の紐　田島和生
心ざし隆々たりし数珠子かな　大石悦子

**【蛙《かはづ》】**　**蛙《かへる》**　**殿様蛙《とのさまがへる》**　**赤蛙《あかがへる》**　**土蛙《つちがへる》**　**初蛙**
**遠蛙**　**昼蛙**　**夕蛙**　**田蛙**　**蛙合戦**　**蛙田**

蛙は冬の間、土の中や水の底に潜って冬眠しているが、二月頃から目を覚まし、春から夏にかけて田圃などで賑やかに鳴き出す。『古今集』序に「花に鳴く鶯、水に棲む蛙の声をきけば、生きとし生けるもの、いづれか歌を詠まざりける」とあるように、古来、蛙は声を賞美するものであった。その声は田園の春の情趣に欠かすことができない。春の繁殖期には池や沼に多くの蛙がひしめきあって生殖活動を行うが、これを「蛙合戦」と呼ぶ。↓雨蛙（夏）・河鹿（夏）・蟇（夏）

手をついて歌申しあぐる蛙かな　宗　鑑
古池や蛙飛びこむ水の音　芭　蕉
痩蛙まけるな一茶是に有り　一　茶
蛙の目越えて漣又さゞなみ　川端茅舎
ラレレラと水田の蛙鳴き交す　山口誓子
停まるたび蛙の声を飯田線　伊藤伊那男
地にへばりつける鳴き声土蛙　茨木和生

自転車の灯のふらふらと遠蛙　柏原眠雨
子の家にゐて眠たしや昼蛙　安住　敦
昼蛙どの畦のどこ曲らうか　石川桂郎
呼びに来し子と帰りけり夕蛙　小川軽舟

**【春の鳥《はるのとり》】**　春禽

春には種々の鳥が家近くや、野山に姿を見せる。多くの鳥が繁殖期に入ることから活動が活発になる。❖縄張り宣言や求愛のための囀《さえず》りが盛んになるので、人々はその声に春らしさを感じるのである。

わが墓を止り木とせよ春の鳥　中村苑子
白きもの啄へ鴉も春の鳥　山田みづえ
翔てば野の光となりて春の鳥　長瀬きよ子

**【百千鳥《ももちどり》】**

万葉の時代から詠まれてきた伝統ある題材で、さまざまな鳥が競うように鳴くことをいう。その賑やかさがいかにも春らしい。

入り乱れ入り乱れつつ百千鳥　正岡子規
百千鳥雌蕊雄蕊を囃すなり　飯田龍太
おのづから膨るる大地百千鳥　村越化石
百千鳥窯のほてりのまださめず　飴山　實
百千鳥森の扉を全開に　山﨑千枝子
百千鳥けふに遅るるごとくなり　山西雅子

**【囀《さへづり》】**

繁殖期の鳥の雄の縄張り宣言と雌への呼びかけを兼ねた鳴き声をさし、地鳴きとは区別して用いる。早春から晩春にかけて、鶯・雲雀・目白・頬白・四十雀《しじゅうから》などさまざまな鳥の声を聞くことができる。

囀や二羽ゐるらしき枝移り　水原秋櫻子
囀やピアノの上の薄埃　島村　元
囀をこぼさじと抱く大樹かな　星野立子
囀をぬけて一羽の飛びゆけり　上野章子
切株がいつものわが座囀れり　福永耕二
囀に色あらば今瑠璃色に　西村和子
囀や母に小さき解きもの　野中亮介

囀や寝転ぶによき草の丈　馬場公江
さへづりや寝かせて量る赤ん坊　鶴岡加苗

【鶯《うぐひす》】匂鳥《にほひどり》　春告鳥《はるつげどり》　初音《はつね》　鶯の谷渡り

『古今集』に〈鶯の谷より出づる声なくば春来ることをたれか知らまし　大江千里〉とあるように、明瞭な鳴き声によって春の到来を告げる鳥として人々に親しまれて来た。早春に平地で囀り始め、気温の上昇にともない冷涼な地帯に移動する。そのため高山地帯や北海道・東北北部では夏鳥とされる。「ケキョケキョ」と続けて鳴くのを鶯の谷渡りと呼び珍重する。また「法、法華経」という聞き做《な》しから「経読み鳥」ともいわれている。→老鶯（夏）・冬の鶯（冬）

鶯や餅に糞する椽《えん》の先　芭蕉
鶯の身を逆《さかさま》に初音かな　其角
うぐひすの鳴くやちひさき口明けて　蕪村
鶯や前山いよよ雨の中　水原秋櫻子
鶯のやゝはつきりと雨の中　深見けん二
うぐひすのケキョに力をつかふなり　辻桃子
霧雨の霧となるまで初音かな　鷹羽狩行

【松毟鳥《まつむしり》】まつくぐり

キクイタダキ（菊戴）の古名。松の若葉のころ、葉をよく毟《むし》るので松毟鳥と呼ばれる。日本最小の可憐な鳥で、羽は暗緑色。チーチー、またはチリリ、チリリと細いがよくとおる声で鳴く。

奥宮は雲の中なり松毟鳥　篠田悌二郎
逆しまに枝を離るる松毟鳥　猪俣千代子
門にさす金の朝日や松毟鳥　山本洋子

【雉《きじ》】雉子《きじ》　きぎす　きぎし　雉のほろろ

日本には固有種の日本雉と外来種の高麗雉《こうらいきじ》が棲息している。昭和二十二年に国鳥に指定された。『万葉集』に〈春の野にあさる雉の妻恋ひに己があたりを人に知れつつ　大伴家持〉とあるように昔から春の雉の声は妻を恋う声として詠まれてきた。春の繁殖期に雄が縄張り宣言のために「ケーンケーン」と鋭く鳴く。また、子を思う愛情が強く、野焼の火が迫っても子を庇って焼死するなどの逸話が伝えられている。「雉のほろろ」は雉が羽ばたきをして鳴くこと。

ちゝはゝのしきりにこひし雉の声　芭蕉
雉鳴くや風ゆくところ山光り　相馬遷子
雉啼くや日はしろがねのつめたさに　上村占魚
群青のすぢひいて雉翔りけり　林徹
雉子おりて長き尾をひく岩の上　村上鬼城
雉子の尾が引きし直線土にあり　田川飛旅子
雉の子も屈み走りに畦を逃ぐ　茨木和生

**【雲雀《ひばり》】**　告天子　初雲雀　揚雲雀　落雲雀　朝雲雀　夕雲雀　雲雀野　雲雀籠　雲雀笛

雀よりひと回り大きい鳥。茶色。草原・河原・麦畑などに枯草や根で皿形の巣を作る。巣から飛び立つときは鳴きながら真っ直ぐに上がり、ついで急速に降りてくる。『万葉集』に〈うらうらに照れる春日にひばりあがり心かなしもひとりし思へば〉と大伴家持が詠んで以来、詩歌に多く詠まれてきた。❖春の野に、空高く朗らかに「ピーチュル」と鳴く声はいかにも春らしい。↓冬雲雀（冬）

松風の空や雲雀の舞わかれ　丈草
オートバイ荒野の雲雀弾き出す　上田五千石
わが背丈以上は空や初雲雀　中村草田男
雨の日は雨の雲雀のあがるなり　安住敦
アルプスの遠き輝き揚雲雀　有馬朗人
天心に溺るるごとく揚雲雀　蟇目良雨
金色の日を沈めたる雲雀かな　秋篠光広

雲雀野や赤子に骨のありどころ　飯田龍太
雲雀野や少年の画布白きまま　岸野曜二
鉄橋のしづまり雲雀野にひとり　井出野浩貴
通夜の客籠の雲雀を覗き込む　岸本尚毅

【鷽《うそ》】　琴弾鳥《ことひきどり》　照鷽《てりうそ》　雨鷽《あまうそ》　鷽姫

雀よりやや大きい鳥。雄は頭部が黒く、頰と喉が赤く体は青灰色。雌は喉の赤色部がなく、体はやや褐色。春、口笛を吹くような柔らかい声で囀る。声につれて両足を交互に上げ、あたかも琴を弾くような仕種《しぐさ》をすることから琴弾鳥の名がある。体色彩から雄を照鷽、雌を雨鷽ともいう。

鷽鳴くや山頂きに真昼の日　相馬遷子
早起きの鷽が琴弾く父の山　黒田杏子

【頰白《ほほじろ》】

雀よりやや大きい鳥。体は全体に赤色。目の上下に走る二筋の白斑が名の由来。鳴き声を「一筆啓上つかまつる」と聞き做《な》し親しまれてきた。

頰白や子の欲しきもの限りなし　石田あき子
頰白や一人の旅の荷がひとつ　有働亨
頰白の来て明るさの森の中　土屋紫信

【燕《つばめ》】　乙鳥《つばめ》　玄鳥《つばめ》　つばくら　つばくろ　つばくらめ　飛燕《ひえん》　燕来る　初燕　朝燕　夕燕　里燕

万葉の時代から詠まれてきた鳥で、春に飛来し、人家の軒先などに営巣。ツバメ科の燕は種子島以北の全国で繁殖する。その他に岩燕・腰赤燕が九州以北で見られる。また北海道では小洞燕《しょうどうつばめ》が、奄美大島以南では琉球燕《りゅうきゅうつばめ》がそれぞれ飛来する。❖南方から飛来する燕の訪れは、春の到来を実感させる。→夏燕（夏）

蔵並ぶ裏は燕の通ひ道　凡兆
つばめつばめ泥が好きなる燕かな　細見綾子
城を出て町の燕となりゆけり　上田五千石

燕が切る空の十字はみづみづし　福永耕二
乙鳥はまぶしき鳥となりにけり　中村草田男
軒深くつばくろの来る吉野かな　大石悦子
つばくろに仕ふる空となりにけり　山西雅子
春すでに高嶺未婚のつばくらめ　飯田龍太
つばくらめナイフに海の蒼さあり　奥阪まや
一瞬の身を絞りきり燕　安倍真理子
昼深し飛燕のあとの水の香も　友岡子郷
絶海の孤島に浮力つばめ来る　桑原三郎
来ることの嬉しき燕きたりけり　石田郷子
夕波のさねさし相模初つばめ　鍵和田秞子
夕燕湖畔の町の写真館　星野麥丘人

**【引鶴《ひきづる》】**　鶴引く　鶴帰る　帰る鶴　去る鶴　残る鶴

秋に飛来し、越冬した鶴は春になると、北に帰っていく。これを引鶴という。鹿児島県出水《いずみ》市や山口県周南市では鍋鶴などが早春になると一群ずつしだいに北方へ飛び立っていく。ただし北海道釧路湿原に棲息する丹頂《たんちょう》は留鳥のため、渡ることがない。❖大型の鶴の飛翔は美しく、整然と列をなして飛んでゆく姿は雄大である。↓鶴来る（秋）・鶴（冬）

引鶴の声はるかなる朝日かな　闌更
引鶴や鳥居さびしき由比ヶ浜　内藤鳴雪
引鶴の声ひきしぼる虚空かな　鈴木貞雄
鶴引くや窯につめたき灰のこり　神尾久美子

**【春の雁《はるのかり》】**　残る雁

雁は三月頃になると群ごとに北方へ帰っていく。その頃の雁をとくに「春の雁」という。「残る雁」は、傷付いたりして帰らずにそのまま留鳥として残っている雁のこと。❖深まりゆく春の情感とともに、哀れさを感じさせる。↓帰る雁・雁（秋）

春の雁ひかりて月の大河あり　石原舟月
春の雁ゆきてさだまる空のいろ　日美清史

荒ぶれる潮の岬や春の雁　淺井一志

**【帰る《かへる》雁《かり》】** 帰雁　雁帰る　行く雁　去る雁　雁の別れ

日本で越冬した雁が春になって北に帰っていくこと。単に雁といえば秋の季語。三月ごろに各地の沼などを飛び立った真雁は北海道石狩平野の宮島沼に集結するといわれ、四月中～下旬に日本を離れる。❖北へ向かう雁の鳴き声は悲哀の情を誘い、万葉の時代から詩歌に数多く詠まれてきた。↓春の雁

みちのくはわがふるさとよ帰る雁　山口青邨
美しき帰雁の空も束の間に　星野立子
行く雲も帰雁の声も胸の上　斎藤空華
かりがねの帰りつくして闇夜かな　村上鬼城
潦《にわたずみ》ひとつ残して雁帰る　武藤紀子
ゆく雁やふたゝび声すはろけくも　皆吉爽雨
雁ゆきてまた夕空を滴らす　藤田湘子

**【引《ひき》鴨《がも》】** 鴨引く　行く鴨　帰る鴨　鴨帰る

日本で越冬した鴨が、春になって北に帰っていくこと。単に鴨といった場合は冬の季語。真鴨は大体三月初旬～五月初旬に北海道・サハリン・シベリアなどに戻っていく。↓春の鴨・初鴨（秋）・鴨（冬）

引鴨や光も波もこまやかに　津田清子
引鴨とへだたるばかり昼の月　宮津昭彦
新陵の鴨引く空となりにけり　石田勝彦
行く鴨にまことさびしき昼の雨　加藤楸邨
ゆく鴨や遠つあふみは潮ぐもり　林　翔
空谿の何の谺ぞ鴨かへる　藤田湘子

**【春の《はるの》鴨《かも》】** 残る鴨

春先から鴨は北辺の地に帰っていくが、春深くなってもまだ帰らないものもいる。軽鴨がまじっていることもあるがこれは通し鴨・夏鴨として一年中帰らずに棲みついて

いるものである。↓引鴨・初鴨（秋）・鴨（冬）

春の鴨みぎはの泥を曳きて翔つ　松村蒼石
残りしか残されゐしか春の鴨　岡本眸
近寄りて見ても一羽や春の鴨　手塚美佐
漂ひて湖心へ流れ春の鴨　黒田杏子
春の鴨草をすべりて水のうへ　南うみを
残り鴨羽根うつくしくひらきけり　九鬼あきゑ

**【海猫渡る《うみねこわたる》】**　海猫《ごめ》渡る

春先、海猫がそれぞれの越冬地から繁殖地である近海の島などに渡ること。海猫はカモメ科の鳥でもっとも数が多く、唯一日本で繁殖する。青森県の蕪島、山形県の飛島、島根県の経島《ふみ》は繁殖地として知られ、これらの地では天然記念物に指定されている。

❖ミャオミャオと猫に似た声で鳴くのでこの名があるが、「ごめ」とも呼ばれる。↓海猫帰る（秋）

海猫渡る艤装さなかの遠洋船　藤木倶子
海猫渡る万のひとみが沖に照り　西山睦

**【鳥帰る《とりかへる》】**　小鳥帰る　鳥引く　小鳥引く　引鳥　白鳥帰る

雁・鴨・白鳥・鶴・鶸《ひわ》・鶫《つぐみ》など、秋冬に飛来し越冬した鳥が春に北方の繁殖地に帰ること。「引く」は帰るの意。↓渡り鳥（秋）

鳥帰るいづこの空もさびしからむに　安住敦
鳥帰る無辺の光追ひながら　佐藤鬼房
鳥帰る近江に白き皿重ね　柿本多映
うすうすと白鳥に引く空ありぬ　岸田稚魚
白鳥の引きし茂吉の山河かな　片山由美子

**【鳥雲に入る《とりくもにいる》】**　鳥雲に

春、越冬して北に帰る渡り鳥が雲間に消えてゆくように見えるさまをいう。『和漢朗詠集』に〈花ハ落チテ風ニ従ヒ鳥ハ雲ニ入ル尊敬〉と詠まれている。古来、春に故郷へと去り行く鳥たちを、雲の彼方に消えて

ゆく寂しく哀れなものとして捉えてきた。❖「鳥帰る」の比喩《ひゆ》的な表現であり、このころの曇りがちな空を「鳥曇」という。↓鳥曇

鳥雲に入るおほかたは常の景　原　裕
少年の見遣るは少女鳥雲に　中村草田男
鳥雲に隠岐の駄菓子のなつかしき　加藤楸邨
胸の上聖書は重し鳥雲に　野見山朱鳥
観音を在所々々や鳥雲に　飴山　實
夢殿の観音びらき鳥雲に　小檜山繁子
鳥雲にひとり遊びの砂場の子　柏原眠雨
鳥雲に渡りて長き葛西橋　西嶋あさ子
鳥雲に海へ突き出す貨物駅　佐藤郁良

**【鳥交る《とりさかる》】**　鳥つるむ　鳥の恋　恋雀

春から初夏にかけての野鳥の繁殖期に、鳥が盛んに囀りうたい、交尾をすること。美声を発し、雌を引きつけるような仕種《しぐさ》をする。山野の野鳥はめったに人目に触れないが、雀の交るのはたまに目にすることがある。↓孕雀

鳥交るしきりと喉の渇く日ぞ　石川桂郎
風蝕の崖さんらんと鳥交る　鷲谷七菜子
身に余る翼をひろげ鳥交む　鷹羽狩行
国引の山に雲捲く鳥の恋　角川源義
あるときはたたかふごとし恋雀　津川絵理子
鳥の恋梢をともに移りつつ　岩田由美

**【孕雀《はらみすずめ》】**　孕鳥《はらみどり》　子持雀《こもちすずめ》

見かけではわからないが、春の繁殖期を迎えて腹の中に卵をもっている雀のこと。交尾は春に多く、雌は一回に五個程度の卵を産む。その後、雌雄交互に抱卵し、十二〜十四日で孵化《ふか》する。❖腹に大きな胎児をもつ哺乳類と違って、外見上はほとんどわからないので、多分に観念的な季語といえる。↓雀の子

孕み雀土俵に跳ねてゐたりけり　茨木和生

【雀の子《すずめのこ》】　子雀　親雀　黄雀《きすずめ》

雀の卵は十日ほどで孵化し、二週間くらいで巣立ちする。巣立ったばかりの頃はまだよく飛べず、数日は親鳥が付き添って餌のとり方を教えるが、次第に独り立ちする。雛は嘴《くちばし》の脇が黄色いので黄雀といわれる。この頃は動作も幼く愛らしい。→孕雀

雀の子そこのけそこのけ御馬が通る　一茶
雀の子一尺とんでひとつとや　長谷川双魚
地に下りる足のうす紅雀の子　廣瀬直人
菜畑の坐り仕事や雀の子　中西夕紀
子雀のこぼれ落ちたる草の丈　佐藤鬼房
子雀のこゑも日暮れとなりにけり　青柳志解樹

【鳥の巣《とりのす》】　小鳥の巣　巣組み　巣籠《すごもり》
巣隠　巣鳥　古巣　巣箱　鳥の卵　小鳥の卵　抱卵期

鳥が春の繁殖期に産卵、抱卵、育雛《いくすう》する場所。雉や鴨は地上、鷹や鷺《さぎ》、鴉、鵯、頬白などは木の上に、また四十雀や椋鳥は樹洞に営巣するなど、鳥の種類によって場所・形状・材料は異なり、それぞれの棲息環境にあわせて営まれる。巣籠・巣隠は巣にこもること。→巣立鳥・燕の巣・雀の巣・鴉の巣

鳥の巣に鳥が入つてゆくところ　波多野爽波
てのひらに鳥の巣といふもろきもの　石　寒太
二階より守る鶺鴒の巣づくりを　馬場移公子
鷺の巣や東西南北さびしきか　寺田京子
鳶の巣の下に渦巻く吉野川　大峯あきら
鷹の巣の一羽落ちたる騒ぎかな　河村静香
やや高く破船に似たる古巣あり　七田谷まりうす
少年の巣箱に鳥のきてをりぬ　中谷五秋
一羽出て一羽戻れる巣箱かな　藤本美和子
草山を雉子はなれざる抱卵期　土方秋湖

【燕の巣《つばめのす》】　巣燕

三〜五月に飛来した燕は泥・藁などで人家

の梁や軒先などに椀形の巣を営む。古巣を利用するため、毎年同じ場所に姿を見せる。また岩燕は群性が強く、山地や岩場などに営巣する習性があるが、近年、都市部でも繁殖するのが見受けられる。↓燕・燕の子
（夏）

白壁を汚さぬやうに燕の巣　鷹羽狩行
巣燕に外は鏡のごとき照り　山口誓子
巣燕の城の高さをまだ知らず　八染藍子
巣燕に声かけて入る生家かな　山田弘子
茶問屋の建具新し巣の燕　山尾玉藻

**【雀の巣《すずめのす》】**

雀は二月ごろからつがいで繁殖し、屋根瓦や石垣の隙間・庇の裏・木の洞などに枯草その他を材料にして球形の粗雑な巣を作り、五個程度の卵を産む。↓孕雀・雀の子

人も来ず神殿古りて雀の巣　正岡子規
雀の巣かの紅糸をまじへをらん　橋本多佳子
夢殿に雀の巣藁垂れにけり　冨田みのる
営巣のこゑも立てずに雀ども　篠田悌二郎

**【鴉の巣《からすのす》】**　烏の巣

鴉は春の繁殖期になるとつがいを作り、縄張り内の高い樹木の上に枯枝などを用いて営巣する。巣の中には枯葉や獣毛などを敷き、三～六個の卵を産む。二十日で孵化し、約一か月で巣立つ。

淀川を見わたす高さ鴉の巣　森田峠
出来ばえを褒められてゐる鴉の巣　山田弘子
さうらしく見えてだんだん鴉の巣　大畑善昭
苗代ができ松の木に烏の巣　齊藤美規

**【巣立鳥《すだちどり》】**　巣立　親鳥

卵から孵《かえ》り、成育して巣から離れたばかりの若鳥のこと。鳥の雛は孵化直後は赤裸であるが、しだいに羽毛が生じ、成鳥となっていき、巣を離れる。これが巣立である。
❖巣立鳥は春の季語であるが、「燕の子」

が夏の季語であるように、巣立までの期間は鳥によって異なる。→鳥の巣

みづうみは遠き曇りに巣立鳥　木村蕪城
巣立鳥その影幹を上下して　香西照雄
鳥巣立ちポプラのそよぎ湧くごとし　成田千空
つまさきに力をこめて巣立ちけり　野中亮介

**【桜鯛《さくらだひ》】**　花見鯛　乗込鯛《のつこみだひ》　鯛網

桜の咲くころ産卵のために内海や沿岸に来集する真鯛のこと。産卵期を迎えて桜色の婚姻色に染まることと、桜の咲く時期に集まることから桜鯛という。このころが主要な漁期である。明石の鯛は有名。鯛の縛り網漁は、広島県福山市の鞆《とも》の浦《うら》の風物詩とされてきた。→魚島

俎板に鱗ちりしく桜鯛　正岡子規
砂の上曳ずり行くや桜鯛　高浜虚子
尾道の花はさまでも桜鯛　後藤夜半
よこたへて金ほのめくや桜鯛　阿波野青畝
壱岐対馬《つしま》泊りかさねて桜鯛　小原菁々子
陸よりも海《わたつみ》さびし桜鯛　岡井省二
桜鯛子鯛も口を結びたる　川崎展宏
食初めの子より大きな桜鯛　有馬朗人
鯛網を観る親舟に乗りうつる　五十嵐播水

**【魚島《うをじま》】**

四〜五月になると鯛や鰆《さわら》などが瀬戸内海に入り込み、海面にあたかも島のようになってひしめきあう。この時期を「魚島時」といい「魚島」はそれを略した形で、豊漁をさすこともある。瀬戸内海地方の方言。燧《ひうち》灘《なだ》に浮かぶ魚島は鯛漁で有名で、ここの漁が語源ともいわれる。→桜鯛

魚島の大鯛得たり旅路来て　水原秋櫻子
魚島の瀬戸の鷗の数しれず　森川暁水
魚島となるはじまりの潮のいろ　浅井陽子

**【鰊《にしん》】**　鯡　春告魚　鰊群来《にしんくき》　鰊漁　鰊舟　鰊曇

寒流性の回遊魚。全長三〇センチほどになる。背部は青暗色、腹部は白色。三月からの産卵期に北海道西岸などに大群で寄って来て、これを鰊群来といった。そのころの曇り空が鰊曇。かつては鰊漁で活気を呈したが、北海道沿岸ではあまり捕れなくなった。

唐太の天ぞ垂れたり鰊群来　山口誓子
潮鳴りは海底のこゑ鰊群来　東　天紅
鰊曇てふオホーツク鰊来ず　石垣軒風子

【鰆《さはら》】

出世魚の一種で関西ではサゴシ→ヤナギ→サワラと名前が変わる。成魚は一メートルほどになり、背側は暗青色、腹側は白く、灰色の斑紋が縦列に並ぶ。晩春の産卵期に沿岸に寄ってきて、旬となるので魚偏に春と書く。瀬戸内海の燧《ひうち》灘や播磨灘が漁場として有名。

白日のなかへ入りゆく鰆船　友岡子郷
踊場に置く手籠から鰆の尾　西川章夫
歯並びのよき須磨浦の鰆かな　蓑目良雨

【鱵《さより》】　竹魚《さより》　細魚《さより》　水針魚《さより》　針魚《さより》　針《はり》魚《を》

各地に分布するが、とりわけ南日本に多い。体が細長く、全長四〇センチくらいで、下顎が著しく長い。上部は青緑色、下部は白色、頤部が紅色。春の産卵期に川などに入り込むこともある。肉は白く淡白で美味。

ちりやすくあつまりやすく鱵らは　篠原　梵
干し上げて鱵に色の生まれたる　後藤比奈夫

【子持鯊《こもちはぜ》】

卵をもった鯊をさす。単に鯊といった場合は秋の季語。三～五月ごろの産卵期の鯊は卵が十分に熟して腹部が張り、黄金色の卵が透いて見えるようになる。→鯊釣（秋）・鯊（秋）

子持鯊釣れをる河口昼の月　鈴木雹吉
子持鯊滅法釣れてあはれなり　白井冬青

**【鯥五郎《むつごらう》】**　**むつ　鯥掘る　鯥掛　鯥曳網**

日本では九州の有明海と八代海の一部にのみ棲息する魚。体長一〇～一八センチ。目が大きく、両目が接近してやや突出している。体色は暗緑色の地に淡色の斑点が散在。強い胸鰭《むなびれ》は干潟を移動するのに適している。潟に巣穴を掘って棲み、水から出て長時間行動することができる。産卵期の始まる春先にはさかんに漁が行われる。

鯥五郎砂かぶりつつ突かれけり　河野南畦
まばたきのふたつはかなし鯥五郎　木村虹雨
鯥五郎おどけ目玉をくるりんと　上村占魚
鯥五郎跳ねて潟の日汚したる　岡部六弥太
鯥五郎とんで方向変へにけり　浅井陽子

**【鮊子《いかなご》】**　**玉筋魚《いかなご》　小女子《こうなご》　叺子《かますご》　鮊子舟**

北海道から九州までの沿岸に棲息するイカナゴ科の近海魚で、成魚は体長二五センチほどになる。銀白色の細長い魚である。三～四月ごろ幼魚が獲れ、煮干し・佃煮などにされる。

一網の鮊子まざりものあらず　茨木和生
いかなごの命ひしめく朝の網　野崎昭子
鮊子の釘煮の腕を問はれけり　山田弘子
小女子のまなこのほろと煮くづれぬ　成田智世子
鮊子船雨かきわけて戻りけり　熊田俠邨

**【白魚《しらうを》】**　**しらを　白魚《しらを》網《あみ》　白魚舟　白魚漁　白魚汲む　白魚火　白魚《しらを》和《あへ》　白魚《しらを》汁《じる》**

シラウオ科の回遊魚で体長約一〇センチ。淡水の混じる沿岸域や汽水湖に棲息し、生後一年たつと海から河口に入って産卵する。この産卵期に四つ手網や刺し網で獲る。❖踊り食いするハゼ科の素魚《しろうお》とよく混同されるが別種である。

明ぼのやしら魚しろきこと一寸　芭　蕉
白魚をふるひ寄せたる四つ手かな　其　角
ふるひ寄せて白魚崩れんばかりなり　夏目漱石
白魚の黒目の二粒づつあはれ　福永耕二
白魚の水より淡く掬《すく》はるゝ　田畑美穂女
白魚のさかなたること略しけり　中原道夫
すくひつつ白魚のみな指にそふ　井沢正江
白魚を食べて明るき声を出す　鍵和田秞子
紙鍋といふあやふさの白魚かな　大石悦子
白魚の汲まれて光放ちけり　深見けん二

**【鱒《ます》】**本鱒　桜鱒　海鱒　紅鱒　虹鱒　姫鱒　川鱒

サケ科に属する魚のうち鱒の名がつく魚の総称。三、四月が旬。多くは本鱒とも呼ばれる桜鱒をいう。降海型の海鱒には桜鱒・紅鱒・虹鱒があり五、六月ごろ川で産卵して、稚魚は海にくだり成長すると産卵のために川へ戻って一生を終える。体長が約六〇センチになり、体側部に黒い斑点を持つ。川鱒には姫鱒があり河川陸封型の桜鱒は山女《やまめ》といい、降海型に比べ体も小振り。

さざなみに夕日を加へ鱒の池　森　澄雄
榧の影からまつの影鱒育つ　斎藤夏風
鱒群れて水にさからふ紅させり　山上樹実雄
虹鱒の走りて虹をのこしけり　藤岡筑邨

**【諸子《もろこ》】**諸子魚《もろこ》　諸子鮠《もろこはえ》　初諸子　本諸子　柳諸子　諸子釣る　諸子舟

コイ科の細長い小型の魚の総称。地方によって本諸子・田諸子・出目諸子など異なった魚を諸子という。有名なのは関西、特に琵琶湖に多く産する体長一四センチほどの本諸子。柳の葉に似ているので柳諸子ともいう。❖二月頃、卵をもち始めたころが旬で美味。その季節感をいかしたい。

諸子散つて深き処に石一つ　小川軽舟

諸子焼く火のうつくしき淡海かな　甲斐由起子
手にのせて雪の匂ひや初諸子　野木藤子
さざなみの志賀より届き初諸子　西川保子
湖やもろこ釣る日の薄曇り　正岡子規
諸子釣る声の聞こゆる泊りかな　梶山千鶴子
諸子舟伊吹の晴に出しにけり　茨木和生
夕映えをもつともまとひ諸子売　石田勝彦

**【公魚《わかさぎ》】**　桜魚《さくらうを》　公魚漁　公魚舟

サケ目キュウリウオ科の魚。体は細長く、背側は暗灰色、淡黒色の縦帯が体側に走る。江戸時代、霞ケ浦産のものが将軍家に献上されて以来、公魚の字を当てるようになった。現在では全国各地に広がっている。山陰地方ではアマサギと呼ぶ。❖姿のよい魚で美味。春先の魚として喜ばれる。

公魚のよるさゞなみか降る雪に　渡辺水巴
公魚をさみしき顔となりて喰ふ　草間時彦
公魚の淡きひかりを手に受くる　林　美恵子
わかさぎの腹子にこもる藻の匂　相澤尚子
公魚を焼く杉箸のすぐ焦げて　鳥越すみこ
きりもなく釣れて公魚あはれなり　根岸善雄

**【桜鯎《さくらうぐひ》】**　石斑魚《うぐひ》　花うぐひ

鯎は全国各地に分布するコイ科の魚で、桜鯎は春に産卵期を迎えた鯎のこと。桜の咲くころに体側などに赤い縦線の婚姻色が現れることから桜鯎という。長野県や新潟県でアカウオ、アカハラなどというのも同じ理由による。

一身を緋にみごもれるうぐひかな　小林侠子
花鯎とて金鱗に朱一線　福田蓼汀
胸濡らし桜うぐひの網張れり　阿部月山子
たそがれは水が運びて花うぐひ　雨宮きぬよ

**【柳鮠《やなぎはえ》】**　鮠《はえ》　はや

柳鮠は生物学上の名ではなく、一〇センチ足らずの柳の葉に似た魚をさす。鰉《ひがい》や追河《おいかわ》などの小型のコイ科の魚がそれに当たる。

山越えて来てわたる瀬や柳鮠　飯田蛇笏
みづうみの色に聡くて柳鮠　田中智応
鮠を焼く炭火あかあか真室川　田川飛旅子

**【乗込鮒《のっこみぶな》】**　乗つ込み　初鮒　春の鮒
春鮒　子持鮒　春鮒釣

水底で越冬した鮒が、春、水温の上昇とともに巣離れし、産卵のために集団で水藻のある浅瀬に勢いよく移動する。時には小川や田の中にまで乗り込む。これを「乗っ込み」といい、その鮒を乗込鮒と呼ぶ。初鮒は春はじめて捕れる鮒のこと。❖「乗っ込み」という言葉そのものに春の鮒の勢いや躍動感が込められている。↓寒鮒（冬）

初鮒や昨日の雨の山の色　視　山
乗込みや川の節々漲れり　西村和子
春の鮒釣られてけぶるもの吐きぬ　岡井省二
春鮒を煮て隣より灯が遅れ　能村登四郎
道端の濡れて春鮒売られけり　星野麥丘人
春鮒を濁りの中に戻しけり　大島雄作

**【若鮎《わかあゆ》】**　小鮎　鮎の子　稚鮎　上り鮎
鮎のぼる

鮎漁解禁前の春先に海から川に遡ってくるまだ五〜六センチの小さな鮎のこと。❖単に鮎といえば夏の季語。↓鮎汲・鮎（夏）

若鮎の鰭ふりのぼる朝日かな　蓼　太
若鮎の二手になりて上りけり　正岡子規
釣りあげし小鮎の光手につつむ　下村非文
杉山のどこか火を焚き上り鮎　神尾久美子

**【蛍烏賊《ほたるいか》】**　まついか

体表に発光器を持つ体長五、六センチの烏賊で、日本近海の深海に棲む。晩春の産卵期には、雌が浅海を回遊し、夜浮上して海面に美しい光を明滅させる。富山湾滑川・魚津に多く、魚津の群遊海面は特別天然記念物に指定されている。

蛍烏賊汐たるゝまゝ食うべけり　高木晴子

まつくらな海へ見にゆく蛍烏賊　深見けん二
ほたるいか潮汲むやうに汲まれけり　関口祥子
蛍烏賊光る方へと舟かしぐ　廣野實子
曳く網に光の渦の蛍烏賊　山田英津子
網引くや闇に瑠璃なす蛍烏賊　池田笑子

【花烏賊《はないか》】　桜烏賊

　産卵のために沿岸近くに来て、花の咲くころに捕獲されるイカ一般のことをいう。❖季語の花烏賊はコウイカ科の小型のハナイカのことではない。

花烏賊の腸抜く指のうごき透く　中村和弘
俎板にすべりとどまる桜烏賊　高浜虚子

【飯蛸《いいだこ》】

　マダコ科の蛸。全長約二五センチの小型のタコで、北海道南部以南の日本近海に広く分布。春、卵を持った雌を煮ると体内にあたかも飯粒が詰まっているように見えることからこの名がついた。

飯蛸を炙る加減に口出せり　能村登四郎
なにか佗し飯蛸の飯とぼしきも　上村占魚
舟べりへ逃げし飯蛸引きはがす　星野恒彦
飯蛸に猪口才な口ありにけり　中原道夫

【栄螺《さざえ》】　つぶ　拳螺《さざえ》

　拳状の巻貝。殻は厚く太い角状突起がある。角が発達しているのは外海に棲むもので、内湾などに棲むものは角がない。刺身や和え物などにして食すが、壺焼にすることが多い。→壺焼

はるばると海よりころげきし栄螺　秋元不死男
栄螺の殻つまめるやうに出来てゐる　加倉井秋を
しんかんと栄螺の籠の十ばかり　飯田龍太
栄螺選る無口を楯に島男　古賀まり子
海女の投げくれし栄螺を土産とす　加藤三七子
海光のなほまつはりて栄螺籠　鷹羽狩行
上げ潮にざつとくぐらせ栄螺籠　鈴木多江子

【蛤《はまぐり》】　蛤鍋《はまなべ》　蒸蛤　焼蛤　蛤《はま》つゆ

北海道南部から九州にかけて分布する二枚貝。淡水が流入する内湾などの砂泥域に棲息する。三重県桑名市の焼蛤は有名。貝殻は平安時代から貝合わせに用いられてきた。❖上品な味で日本人には古くから馴染みがあり、祝膳に欠かせない。

蛤や塩干に見えぬ沖の石　西　鶴

蛤の荷よりこぼるるうしほかな　正岡子規

蛤のぶつかり合つて沈みけり　石田勝彦

蛤の両袖びらきすまし汁　鷹羽狩行

はまぐりの殻に遠景らしきもの　櫂　未知子

舌やいて焼蛤と申すべき　高浜虚子

**【浅蜊《あさり》】**鬼浅蜊　姫浅蜊　浅蜊舟　浅蜊売　浅蜊汁

全国の海浜に広く分布する二枚貝。蛤同様砂泥の浅海に棲息する。汐干狩で採るのもこの貝である。

暁闇の桶に浅蜊の騒ぎ立つ　尾池和夫

浅蜊売るこゑの一旦《いったん》遠のきし　伊藤白潮

折からの雨の重みの浅蜊売　友岡子郷

浅蜊汁殻ふれ合ふもひとりの餉《げ》　永方裕子

**【馬蛤貝《まてがひ》】**馬刀貝《まてがひ》　馬刀　馬蛤突《まてつき》

北海道南部以南の、内湾の浅海の砂底に棲息する二枚貝。長円筒状で一二センチほど。殻皮は滑らかで、光沢のある黄色。殻質はもろい。干潟となった棲息孔に塩を入れ反射的に飛び出してくるところをとらえたり、針金で作った馬蛤突で突いて捕ったりする。

馬刀貝の穴を崩さず潮引けり　浅井陽子

面白や馬刀の居る穴居らぬ穴　正岡子規

足もとに来てゐる波や馬刀を掘る　岡田耿陽

**【桜貝《さくらがひ》】**花貝　紅貝

桜の花弁のような色の二枚貝で殻の長さ一〜五センチ。北海道以南に広く分布し、浅海の砂泥域に棲息する。❖実際目にするのは波打ち際に打ち上げられた貝殻である。

殻は薄く透き通って美しい。

ひく波の跡美しや桜貝　松本たかし

引く波の引くたび残し桜貝　鷹羽狩行

遠浅の水清ければ桜貝　上田五千石

おなじ波ふたたびは来ず桜貝　木内怜子

拾はれて海遠くなる桜貝　松田美子

桜貝小さき波にくつがへり　西村和子

桜貝ひとつ拾ひてひとつきり　三村純也

**【蜆《しじみ》】** 蜆貝　真蜆　紫蜆　蜆取　蜆舟

蜆搔　蜆売

汽水域、または淡水に棲む二枚貝。大きさは三〜四センチで、殻は黒い。宍道《しんじ》湖の大和蜆、琵琶湖の瀬田蜆が有名。蜆汁にして食べるのが一般的。↓土用蜆（夏）・蜆汁

から〳〵と鍋に蜆をうつしけり　松根東洋城

雪に買ふ近江の蜆つややかに　山口草堂

義仲をとぶらひたれば瀬田蜆　森　澄雄

蜆洗ふ水たつぷりと雨降れり　林田紀音夫

水替へてひと日蜆を飼ふごとし　大石悦子

蜆舟少しかたぶき戻りけり　安住　敦

蜆舟夕日の雫したたらす　福島　勲

**【蜷《にな》】** みな　川蜷　蜷の道

北海道南部から沖縄までの日本各地の河川・湖沼などに分布する長さ三センチほどの巻貝。殻は厚く筍状で螺層が長く、黒褐色をしている。蛍の幼虫が好んで食べるため長野県では蛍貝とも呼ばれる。❖春になるといわゆる蜷の道を作りながら水田などの泥の表面を這《は》う姿が見かけられる。

水浅し蜷のせゝらぐごとくなり　軽部烏頭子

悉くこれ一日の蜷の道　高野素十

蜷の道はじめをはりのなかりけり　森田公司

田一枚知り尽くさんと蜷の道　高橋将夫

うたかたの影の過ぎゆく蜷の道　岩田由美

**【田螺《たにし》】** 田螺鳴く　田螺取

卵形の殻をもつ淡水産巻貝。一〜四センチ

くらいの大きさで殻は黒色。冬の間は池や田の泥中に棲息しているが、春になると、水田などの泥の表面を這う姿が見かけられる。❖田螺鳴くという季語があるが、実際は鳴かない。

夕月や鍋の中にて鳴《なく》田にし　一茶

田螺やや腰を浮かせて歩み出す　野中亮介

田螺鳴く月のくらさの舟通し　羽田岳水

田螺取泥の機嫌を見てをりぬ　山崎祐子

**【烏貝《からすがひ》】**

日本各地の湖沼に分布する二〇センチくらいの二枚貝。成長すると殻の表面が黒くなることからこの名がついた。肉は食用となるが、泥臭さがある。殻の真珠層は貝細工に利用される。

埋木と共に掘られぬ烏貝　高田蝶衣

烏貝おろかな舌を出してゐる　篠田吉広

**【月日貝《つきひがひ》】**

直径一二センチ前後の円形の二枚貝。一枚が赤紫色、もう一枚が淡黄色で、これを日と月に見立てて名が付けられた。肉は食用とし、殻は貝細工などに用いる。

波音の丸くかへりぬ月日貝　百瀬美津

日月の彩を享けたる月日貝　辻田克巳

引き潮の時の長さよ月日貝　佐藤博美

**【望潮《しほまねき》】**　潮まねき

蟹の一種で、九州の有明海沿岸などで多く見られる。雄の左右いずれかの鋏足が著しく大きいのが特徴。内湾の砂泥域に穴を掘って棲み、潮が引いたあとの砂浜で大きな鋏足を高く動かす。その姿が潮を招くようなのでこの名がある。

次の帆の現るるまで潮まねき　鷹羽狩行

ひたすらに入日惜みて汐まねき　河野静雲

**【寄居虫《やどかり》】**　がうな

空の巻貝などに宿を借りて棲む甲殻類。一

対の鋏を持ち、腹部が柔らかい。体が成長すると他の大きな貝を求めて移り棲むのでこの名がある。

寄居虫の口惜しき足見せにけり　河東碧梧桐
寄居虫の又顔出して歩きけり　阿部みどり女
やどかりは海を知らざる子に這へり　木村蕪城
やどかりの中をやどかり走り抜け　波多野爽波
波ひとつ過ぎて寄居虫見失ふ　佐藤砂地夫
捨て莫蓙を寄居虫越えてゆきにけり　小澤　實
やどかりのころりと落ちし汐溜　藺草慶子
石を這ふ音の侘しき寄居虫《がうな》かな　高田蝶衣
動き出すまで掌のがうなかな　小野あらた

**【磯巾着《いそぎんちゃく》】**　石牡丹《いしぼたん》

浅海の岩の割れ目などに着生する腔腸動物。体は円筒状で、赤・紫・緑など。中央に口があり、六の倍数の触手が並び、菊の花のように開いて小魚や小蝦を捕えて食べる。口を閉じた姿が巾着の紐を締めたような形なのでこの名がある。

岩の間のいそぎんちゃくの花二つ　田中王城
海女の艪の磯巾着をかすめけり　米澤吾亦紅
少年の影じつとして磯巾着　川崎展宏
日輪は一つ磯巾着ひらく　友岡子郷
磯巾着拝むごとくに縮まりぬ　早野和子
揺れかはしいそぎんちゃくは待つばかり　本井　英
真中より揺らぎいそぎんちゃく展く　奥坂まや

**【海胆《うに》】**　海栗《うに》　雲丹《うに》

海底や海中の岩場などに棲息する棘皮《きょくひ》動物。一般に知られている海胆は、外部に棘があり、毬栗《いがぐり》のような形をしているので「海栗」とも書く。他に馬糞海胆・紫海胆・赤海胆などの種類があり、春に卵巣が成熟する。❖「雲丹」は卵巣の塩辛。

海胆の針紫にして美しき　野村喜舟
海胆裂けば暗たんとして針死なず　只野柯舟
海胆割つて潮の真青にすすぎ食ふ　岸原清行

海胆採りの少年焚火置きて去る　茨木和生

【雪虫《ゆきむし》】

雪国で早春二月ごろ雪の上に現れ、動き回る虫を総称していう。川螻蛄《かわげら》・揺蚊《ゆすりか》・跳虫《とびむし》などが羽化して出てきたもので、雪解虫、雪消し虫などと呼ぶ地方もある。❖冬の季語である綿虫も雪虫と呼ばれるが、これとは別である。→綿虫（冬）

雪虫や田下駄を山の神に吊り　柴田冬影子
雪虫や連山藍を重ね合ふ　菅原多つを
安達太良《あたたら》や雪虫を野に遊ばせて　藤田湘子

【地虫穴を出づ《ぢむしあなをいづ》】　地虫出づ　蟻穴を出づ

啓蟄《けいちつ》のころ、地中で冬眠していた虫が巣穴から出てくる。冬眠から覚めたばかりの虫の動きを見ると春の来た喜びが感じられる。❖「蟻穴を出づ」など個々にいう場合が多い。→啓蟄・蛇穴を出づ

地虫出づふさぎの虫に後れつつ　相生垣瓜人
東山はればれとあり地虫出づ　日野草城
走り根のがんじがらめを地虫出づ　倉橋羊村
空港の全面舗装地虫出づ　塩川雄三
蟻穴を出でておどろきやすきかな　山口誓子

【蝶《ちょう》】　蝶々　胡蝶　蝶生《うま》る　初蝶　白蝶　黄蝶　紋白蝶　蜆蝶　蝶の昼

日本国内では在来種で約二三〇種の蝶が確認されている。『古今集』に〈散りぬれば後はあくたになる花を思ひ知らずもまどふ蝶かな　僧正遍昭〉と詠まれているように、花に舞う優美な姿が愛でられてきた。春、最初に姿を見せるのは紋白蝶や紋黄蝶。❖季語では蝶といえば春であり、揚羽蝶など大型のものは夏に分類される。→夏の蝶（夏）・秋の蝶（秋）・冬の蝶（冬）

うつつなきつまみごころの胡蝶かな　蕪村
又窓へ吹きもどさるる小てふかな　一茶

山国の蝶を荒しと思はずや　高浜虚子
高々と蝶こゆる谷の深さかな　原　石鼎
方丈の大庇より春の蝶　高野素十
あをあをと空を残して蝶別れ　大野林火
蘂に置く蘂よりほそき蝶の足　粟津松彩子
雨後の蝶こまかく翅を使ひけり　日原　傳
蝶々に大きく門の開いてをり　星野　椿
蝶生れまづ美しきものへ飛ぶ　河内静魚
つぎつぎに蝶の生まれてしづかな日　高浦銘子
初蝶来何色と問ふ黄と答ふ　高浜虚子
初蝶やわが三十の袖袂　石田波郷
初蝶を追ふまなざしに加はりぬ　稲畑汀子
初蝶の白に徹してまぎれざる　田島和生
初蝶のあやふき脚が見えてゐる　森賀まり
口曲げしそれがあくびや蝶の昼　清崎敏郎

**【蜂《はち》】　蜜蜂　熊蜂　穴蜂　土蜂《つちばち》　足長蜂
女王蜂　働蜂《はたらきばち》　蜂の巣　蜂の子**

世界に約十万種いるといわれ、そのうち日本でよく見かけるのは蜜蜂・足長蜂・熊蜂・雀蜂などである。腹部の根元がくびれて細く、大部分は二対の羽を持ち、腹端にある毒針で敵や獲物を刺す。

木ばさみのしら刃に蜂のいかりかな　白　雄
蜂の尻ふは〱と針をさめけり　川端茅舎
しづかにも大木の幹蜂離れ　山口誓子
蜂が来る火花のやうな脚を垂れ　鷹羽狩行
蜜蜂の山風吹けば金の縞　永方裕子
熊蜂のうなり飛び去る棒のごと　高浜虚子

**【虻《あぶ》】　花虻　牛虻**

アブは二枚の羽と大きな頭と美しい光沢の複眼を持つ。翅が強く飛ぶときにはうなりを発す。牛虻は人や牛馬に付いて血を吸う。また花虻は蜜を吸うために花に集まる。

虻とんで海のひかりにまぎれざる　高屋窓秋
弁当にとびくる虻を叱りけり　岸　風三樓
虻宙にとどまる力身に感ず　岡本　眸

己が宙占めたり虻の猛々し　古田紀一
空中の虻ここは嫌ここも嫌　小川軽舟

**【春の蚊《はるのか》】**　**春蚊《はるか》**　**初蚊《はつか》**

なま暖かい春の夜などに、蚊の声を聞くことがある。成虫のまま越冬したアカイエカで、人を刺すことはまれである。↓蚊（夏）

畳目にまぎれて春の蚊なりけり　岡本眸
ともしびにうすみどりなる春蚊かな　山口青邨
春蚊鳴く耳のうしろの暗きより　小林康治
観音の腰のあたりに春蚊出づ　森澄雄
読み止しの英字新聞春蚊出づ　辻内京子

**【春の蠅《はるのはへ》】**　**蠅生る**

春、暖かくなって目につく蠅。日当たりの良いところに早くも止まっていたりする。生まれてすぐ、敏捷に飛ぶものもいる。↓蠅（夏）・秋の蠅（秋）・冬の蠅（冬）

皆違ふ寒暖計や春の蠅　島村元
奥青き鏡を舐めて春の蠅　鷹羽狩行
積み上げし本のあたりを春の蠅　岩田由美
蠅生れ早や遁走の翅使ふ　秋元不死男
身に余る羽を重ねて蠅生る　平畑静塔
蠅生まる白銀無垢の翅をもち　有馬朗人
あめつちに熱あり蠅の生まれけり　辻美奈子

**【蚕《かひこ》】**　**蚕《こ》**　**春蚕《はるご》**　**捨蚕《すてご》**　**桑子**

カイコガの幼虫で、この繭から絹糸をとるため古くから飼育されてきた。地方によって差はあるが大体四月中〜下旬に孵化する。桑の葉を食べて前後四回の休眠脱皮を繰り返したあとで糸を吐き出し、繭を作る。桑の葉を食べるので桑子といい、病にかかって捨てられたものを捨蚕という。↓夏蚕（夏）・秋蚕（秋）・蚕飼

宵からの雨に蚕の匂かな　成美
朝日煙る手中の蚕妻に示す　金子兜太
屋根草もみどり深めし蚕の眠り　鈴木鷹夫

松蟬のいのりの如く鳴きはじむ　いさ桜子
松蟬の声古釘を抜くごとし　小川軽舟
ふるさとは框這ひゆく春蚕かな　石寒太
捨蚕みな水に沈めるさびしさよ　田村木国
曲屋に捨蚕臭ひておしら神　桂樟蹊子
吹く風に顔を上げたる捨蚕かな　倉田紘文
こぼれ蚕の踏まれて糸をもらしけり　石田勝彦

**【春蟬《はるぜみ》】**　松蟬

春に鳴く蟬というのではなく、蟬の種類の「春蟬（松蟬）」のこと。本州・四国・九州の松林で三月から六月にかけて鳴く。その声は鋭く、遠くまでよく響く。❖蟬の声を初めて聞くという意味の「初蟬」は夏の季語。

春蟬にひる三日月のたしかさよ　石橋秀野
春蟬とおもへり歩みたるままに　岸田稚魚
春蟬や蔦を鎧へる松多し　高田風人子
一山の春蟬に身を浮かせゆく　鍵和田秞子
春蟬の声のさゞ波湯殿山　蟇目良雨
珊々と松蟬の声揃ひたる　高浜虚子

# 植物

【梅《うめ》】 梅の花 好文木《かうぶんぼく》 花の兄 春告草《はるつげぐさ》 野梅《やばい》 白梅 臥竜梅《ぐわりようばい》 豊後梅《ぶんごうめ》 枝垂梅《しだれうめ》 盆梅 老梅 梅が香 夜の梅 梅林 梅園 梅の里 梅の宿 梅月夜 梅日和 梅二月

春先に開花し、馥郁《ふくいく》たる香気を放つ。中国原産で、日本へは八世紀ごろには渡っていたとみられる。『万葉集』には一一九首もの梅の歌が収められ、花といえば桜よりも梅であった。水戸市の偕楽園や奈良県月ケ瀬などは梅の名所。❖梅といえば白梅のことである。まだ寒さの残る中できっぱり咲く様子をとらえたい。↓梅見・探梅(冬)

梅が香にのつと日の出る山路かな　芭　蕉
しら梅に明る夜ばかりとなりにけり　蕪　村
夜の梅寝《い》ねんとすれば匂ふなり　白　雄
ふろしきの紫たたむ梅の頃　大峯あきら
青天へ梅のつぼみがかけのぼる　新田祐久
曙や蘂を離さず梅ひらく　島谷征良
母の死や枝の先まで梅の花　永田耕衣
近づけば向きあちこちや梅の花　三橋敏雄
野の暮れにひとたびまぎれ野梅咲く　岡田日郎
梅しろくたそがれ給ふ仏たち　草間時光
勇気こそ地の塩なれや梅真白　中村草田男
白梅の花に蕾に枝走る　倉田紘文
白梅や父に未完の日暮あり　櫂　未知子
枝垂るるはいかなる力しだれ梅　片山由美子
梅林の真中ほどと思ひつつ　波多野爽波
梅匂ふ通りすがりのごとくにも　後藤立夫
朝日まだ届かぬ梅の香なりけり　山田弘子

梅林や人ちらばりてなきごとく　五十嵐播水

【紅梅《こうばい》】　薄《うす》紅梅

紅色の花をつける梅のこと。一般に紅梅は白梅に比べ開花がやや遅い。王朝人はこの遅速に敏感で、『和漢朗詠集』でも「梅」とは別に「紅梅」の題目をたてて区別していた。

はなみちてうす紅梅となりにけり　暁台
紅梅の紅の通へる幹ならん　高浜虚子
伊豆の海や紅梅の上に波ながれ　水原秋櫻子
紅梅の満を持しをる蕾かな　下村梅子
白梅のあと紅梅の深空あり　飯田龍太
紅梅や病臥に果つる二十代　古賀まり子
紅梅のいろをつくしてとどまれる　八田木枯
紅梅や枝々は空奪ひあひ　鷹羽狩行
紅梅やゆつくりとものいふはよき　山本洋子
紅梅の散りて泥濘かぐはしき　本井英
紅梅や雨戸一枚づつ送り　小川軽舟

ひらきたる薄紅梅の空に触れ　深見けん二
ふり向いて薄紅梅のなほ薄き　星野高士

【椿《つばき》】　山椿　藪椿　白椿　紅椿　乙女椿　八重椿　玉椿　つらつら椿　花椿　椿林　落椿

花は八重咲きと一重咲きとがあり、鮮紅・淡紅・白色など色はさまざま。「椿」は国字で、春の事触れの花の意。中国で椿の字をあてる木は別種で、山茶と書くのが日本の椿にあたる。日本にもともと自生していたのは藪椿であり、それをもとに園芸種が多数作られた。❖藪椿の素朴な美しさと園芸種の艶《あで》やかさが対照的。地上に落ちた「落椿」が俳句の素材になることが多い。

椿落ちてきのふの雨をこぼしけり　蕪村
ゆらぎ見ゆ百の椿が三百に　高浜虚子
かほどまで咲くこともなき椿かな　飯島晴子
椿切る鋏の音の一度きり　長島衣伊子

水に浮く椿のまはりはじめたる　藺草慶子
廻廊の雨したたかに白椿　横光利一
玉椿八十八の母の息　桂　信子
黒潮へ傾き椿林かな　高浜年尾
赤い椿白い椿と落ちにけり　河東碧梧桐
落椿われならば急流へ落つ　鷹羽狩行
落椿とは突然に華やげる　稲畑汀子
みな椿落ち真中に椿の木　今瀬剛一
落ちる時椿に肉の重さあり　能村登四郎

**【初桜《はつざくら》】**　初花

その年になって初めて咲いた桜のこと。咲きはじめたばかりの一輪二輪に出合った喜びがこめられる。❖実際に自身で目にしてこその初桜である。

中空に風すこしある初ざくら　能村登四郎
人はみななにかにはげみ初桜　深見けん二
立山の雲脱ぐ頃や初ざくら　吉田鴻司
実朝の海あをあをと初桜　高橋悦男
枝先に朝の海光初ざくら　和田耕三郎
初花の薄べにさして咲きにけり　村上鬼城
初花も落葉松の芽もきのふけふ　富安風生
初花や素顔をさなき宇佐の巫女　宮下翠舟
初花や茶杓かすかに反りゐたる　野中亮介

**【彼岸桜《ひがんざくら》】**

桜ではいちばん早く、彼岸ごろ、葉に先立って淡紅色の花を開くのでこの名がある。

尼寺や彼岸桜は散りやすき　夏目漱石
仔山羊啼く彼岸桜に繋がれて　青柳志解樹
常念岳に真向い彼岸桜かな　洞　久子

**【枝垂桜《しだれざくら》】**　糸桜　紅枝垂

細い枝が幾筋も垂れ下がり、天蓋のように花をつける。一名、糸桜。白色・淡紅色があり、八重咲きもある。寺社の境内や庭園に植えられることが多く、京都市の平安神宮神苑の紅枝垂桜や三春《みはる》の滝桜など各地に名木がある。

まさをなる空よりしだれざくらかな　富安風生
飲食《おんじき》をしだれざくらの傘のなか　木内怜子
いづこかに月あるしだれざくらかな　小浜杜子男
夜の枝垂桜方里をつめたくす　瀧澤和治
一山の寝落ちてしだれ桜かな　藺草慶子
糸桜雲のごとくにしだれたる　下村梅子
樹の洞に千年の闇たきざくら　野澤節子

【桜《さくら》】朝桜　夕桜　夜桜　老桜　里桜
楊貴妃桜　薄墨桜

日本の国花である桜は、自生種・園芸種を含めて数百種類ある。ソメイヨシノ（染井吉野）は幕末に江戸染井で作られた品種で、明治初期から全国に広まった。❖単に桜といえばすでに花がさいている状態をいう。俳諧で詠まれている桜はソメイヨシノではない。

さまぐ\の事おもひ出す桜かな　芭蕉
夕桜家ある人はとくかへる　一茶
ゆさ〳〵と大枝ゆるゝ桜かな　村上鬼城
さくら満ち一片をだに放下せず　山口誓子
梁《うつばり》に紐垂れてをりさくらの夜　中村苑子
押入に使はぬ枕さくらの夜　桂信子
さくら咲きあふれて海へ雄物川　森澄雄
満開のふれてつめたき桜の木　鈴木六林男
さきみちてさくらあをざめゐたるかな　野澤節子
身の奥の鈴鳴りいづるさくらかな　黒田杏子
さくら咲く氷のひかり引き継ぎて　大木あまり
手をつけて海のつめたき桜かな　岸本尚毅
まだ固き教科書めくる桜かな　黒澤麻生子
帰港せし漁船を洗ふ朝桜　甲斐遊糸
したゝかに水をうちたる夕ざくら　久保田万太郎
つなぐ手にをさなの湿り夕ざくら　千代田葛彦
水音のたそがれさそふ夕桜　成瀬櫻桃子
電話なる直前しづか夕桜　小川軽舟
夜桜やうらわかき月本郷に　石田波郷
淡墨《うすずみ》桜その影かその花びらか　殿村菟絲子

光陰のやがて淡墨《うすずみ》桜かな　岸田稚魚

**【花《はな》】**　**花盛り　花明り　花影　花朧　花の雨　花の山　花の昼　花の雲　花便り　花の宿　花月夜　花盗人**

「花」といえば平安時代以降、桜の花をさすのが一般的である。『古今集』の〈久方の光のどけき春の日にしづ心なく花の散るらむ　紀友則〉の花は桜。「花の雨」は桜のころの雨、「花の雲」は桜が爛漫と咲き雲がたなびくように見えるさまをいう。❖「花びら」「徒花《あだばな》」「花入れ」などが連歌・連句で用いられてきたが、現代俳句では春限定の季語として扱うのは難しい。↓花時・花冷・花見・花篝・花衣・花守

これは〳〵とばかり花の吉野山　貞室

花の雲鐘は上野か浅草か　芭蕉

しばらくは花の上なる月夜かな　芭蕉

一昨日《をととひ》はあの山越えつ花盛り　去来

咲き満ちてこぼるゝ花もなかりけり　高浜虚子

手をうたばくづれん花や夜の門　渡辺水巴

水の上に花ひろびろと一枝かな　高野素十

目瞑《つむ》りて眠るにあらず花のもと　下村梅子

本丸に立てば二の丸花の中　上村占魚

青空や花は咲くことのみ思ひ　桂　信子

牛追唄花咲く前の山暗し　古賀まり子

いつまでも花のうしろにある日かな　大峯あきら

人体冷えて東北白い花盛り　金子兜太

花影婆娑と踏むべくありぬ岨《そば》の月　原　石鼎

使ひよき針三ノ三花の雨　鈴木真砂女

花の雨白山の雷ともなひ来　新田祐久

吉野葛軒で買ひ足す花の雨　広瀬一朗

弟の京の人気も花だより　坂東みの介

みよし野のこたびは花の宿りかな　稲畑汀子

チ、ポ、と鼓打たうよ花月夜　松本たかし

**【山桜《やまざくら》】**

関東より西部の山地に自生し、また広く植

えられている。赤みを帯びた葉と同時に白い花をつけるのが特徴。古来詩歌に詠まれてきた桜はこの花が多い。古くから桜の名所として知られる奈良県吉野山の桜は現在でも山桜が多い。❖厳密には桜の一品種であるが、山に自生する桜を山桜として詠むことが多い。

山又山山桜又山桜　阿波野青畝
山桜雪嶺天に声もなし　水原秋櫻子
青天に日はゆるぎなし山ざくら　相馬遷子
晩年の父母あかつきの山ざくら　飯田龍太
山国の空に山ある山桜　三橋敏雄
山桜陽は荒海を染めて落つ　斉藤美規
洗面の水の切れ味山ざくら　鷹羽狩行
一日がたちまち遠し山ざくら　宮坂静生
耕人に傾き咲けり山ざくら　大串章
水替の鯉を盥に山桜　茨木和生

【八重桜《やへざくら》】
八重咲きの桜の花の総称。桜のうちでは開花が最も遅く、満開になると枝が見えないほど重たげに垂れ下がって咲く。〈いにしへの奈良のみやこの八重桜けふ九重ににほひぬるかな　伊勢大輔〉と古くから詠まれてきた。

奈良七重七堂伽藍八重ざくら　芭蕉
山に出て山に入る日や八重桜　成瀬櫻桃子
八重桜ひとひらに散る八重に散る　山田弘子
八重桜ねむりのあとのつかれかな　川村研治

【遅桜《おそざくら》】
大方の桜が盛りを過ぎたころに咲く。❖地域的に花の時期が遅いことをいうのではない。

一もとの姥子の宿の遅桜　富安風生
湯の峰が夕日の中や遅桜　瀧井孝作
観音の在す湖北の遅桜　岩崎照子
みちのくや白まさりたる遅桜　廣瀬直人

のこぎりの音せずなりぬ遅桜　鈴木八洲彦

**【残花《ざんくわ》】**
春の終わりになっても咲いている桜のこと。
盛りを過ぎて咲き残っている寂しさが漂う。
↓余花（夏）

夕ぐれの水ひろびろと残花かな　川崎展宏
さかのぼりゆくは魚のみ残花の谷　大井雅人
いつせいに残花といへどふぶきけり　黒田杏子
谷に舞ふいづれの残花とも知れず　柿沼あい子

**【落花《らくくわ》】**　散る桜　花吹雪　飛花　花散る　花屑　花の塵　花筏《はないかだ》
桜の花は散り際が潔く美しいので古くからその風情を愛されてきた。「花吹雪」は桜の花が風に散り乱れるさまを吹雪にたとえたもの。水面を重なって流れる花びらを筏に見立て「花筏」という。❖桜の花が舞い散るさま、または散り敷いた花びらをいう。「花筏」は広範囲の水面を覆うのではなく、組んではすぐ解ける程度に花びらが重なっている状態。

人恋し灯ともしごろを桜散る　白　雄
てのひらに落花とまらぬ月夜かな　渡辺水巴
中空にとまらんとする落花かな　中村汀女
しきりなる落花の中に幹はあり　長谷川素逝
まつすぐに落花一片幹つたふ　深見けん二
東大寺湯屋の空ゆく落花かな　宇佐美魚目
ちるさくら海あをければ海へちる　高屋窓秋
根尾谷の捨て田四五枚散る桜　宮田正和
空をゆく一とかたまりの花吹雪　高野素十
一本のすでにはげしき花吹雪　片山由美子
花ちるや瑞々しきは出羽の国　石田波郷
花散るや近江に水のよこたはり　矢島渚男
風に落つ楊貴妃桜房のまゝ　杉田久女
一片の又加はりし花筏　上野章子
花筏水に遅れて曲りけり　ながさく清江

**【桜蘂降る《さくらしべふる》】**

花びらが散ったあとで蘂《しべ》と萼《がく》がついたままの赤い花枝《かし》が落ちること。散り敷いて蘂で地面が赤くなっているのを見かけることもある。❖木に残っているのではなく「降る」に意味があり、「桜蘂」だけでは季語としない。

桜蕊仏頭に降りわれに降る　金田眸花
桜蘂ふる流鏑馬《やぶさめ》の馬溜り　池田泰子
桜しべ降る人形が捨ててある　小浜杜子男
桜蕊降る喪ごころに似たるかな　雨宮きぬよ
桜蘂ふる夢殿のにはたづみ　清水利子

## 【牡丹の芽《ぼたんのめ》】

牡丹は寒気に強いために、他の植物に比べ芽吹くのが早い。枝先の燃えるような赤い芽に力強さを感じる。↓牡丹（夏）

牡丹の芽ひくき土塀をめぐらせる　奈良鹿郎
牡丹の芽当麻の塔の影とありぬ　水原秋櫻子
誰が触るることも宥《ゆる》さず牡丹の芽　安住敦
ひとごゑの遠巻きにして牡丹の芽　岸田稚魚
牡丹の芽青ざめながらほぐれけり　加藤三七子
隠国《こもりく》の風まだ荒し牡丹の芽　高瀬哲夫
一寸にして火のこころ牡丹の芽　鷹羽狩行
山国の闇こぞりたる牡丹の芽　井上康明

## 【薔薇の芽《ばらのめ》】　茨の芽《いばらめ》

薔薇は三月になると芽が目立ちはじめる。赤みを帯びたものなどがほぐれていく様子は生命感にあふれている。↓薔薇（夏）

旅諦めをり薔薇の芽に囲まれて　渡邊千枝子
城の井を覗けば浅し茨の芽　中島いせ子
野いばらの芽ぐむに袖をとらへらる　水原秋櫻子

## 【山茱萸の花《さんしゅゆのはな》】　春黄金花《はるこがねばな》

中国・朝鮮半島が原産。早春に黄色の小さな花が球状に集まって咲くことから春黄金花ともいう。古くから生薬として用いられたが、現在では早春の雅趣溢れる美しさから観賞用に栽培される。❖秋に珊瑚《さんご》のような実をつける。

山朱萸の花の数ほど雫ため　今井つる女

さんしゆゆの花のこまかさ相ふれず　長谷川素逝

山朱萸の花や眼の奥の冷え　菅原閧也

【黄梅《わうばい》】　迎春花《げいしゆんくわ》

中国原産のモクセイ科の落葉低木で、高さ一・五メートルほど。早春、葉に先立って六つに分かれた筒状の花を咲かせる。形が梅の花に似ていることからその名があり、迎春花ともいう。

黄梅の衰へ見ゆる日向かな　高木晴子

石垣の家黄梅と人妻と　山上樹実雄

黄梅や鎌倉山に風出でぬ　嶋田麻紀

川筋に黄色が飛びて迎春花　中西舗土

春望の西安どこも迎春花　松崎鉄之介

【紫荊《はなずはう》】　花蘇枋《はなずはう》

中国原産のマメ科の落葉小高木で、日本へは江戸時代に伝わった。春、葉に先立ち枝に赤紫の蝶形花を隙間なくつける。花の色が染料の蘇枋の色に似ていることから名づけられた。

花蘇枋弥勒のゆびは頬にあり　吉田汀史

花蘇枋姉に背負はれ育ちたる　和田耕三郎

何もせぬてのひら汚れ蘇枋咲く　永作火童

六十のさてこれからや花蘇枋　若宮靖子

【辛夷《こぶし》】　木筆《こぶし》　幣辛夷《しでこぶし》　姫辛夷

春、葉に先立って芳香のある白い六弁花をつける。蕾が赤子の拳の形に似ていることからこの名がついたといわれる。

一弁の疵つき開く辛夷かな　高野素十

わが山河まだ見尽さず花辛夷　相馬遷子

風の日の記憶ばかりの花辛夷　千代田葛彦

満月に目をみひらいて花こぶし　飯田龍太

山辛夷咲けば谺のそこかしこ　廣瀬町子

辛夷より白きチョークを置きにけり　西嶋あさ子

花辛夷信濃は風の荒き国　青柳志解樹

青空に喝采のごと辛夷咲く　白濱一羊

【花水木《はなみづき》】

ミズキ科の落葉小高木で、四月末、葉の出る前にたくさんの花をつける。白と紅があり、四枚の花びらの先に切り込みがあるのが特徴。街路樹や庭木として植えられる。山地や雑木林に自生する水木とは別種。別名アメリカ山法師。❖ハナミズキは植物名だが、季語ではその花を意味する。↓水木の花（夏）

一つづつ花の夜明けの花みづき　加藤楸邨

くれなゐの影淡くゆれ花水木　小島花枝

花水木咲き新しき街生まる　小宮和子

【三椏の花《みつまたのはな》】

中国原産。葉の出る前に黄色い花が三叉に分かれた枝の先にびっしりと咲く。樹皮は和紙の原料として用いられる。

三椏の花に光陰流れだす　森　澄雄

家系亡びて三椏の花ざかり　鷲谷七菜子

三椏の花三三が九三三が九　稲畑汀子

三椏や見上ぐれば花金色に　岩田由美

三椏や見下ろせば花しろがねに　岩田由美

【沈丁花《ぢんちやうげ》】　沈丁　丁字　瑞香

中国原産。庭木として植えられることが多く、早春から開花する。星型の花弁のように見えるのは萼片。甘く強い香りが特徴。和名の由来は沈香と丁字の香りをあわせ持つからとも、香りは沈香で花の形は丁字であるからともいわれる。

働きづめの身に税重し沈丁花　松崎鉄之介

門灯をつけ忘れをり沈丁花　江國　滋

沈丁や障子閉せる中宮寺　大久保橙青

沈丁の匂ふくらがりばかりかな　石原八束

沈丁の香をのせて風素直なる　嶋田一歩

沈丁の坂開港のむかしより　宮津昭彦

ぬかあめにぬるゝ丁字の香なりけり　久保田万太郎

【連翹《れんげう》】　いたちぐさ　いたちはぜ

中国原産で、当初は薬用として伝わった。早春、葉の出る前に、枝ごとに鮮やかな黄色の筒状の四弁花をびっしりつける。

連翹や真間の里びと垣を結はず　水原秋櫻子
連翹に挨拶ほどの軽き風　遠藤梧逸
行き過ぎて尚連翹の花明り　中村汀女
連翹に空のはきはきしてきたる　後藤比奈夫
連翹のひかりに遠く喪服干す　鷲谷七菜子
連翹や雨の堅田の蓮如みち　星野麥丘人
連翹の一花も怠けたるはなし　鳥海正樹
見ゆる雨見えぬ雨降るいたちぐさ　手塚美佐

【土佐水木《とさみづき》】　蠟弁花《らふべんくわ》　日向水木《ひゆうがみづき》

高知県の蛇紋岩地帯にのみ自生することからこの名がある。花は三～四月に葉に先立って開花し、淡黄色の小さい花序を七、八個穂状に垂らす。庭木としても好まれる。日向水木は土佐水木より一回り小さく、花序も短い。

土佐水木仰ぎて星の息と合ふ　古賀まり子
夕空のすこし傾く土佐みづき　大嶽青児
土佐みづき語尾に残れる国ことば　牧園　賀
空はまださなき色や土佐水木　椎名智恵子

【ミモザ】　花ミモザ

小さな球形の花を多数つける銀葉アカシアのフランス語名で、ヨーロッパでは復活祭のころに咲く花として親しまれている。明治初期に渡来。❖レモンイエローの花が遠目にも鮮やかで、西欧風の雰囲気がただよう。

ミモザ咲きとりたる歳のかぶさり来　飯島晴子
ミモザ散るダンテが踏みし甃《いしだたみ》　松本澄江
すすり泣くやうな雨降り花ミモザ　後藤比奈夫
子が椅子に長き脚折る花ミモザ　梅村すみを

【海棠《かいだう》】　花海棠　睡花《ねむりばな》

晩春に咲く薄紅色の花を楽しむために庭木

や盆栽として栽培する。花をつけた花柄が長くうつむきかげんになるのをしばしば眠たげに見える美女の姿にたとえる。❖その様子から「眠れる花」の異名がある。

海棠や雨をはらめる月二夜　紫　暁
海棠の花より花へ雨の鶸　阿波野青畝
海棠に乙女の朝の素顔立つ　赤尾兜子
海棠の雨あがらむとして暗し　長谷川浪々子
海棠の雨に愁眉をひらきたる　行方克巳

**【ライラック】** リラ　リラの花　リラ冷

モクセイ科の落葉低木で、ヨーロッパ原産。和名をムラサキハシドイといい、冷涼な気候を好む。四～六月に普通紫色の総状の小さな花をつける。明治中期に北海道に渡来し、今でも多く植えられている。❖リラはフランス語だが、音数が少ないので俳句に詠みやすい。

ライラック海より冷えて来りけり　千葉　仁
舞姫はリラの花よりも濃くにほふ　山口青邨
さりげなくリラの花とり髪に挿し　星野立子
聖者には長き死後ありリラの花　片山由美子
リラの香や押せば鈴鳴る茶房の扉　原　柯城
リラ冷えといふ美しき夜を独り　関口恭代
ポストまで手紙を庇ふリラの雨　藤間綾子
ゆふぞらや玻璃にみなぎるリラの房　櫂　未知子

**【山桜桃の花《ゆすらのはな》】** 山桜梅《ゆすらうめ》の花　梅桃《ゆすらうめ》の花　英桃《ゆすらうめ》の花　花ゆすら

中国原産で、江戸時代に日本に伝わった。高さは三メートルほどになる。春、白または淡紅色の梅に似た花をつけ、果実は食用となる。→山桜桃の実（夏）

雨垂を数へ病む子よ花ゆすら　中山輝鈴
門灯を点けて出かける花ゆすら　柘植史子

**【桜桃の花《あうたうのはな》】**

西洋実桜の花。四月ごろ葉に先立って小さい淡紅または白色の五弁花が密集して咲く。

実は成熟してさくらんぼとなる。❖もっぱら果実を目的に栽培され、花への関心は薄い。↓さくらんぼ（夏）

桜桃の花みちのべに出羽の国　角川源義
桜桃の花の静けき朝餉かな　川崎展宏
桜桃の花純白を通しけり　福田甲子雄
月山の裾桜桃の花浄土　阿部月山子

**【青木の花《あをきのはな》】**
山地の木陰などで自生する常緑低木。葉は対生、大型の長楕円形で厚く光沢がある。四月ごろ、あまり目立たない紫褐色の小型の四弁花が枝先に穂のように集まって咲く。↓青木の実（冬）

姉の忌の青木は花をこぞりけり　大石悦子
青木咲きしづかに妻の日曜日　大屋達治
弾まず来る縁談一つ花青木　宮脇白夜

**【馬酔木の花《あしびのはな》】**　**あせびの花　花馬酔木**
山地の乾いた土地に好んで自生するツツジ科の常緑低木で、早春、白色の壺状花を房のように垂れる。本州・四国・九州の暖地帯に分布するが、有毒植物の一種。牛馬が食すると痺れて酔ったようになるのでこの名がある。❖万葉の時代から歌に詠まれてきた花で、古典的な趣がある。

月よりもくらきともしび花馬酔木　山口青邨
馬酔木咲く金堂の扉《と》にわが触れぬ　水原秋櫻子
百済観音背高におはし花あしび　鈴鹿野風呂
花馬酔木山深ければ紅をさし　福田蓼汀
仏にはほとけの微笑あしび咲く　飯野定子
流鏑馬の鐙ふれたる花あしび　遠藤きん子

**【満天星の花《どうだんのはな》】**　**満天星躑躅《どうだんつつじ》**
ツツジ科の落葉低木の花。山野に自生するが、垣根や庭木によく用いられる。春、新葉とともに壺状の可憐な白い花を開く。丸く刈り込んで秋には紅葉を楽しむ。別種に更紗《さらさ》満天星や紅満天星もある。❖「満天星」という表記によってイメージが喚起される。

灯ともせば満天星花をこぼしつぐ　金尾梅の門

我に聞えて満天星の花の鈴　大井戸辿

満天星の花がみな鳴る夢の中　平井照敏

**【躑躅《つつじ》】**　山躑躅　蓮華躑躅　霧島躑躅、深山霧島

春から夏にかけて漏斗状の花を咲かせるツツジ類の総称。各地に自生し、花色は真紅の他に白・淡紅などさまざま。気温が上昇してくるころ、いっせいに咲く。『万葉集』に〈つつじ花　にほへ娘子　桜花　栄え娘子　柿本人麻呂〉とあり古くから日本人に親しまれてきた。

死ぬものは死にゆく躑躅燃えてをり　臼田亜浪

花びらのうすしと思ふ白つつじ　高野素十

満山のつぼみのままのつつじかな　阿波野青畝

眦につつじの色のかたまれる　上野　泰

牧牛の真昼ちらばり山躑躅　石橋辰之助

つつじ燃ゆ土から色を吹き上げて　上野章子

**【山査子の花《さんざしのはな》】**

中国原産のバラ科の落葉低木の花で、春、新葉とともに白色五弁の小さな花を房状につける。枝に大きな刺《とげ》があり、果実は漢方薬にも用いられる。メイ・フラワーと呼ばれる同属の西洋山査子は淡紅色の花を咲かせ、キリストの荊冠を作ったという伝説もある。

山楂子の花巫女になる髪結うて　今野福子

花山楂子古妻ながら夢はあり　石田あき子

花さんざし斧のこだまの消えてなし　神尾久美子

**【小粉団の花《こでまりのはな》】**　小手毬《こでまり》の花　こでまり　団子花

中国原産のバラ科の落葉低木の花。四月末ごろから白色五弁の小花を手毬状につける。活花の花材にもよく用いられる。❖団子花

ともいうが、新年の季語とは別。
小でまりを活けたる籠も佳かりけり　楠目橙黄子
小でまりの花に風いで来りけり　久保田万太郎
小でまりの愁ふる雨となりにけり　安住　敦
こでまりに向けて小さき机置く　保坂伸秋
こでまりや帯解き了へし息深く　岡本　眸
こでまりや風の重さをはかりをり　畠山奈於

【雪柳《ゆきやなぎ》】　小米花《こごめ》　小米桜
渓谷の岩上などに自生する落葉低木。三～四月ごろ、小さな白い五弁花を小枝の節ごとにつけ、雪が積もったように見える。その美しさから観賞用に植えられる。❖散るさまも雪を思わせ、風情がある。
朝《あした》より夕《ゆふべ》が白し雪柳　五十嵐播水
雪やなぎ海竜王寺風もなし　百合山羽公
こぼれねば花とはなれず雪やなぎ　加藤楸邨
雪やなぎ雪のかろさに咲き充てり　上村占魚
風つかみそこねてばかり雪柳　才野　洋

藁屋根をこぼるる雀雪柳　内田祥江

【木蓮《もくれん》】　木蘭《もくれん》　紫木蓮《しもくれん》　白木蓮《はくもくれん》　白木蓮《はくれん》
中国原産で、三～四月に葉に先がけて紅紫色の花を開く。白れんは同属の白木蓮のこと。ともに庭木として好まれる。❖花弁の反り具合が特徴である。
木蓮のため無傷なる空となる　細見綾子
木蓮や母の声音の若さ憂し　草間時彦
戒名は真砂女でよろし紫木蓮　鈴木真砂女
紫木蓮くらき生家に靴脱ぐも　角川源義
声あげむばかりに揺れて白木蓮　西嶋あさ子
白木蓮の散るべく風にさからへる　中村汀女
白木蓮や遠くひかりて那智の滝　石原八束
はくれんの莟三日月形に立つ　辻田克巳
白木蓮の終りは焼かれゆくごとし　今井　聖
はくれんの一弁とんで昼の月　片山由美子

【藤《ふぢ》】　藤の花　白藤　山藤　藤房　藤浪

**藤棚　藤の昼**

山野に自生するマメ科の蔓性植物で、晩春に咲く花は色の名前になっているほどに美しい。小さな蝶形花が房をなすのが特徴で、野田藤は特に長い房となり、山藤は短い。ともに、棚に仕立てて垂れる花房を楽しむ。❖万葉の時代から歌に詠まれ、風に揺れるさまも美しい。山藤の園芸品種である白藤は甘い香りが強い。

草臥《くたびれ》て宿かる比《ころ》や藤の花　芭　蕉
針もてばねむたきまぶた藤の雨　杉田久女
滝となる前のしづけさ藤映す　鷲谷七菜子
藤ゆたか幹の蛇身を隠しゐて　鍵和田秞子
白藤や揺りやみしかばうすみどり　芝　不器男
藤の房吹かるるほどになりにけり　三橋鷹女
藤浪のゆらぎがかくす有為の山　能村登四郎
藤棚の中にも雨の降りはじむ　三村純也
藤の昼膝やはらかくひとに逢ふ　桂　信子
こころにもゆふべのありぬ藤の花　森　澄雄
藤棚や水に暮色のいちはやく　押野　裕
藤咲いて山一条の濃むらさき　星野　椿

**【山吹《やまぶき》】　面影草《おもかげぐさ》　かがみ草　八重山吹　白山吹**

日本原産のバラ科の落葉低木で、各地の山野渓谷に自生する。晩春から黄金色の五弁花を咲かせ、一重と八重がある。八重のものは結実しない。別種に白山吹があり、花は四弁。❖山吹にまつわる話は多くあり、太田道灌が狩りの途中で雨に遇い、農家で蓑を借りようとすると、若い女が山吹の花を差し出して「七重八重花は咲けども山吹のみの一つだになきぞ悲しき」と詠んだ話は有名（『常山紀談』）。

ほろ〳〵と山吹散るか滝の音　芭　蕉
山吹や小鮒入れたる桶に散る　正岡子規
山吹や酒断ちの日のつづきをり　秋元不死男

山吹や石のせてある箱生簀　小原啄葉
一重こそよし山吹もまなぶたも　永島靖子
山吹や日はとろとろと雲の中　岡田日郎
あるじよりかな女が見たし濃山吹　原　石鼎
やすらかに死ねさうな日や濃山吹　草間時彦

**【夏蜜柑《なつみかん》】　夏柑　甘夏**

結実するのは秋だが、収穫は翌年の春になってから行う。大型の柑橘類の代表的なもので、皮が厚いのが特徴。果肉は汁が多く酸味が強い。↓蜜柑（冬）

夏蜜柑いづこも遠く思はるゝ　永田耕衣
ラテン語の風格にして夏蜜柑　橋　閒石
眉に力あつめて剝けり夏蜜柑　八木林之助
夏みかん酸つぱしいまさら純潔など　鈴木しづ子
墓石に映つてゐるは夏蜜柑　岸本尚毅
憎しみのごと爪立てて夏柑剝く　後藤綾子

**【桃の花《もものはな》】　白桃《しらもも》　緋桃**

中国原産。五弁で、色は淡紅色、緋色、白色など。一重と八重がある。万葉のころからその美しさは愛でられてきた。❖単に桃といえば桃の実のことになるが、梅は逆に、梅といえば花のことになる。↓桃（秋）

戸の開てあれど留守なり桃の花　千　代　女
故郷はいとこの多し桃の花　正岡子規
海女《あま》とても陸《くが》こそよけれ桃の花　高浜虚子
ふだん着でふだんの心桃の花　細見綾子
人麻呂の石見《いはみ》を見たし桃の花　森　澄雄
牛飼ひの牛にもの言ふ桃の花　宮岡計次
交りは母系に厚し桃の花　中戸川朝人
山国の一村一寺桃の花　木附沢麦青
土間いつか踏み固められ桃の花　伊藤トキノ
おむすびの芯つめたくて桃の花　中田　剛
双子なら同じ死顔桃の花　照井　翠
緋桃咲く何に汲みても水光り　岡本　眸
桃咲くと諸手ひろげて甲斐の山　淺井一志

**【李の花《すもものはな》】　花李《はなすもも》**

中国原産。白色楕円形の五弁花は形が桃に似ているが、花は小さく、数が非常に多い。

↓李（夏）

溺れ咲く李か利根の夕濁り　堀口星眠
隙間なく風吹いてゐる花李　廣瀬直人
花李午過ぎて山消えかかり　矢島渚男

**【梨の花《なしのはな》】　梨花《りか》　梨咲く**

中国原産で、晩春に花を付ける。葉と同時に白い五弁花が数個集まり開く。❖果樹として栽培されるが、清楚な花に趣がある。

↓梨（秋）

大いなる月の暈あり梨の花　高浜虚子
青天や白き五弁の梨の花　原　石鼎
野は梨の花の月夜の三輪の神　長谷川素逝
夕暮の声を平らに梨の花　神蔵　器
水平に村はしづみて梨の花　雨宮きぬよ
山国の夜まっ白に梨の花　酒井弘司
夭折はすでにかなはず梨の花　福永法弘
一村の尽きて道あり梨の花　瀬戸松子
梨咲くと葛飾の野はとの曇り　水原秋櫻子
梨咲くと轍《わだち》を重ね砂丘馬車　神尾季羊
岩の面にはづみて梨の落花かな　石田勝彦

**【杏の花《あんずのはな》】　唐桃《からもも》の花　花杏《はなあんず》　杏花村《きょうかそん》**

中国原産で、春、梅に似た淡紅色や白色の五弁または八重の花を開く。果実は食用や漢方薬に用いられる。現在の主産地は東北・甲信越地方。❖杏花村が示すように、村一帯を埋め尽くすように咲く花は美しく、観る楽しみもある。

↓杏（夏）

一村は杏の花に眠るなり　星野立子
杏咲くとき白山の消えゆけり　石原八束
花杏受胎告知の翅音びび　川端茅舎
鬫倉の影のなかなる花杏　佐野美智
うつぶせに水は流るる花杏　原　裕
北国の雲の厚さよ花あんず　大嶽青児
李白酔うて眠れる頃や花杏　大石悦子

花杏旅の一座に子役の子　上野一孝

**【林檎の花《りんごのはな》】**　花林檎

林檎は春、五弁の花をつける。蕾《つぼみ》は紅色だが、開くと薄赤く見える。北海道・青森・長野など寒冷地を中心に栽培されている。❖花の盛りは四〜五月で、そのころの林檎畑は壮観である。↓林檎（秋）

白雲や林檎の花に日のぬくみ　大野林火
みちのくの山たゝなはる花林檎　山口青邨
くつきりと馬の鼻筋花林檎　朔多恭
早池峰《はやちね》山は雲より遠し花林檎　小原啄葉
花林檎枝先に空溢れをり　上野さち子
ひとひらの雲がとびくる花林檎　新田祐久
風吹けば一村揺るる花林檎　宮坂静生

**【木瓜の花《ぼけのはな》】**　花木瓜　緋木瓜　白木瓜《しろぼけ》
更紗《さらさ》木瓜《ぼけ》

中国原産の木瓜は、四月ごろ葉に先立って花を開く。実が薬用になり、日本には江戸中期に渡来した。「緋木瓜」は深紅のもの、「更紗木瓜」は一木に紅色の濃淡の花がつくものをいう。↓寒木瓜（冬）

紬着る人見送るや木瓜の花　許六
土近くまでひしひしと木瓜の花　高浜虚子
口ごたへすまじと思ふ木瓜の花　星野立子
浮雲の影あまた過ぎ木瓜ひらく　水原秋櫻子
木瓜咲いて天日近き山家あり　大峯あきら
母を訪ふひととき明し更紗木瓜　山田みづえ
木瓜咲くや漱石拙を守るべく　夏目漱石

**【木の芽《このめ》】**　芽立ち　芽吹く　芽組む
木の芽張る　名の木の芽　雑木の芽

春に芽吹く木々の芽の総称。木の芽立ちは木の種類・寒暖の違いにより遅速がある。萌黄色・浅緑色・緑色・濃緑色などさまざまに萌え出る木々の芽は美しい。❖「新芽」は季語ではない。「木《き》の芽」というと山椒のことになるので注意したい。↓木の

芽時

大寺を包みてわめく木の芽かな　高浜虚子
美しく木の芽の如くつつましく　京極杞陽
隠岐や今木の芽をかこむ怒濤かな　加藤楸邨
空かけて公暁が銀杏芽吹きたり　石塚友二
故郷へ骨さげくれば芽吹くなり　小坂順子
澎湃《ほうはい》と空が混みあふ桂の芽　木村敏男
水楢の芽立ちはおそし峠茶屋　高木晴子
桜の芽海より雨のあがりけり　皆川盤水
ひた急ぐ犬に会ひけり木の芽道　中村草田男
金銀の木の芽の中の大和かな　大峯あきら
芽ぶかんとするしづけさの枝のさき　長谷川素逝

**【蘖《ひこばえ》】**　ひこばゆ

樹木の切り株や根元から続々萌え出てくる若芽のこと。蘖は「孫生《ひこ》え」の意。

蘖や涙に古き涙はなし　中村草田男
蘖や石塁高く沖見えて　下村ひろし
ひこばえや絵図の小町をたづね得ず　角川源義
年輪の渦うつくしくひこばゆる　三宅一鳴
ひこばえや谷はこだまを失つて　清水一助

**【若緑《わかみどり》】**　若松　緑立つ　初緑　松の芯

松の新芽のこと。晩春に伸びる細長い芽は蠟燭のような形をしている。生長が早く、生命力旺盛な感じがする。また松の若葉のこともいう。↓松の緑摘む

緑立つ西にみづみづしき筑紫　神尾久美子
緑立つ日々を癒えたし母のため　古賀まり子
雨の香に立ちまさりけり松の芯　渡辺水巴
雄心や直立こぞる松の芯　能村登四郎
みちのくの山谺して松の芯　吉田鴻司
石濡らす小雨の見えて松の芯　鈴木六林男
松の芯ときに女も車座に　宇多喜代子
やはらかに反対意見松の芯　川村研治

**【柳の芽《やなぎのめ》】**　芽柳　芽ばり柳

柳のなかでも枝垂柳は芽吹きの美しさを讃えられる。早春、まず新しい枝が伸び始め、

ついでその枝に浅緑の新芽が吹き出す。芽の出る前に黄緑色の花が咲くが、あまり人目につかない。芽吹いた柳が池畔や道端で揺れている光景はいかにも春らしい。↓柳

橋わたることの愉しさ柳の芽　草間時彦
辛うじて芽やなぎ水にとどきけり　久保田万太郎
芽柳や配流の道の畦《あぜ》十字　河合凱夫
芽柳の街来て空也最中かな　山崎ひさを
芽柳の誘ふ名画座ありし路地　五十嵐章子

**【山椒の芽《さんせうのめ》】**　芽山椒　木《き》の芽

北海道から九州まで自生するミカン科の落葉低木の芽。人家でも庭先に植えられ、三～四月に芽吹く。それを摘んで料理に用いる。↓山椒の実（秋）

擂鉢は膝でおさへて山椒の芽　草間時彦
山椒の芽母に煮物の季節来る　古賀まり子
山椒の芽叩くてのひら姥ざかり　蓬田節子
一椀に木の芽のかをり山の音　長谷川櫂

**【楓の芽《かへでのめ》】**

楓は早春、燃えるような赤い芽が枝いっぱいに吹き出す。↓若楓（夏）

楓の芽もはらに燃えてしづかなり　加藤楸邨
楓の芽ほぐれ剝落九体仏　松本進
楓の芽朝の音楽つづきをり　村沢夏風
楓の芽ほぐるる一喜一憂に　馬場移公子
雨上がらざるにまぶしき楓の芽　鷹羽狩行

**【楤の芽《たらのめ》】**　多羅の芽　たらめ　楤摘む

楤は山野に自生するウコギ科の落葉低木で、鋭い棘がある。春先、新芽を摘んで食用にする。苦味をともなう独特の風味が好まれる。

たらの芽のとげだらけでも喰はれけり　一茶
楤の芽やまとまりて降る山の雨　藤崎久を
楤の芽や銀を運びし山路荒れ　岡部六弥太
山刀伐《なたぎり》の太き楤の芽朝日出づ　池田義弘
岨の道くづれて多羅の芽ぶきけり　川端茅舎

多羅の芽を食べ月山を志す　児玉南草
楤芽かく唐松林騒がせて　小島花枝

**【枸杞《くこ》】**　枸杞《くこ》の芽《め》　枸杞摘む　枸杞飯　枸杞茶

原野・路傍などに叢生《そうせい》するナス科の落葉低木で、春芽吹いたものが食用となる。新葉を炊き込み飯にするほか、枸杞茶として用いる。→枸杞の実（秋）

枸杞の芽や旧街道の機の音　火村卓造
枸杞青む日に日に利根のみなとかな　加藤楸邨
帰りきて昼には早し枸杞を摘む　松藤夏山
枸杞を摘む人来て堰のかがやける　宮下翠舟

**【五加木《うこぎ》】**　五加《うこぎ》　むこぎ　五加木垣　五加木飯

生垣などに植えられる約二メートルの落葉低木。さっと茹でた若芽は刻んで飯に混ぜ、鮮やかな色や風味を楽しむ。木の幹や枝にはところどころに棘があり、晩春から初夏にかけて黄緑色の小花を開く。根皮が五加《ごか》皮《ひ》で薬用になる。

花ちらす五加木の蜂や垣づたひ　西島麦南
羚羊の出るといふ谿五加木摘む　三村純也
うこぎ飯念仏すみたる草家かな　角田竹冷
垣根より摘んでもてなす五加木飯　滝沢伊代次
はるばると来て五加木茶をもてなさる　高野素十

**【柳《やなぎ》】**　青柳《あをやぎ》　楊柳《やうりう》　枝垂柳《しだれやなぎ》　糸柳　遠柳　川柳　門柳　白楊《はこやなぎ》　行李柳《こりやなぎ》　柳の糸　若柳《やなぎ》

雌雄異株。川柳・行李柳《こりやなぎ》などの総称だが、『万葉集』以来一般に親しまれてきたのは枝垂柳。❖瑞々しい芽吹きに始まり、徐々に変化する緑の美しさが若柳、青柳などの表現からも感じられる。

傘に押わけみたる柳かな　芭蕉
引きよせて放しかねたる柳かな　丈草
青々と柳のかかる築地かな　蝶夢

瓦斯燈にかたよつて吹く柳かな　正岡子規
ゆつくりと時計のうてる柳かな　久保田万太郎
難波津はこことぞ柳青みけり　金子　晉
柳よりやはらかきもの見当らず　後藤比奈夫
門の灯や昼もそのまま糸柳　永井荷風
橋の名は薄るるばかり糸柳　鈴木鷹夫
鳥影を納めて風の柳かな　髙田正子

**【金縷梅《まんさく》】**　満作　まんさくの花

山野に自生する落葉低木。「まんさく」の名は、早春、他に先駆けて「まず咲く」ことから転じたとも、紐状の黄色い四弁花が稲穂を思わせ、豊年満作につながるからともいわれる。

金縷梅や帽を目深に中学生　川崎展宏
まんさくや水いそがしきひとところ　岸田稚魚
金縷梅に毫も匂ひのなかりけり　飯島晴子
まんさくに夕べのいろや小海線　大嶽青児
まんさくの花びら縒《より》を解きたる　仁尾正文
まんさくは頰刺す風の中の花　日原　傳

**【樝子の花《しどみのはな》】**　草木瓜《くさぼけ》の花

樝子は山野に自生する三〇～六〇センチのバラ科の落葉小低木で、草木瓜ともいう。四～五月に朱紅色の木瓜に似た五弁の花を開く。↓樝子の実（秋）

土ふかくしどみは花をちりばめぬ　軽部烏頭子
花しどみ田毎の畦はつくろはず　能村登四郎
花しどみ妻には妻の歩幅あり　福永耕二
草木瓜の花に笑顔を使ひ捨て　綾部仁喜
草木瓜や疾風にまじる雨の粒　北村古陵

**【松の花《まつのはな》】**　十返《とかへ》りの花《はな》　松花粉

マツは雌雄同株で黒松・赤松などの花がある。四～五月、新しい枝の先に二、三個の雌花が咲き、その下部に楕円形の雄花が密生する。花の後に毬果《きゆうか》を生じ、翌年の秋、松かさとなる。❖「十返りの花」は松の花の雅称。百年に一度、千年十度、花が咲く

という伝説から。祝賀の意に用いる。↓新松子《しんちぢり》（秋）

降る雨に須磨の海濃し松の花　高橋淡路女
松の花波寄せ返すこゑもなし　水原秋櫻子
松の花一の鳥居の中に海　永井龍男
幾度か松の花粉の縁を拭く　高浜虚子

**【杉の花《すぎのはな》】**　杉花粉　花粉症

松同様、雌雄同株で雄花は米粒状をなして枝先に群生する。葯《やく》が開くと黄色の花紛が風にのって飛散する。雌花は小球状で緑色をしているので目立たない。❖杉は建築用材として長年植林されてきたため、花粉症の人がふえるなど、杉花粉公害が問題となっている。

ただよへるものをふちどり杉の花　富安風生
つくばひにこぼれ泛《うか》めり杉の花　松本たかし
海へとぶ勿来《なこそ》の関の杉の花　堀　古蝶
馬の首垂れて瀬にあり杉の花　小澤　實
杉が咲き鼻の大きな磨崖仏　菖蒲あや
千年の杉の花粉を浴び詣づ　滝　峻石

**【銀杏の花《いちやうのはな》】**　公孫樹の花《いちやうのはな》

雌雄異株で、春、新葉とともに花が咲く。雌花は花柄の先端に二個の胚種を持ち、雄花は短い穂状になる。雄花の花粉が風に乗って飛散して雌花につく。❖秋の銀杏《ぎんなん》の臭いが嫌われ、最近の街路樹は接ぎ木で増やした雌株のことが多く、雄花を目にする機会が減っている。↓銀杏《ぎんなん》（秋）

月けぶる銀杏の花の匂ふ夜は　大竹孤悠
千年の銀杏しづかに花降らせ　あらきみほ

**【榛の花《はんのはな》】**　赤楊の花《はんのきのはな》　榛の花《はりのはな》

榛は林野に自生する高さ約一五メートルにもなるカバノキ科の落葉高木の花で、雌雄同株。早春、葉の出る前に細長い尾状の暗褐色の雄花を小枝から下垂する。雌花は暗紅色の楕円形で同じ枝の基部についている。

ハリノキは古名で、転訛してハンノキとなったといわれる。❖ボロ紐のような花は、木に咲く花に多い形状である。

はんの木のそれでも花のつもりかな　一　茶
空ふかく夜風わたりて榛の花　飯田龍太
幹のぼる水かげろふや榛の花　山田みづえ
古利根の鉄橋小ぶり榛の花　杉　良介
林泉は富士の伏流榛咲ける　轡田　進
榛咲くや真昼さみしき塩屋岬　大島鋸山

**【楓の花《かへでのはな》】**　花楓

楓類は新葉が開きかかるころ、暗紅色の花をひっそりとつける。❖葉の緑との対比が美しい。

楓咲きまだ見えぬ眼をみひらく子　林　翔
花楓しづかにこころ燃ゆるなり　柴田白葉女
一切経堂開け放たれて花楓　稲富義明
花楓貴船の神の水ひゞく　土田祈久男
花楓風ゆきわたるその一樹　岩田由美

**【木五倍子の花《きぶしのはな》】**　花木五倍子

木五倍子は雌雄異株で、三～四月、葉に先駈けて穂のような花をたくさん垂らす。一つ一つの花は鐘形で淡黄色。谷間でよく見かける花である。

木五倍子咲く地図には載らぬ道祖神　北澤瑞史
急流を宥むる堰や花きぶし　笠原良一
きぶし咲き山に水音還り来る　西山　睦

**【白樺の花《しらかばのはな》】**　樺の花　花かんば

白樺は本州中部以北の山や高原に自生する落葉高木。まっすぐに伸びる白い幹は雌雄同株で、新芽とともに尾状の花を垂らす。房状で長いのが雄花で雌花は短い。

旅びとの誰か白樺の花を知る　水原秋櫻子
白樺の花に微風の信濃口　稲垣法城子
白樺の花や高嶺は北へ拠る　藤田湘子
白樺の花のこぼるる丸木橋　福田甲子雄
朝の日は真水のひかり樺の花　鷲谷七菜子

樺の花高きにありてみな眩し　深谷雄大
樺の花寄りそひ垂るる修道院　長嶺千晶
花かんば馬の額に星飛んで　石田郷子

【樫の花《かしのはな》】
樫は粗樫《あらかし》・白樫《しらかし》・赤樫・石櫧《いちいがし》などブナ科の常緑樹をいう。多くは高木で、生け垣や防風林にする。雌雄同株で、四〜五月に若枝の基部に尾状の雄花をつけ、枝先の葉の付け根に雌花をつける。→樫の実（秋）

大学の時計が灯る樫の花　辻　桃子
顔出せば済む用一つ樫の花　稲田登美子

【猫柳《ねこやなぎ》】
川べりに自生する柳の一種で、二月ごろ、葉の出る前に銀色の花穂をつける。その艶のある毛が猫を思わせるので、この名がある。❖ユニークな色とかたちで輝いているのが目を引き、春の到来を感じさせる。

ぎんねずに朱ケのさばしるねこやなぎ　飯田蛇笏
銀の爪くれなゐの爪猫柳　竹下しづの女
猫柳日輪にふれ膨らめる　山口青邨
ときをりの水のささやき猫柳　中村汀女
来て見ればほゝけちらして猫柳　細見綾子
一つづつ光輪まとひ猫柳　伊藤柏翠
風やみて日のやさしさよ猫やなぎ　成瀬櫻桃子
長崎の空はみづいろ猫柳　押野　裕

【柳絮《りゅうじょ》】　柳《やなぎ》の絮《わた》　柳の花　柳絮飛ぶ
春、白い綿毛のついた柳の種子のこと。柳は早春、葉の出る前に黄緑色の目立たない花を開き、果実が熟すると雪のような絮《わた》となって飛び散る。

吹くからに柳絮の天となりにけり　軽部烏頭子
柳絮舞ひ海へ張り出す天主堂　林　翔
洛陽に入らんとするに柳絮舞ふ　松崎鉄之介
穂高さへやさしきゆふべ柳絮舞ふ　堀口星眠
飛ぶために力抜きたる柳絮かな　山本一歩

【木苺の花《きいちごのはな》】

木苺はバラ科の落葉低木で、四～五月、おもに純白の五弁花を下向きに付ける。山野に自生し、和名は草苺に対して木になる苺の意。→木苺（夏）

木苺の花を日照雨《そばへ》の濡らし過ぐ　金子伊昔紅

木苺の花の盛りも疎らなる　蓬田紀枝子

**【枸橘の花《からたちのはな》】** 枳殻《からたち》の花

枸橘は中国から渡来したミカン科の落葉低木で、四月ごろ、葉に先立って白い大きな五弁花を開く。枝に棘が多いので、生垣にされることが多い。強い香りが特徴。❖北原白秋の詩「からたちの花」が山田耕筰作曲で小学唱歌として親しまれてきたことから、どこか郷愁を誘う。

からたちの花より白き月出づる　加藤かけい

からたちの花の鎌倉西御門　皆川白陀

時刻表にはさむ枳殻のこぼれ花　横山房子

墨東や花からたちに雨あがる　角川源義

枳殻の花散る朝の乳母車　新田祐久

**【黄楊の花《つげのはな》】**

ツゲは日本と中国が原産で、高さ一～三メートル。庭木に利用される他、細工用に植えられ、四月ごろ淡黄色の小さな花を葉腋《ようえき》にびっしりつける。

閑かさにひとりこぼれぬ黄楊の花　阿波野青畝

黄楊の花ふたつ寄りそひ流れくる　中村草田男

黄楊の花ちるしづけさも田植まへ　勝又一透

禅堂の門扉《もんぴ》のゆるみ黄楊の花　深見けん二

うすうすと散り敷くものに黄楊の花　市川絹子

**【接骨木の花《にはとこのはな》】** 接骨木《たづ》の花

ニワトコは早春、多数の小さな白色の花をつける。「接骨木」は、木を煎じたものを骨折や打撲傷の治療に用いることからついた名。葉や花は、煎じて利尿・発汗薬に用いる。

接骨木《たづ》の花咲けり何かにまぎれんと　加倉井秋を

接骨木の花噴きあぐる立石寺　大坪景章
鉈攻めにあふやにはとこ花ながら　青柳志解樹
接骨木咲いて耳標の青き兎たち　林　翔

**【桑《はく》】**　桑の花　桑畑

クワは十種ほどあり、葉は蚕の食料となる。春、葉腋に黄緑色の花穂を垂れる。↓夏桑（夏）・桑の実（夏）

八王子駅出でて直ぐ桑がくれ　三橋敏雄
山畑のいよいよ荒れて桑の花　青柳志解樹
桑咲いて戸毎に婆とおしら神　菅原多つを
花桑に月光うるむ夜の信濃　池芹泉
山鳥の羽音つつぬけ桑畑　皆川盤水
婚礼の透けてゆくなり桑畠　飴山實

**【樒の花《しきみのはな》】**　花樒

樒はモクレン科の常緑小高木で、四月ごろ香りのよい淡黄色の小さな花を咲かせる。実が密につくことから「樒」の字をあて、墓前に供える植物であることから仏前草ともいい、また「梻」とも書く。

村人の見ざる樒の花を見る　相生垣瓜人
人の世に咲きて樒の花かすか　高木石子
ほろと黄が樒の花にちがひなし　後藤立夫
花樒風ざうざうと湖の寺　皆川盤水
どの径も家に終りぬ花樒　鷲谷七菜子
樒咲くや火事に消えたる武家屋敷　島谷征良

**【鈴懸の花《すずかけのはな》】**　篠懸《すずかけ》の花　プラタナスの花

スズカケは西アジア原産で、高さ三〇メートルに達し、花は単性で雌雄同株。四～五月に淡黄緑色の花が多数集まり球形となって咲く。明治末期に渡来し、街路樹などに植えられた。プラタナスともいう。

すずかけの花咲く母校師も老いて　河野南畦
プラタナスの花咲き河岸に書肆ならぶ　加倉井秋を
鈴懸の花臨月の髪切りて　小口幸子

**【花筏《はないかだ》】**　ままつこ

ミズキ科の落葉低木で、山地に自生。晩春、葉の表の中央に淡緑色の小花をつけるさまが、花をのせた筏のように見えるのが名の由来。❖水の上の落花が重なっていることをいう花筏とは別。

花筏蕾みぬ限なき葉色の面に　中村草田男
ささやかな夢懐に花筏　緑川美世子
ままつこや櫟ざわざわ鳴るばかり　廣瀬直人

**【通草の花《あけびのはな》】**　木通《あけび》の花《はな》　花通草

蔓性落葉低木のアケビは、四月ごろ新葉とともに淡紫色の花が咲く。日本原産で本州・九州・四国の山野に自生。❖三枚の花弁が開いた形が愛らしい。→通草（秋）

雲深し通草の花の雨ためて　安藤甦浪
花あけび垂れて青嶺を傾かす　松本　進
先端は空にをどりて通草咲く　林　徹

**【山帰来の花《さんきらいのはな》】**　さるとりいばらの花

日本で俗に山帰来と呼んでいるものは、猿《さる》捕茨《とりいばら》のことで、山野に自生するユリ科の蔓性の落葉低木。棘が多く、晩春に黄緑色の小花を多数散形につける。本来の山帰来は日本には自生しておらず、台湾や中国南部に分布する熱帯植物である。

海まぶしくて山帰来花散らす　青柳志解樹
歳月のささやき山帰来の花　鷹羽狩行
岩の上に咲いてこぼれぬ山帰来　村上鬼城

**【郁子の花《むべのはな》】**　うべの花

ムベはアケビ科の蔓性常緑低木で、春、総状花序に白色の小さな花をつける。単性で雌雄同株。常緑なので常磐《ときわ》通草ともいわれる。関東以西に分布。→郁子（秋）

郁子の花散るべく咲いて夜も散れる　大谷碧雲居
井の水の闇湛へたる郁子の花　六本和子
たらちねの母の匂ひや郁子の花　たなかまりこ

**【竹の秋《たけのあき》】**　竹秋《ちくしゅう》

春先になると、竹は前年から蓄えた養分を

地下の筍に送るため葉が黄ばんだ状態になる。これが他の植物の秋の様子を思わせることから、竹の秋という。❖凋落を思わせるが、美しい言葉である。↓竹の春（秋）

竹の秋しづかなものに余呉の湖《うみ》　細見綾子
竹の秋ひとすぢの日の地にさしぬ　大野林火
祇王寺は訪はで暮れけり竹の秋　鈴木真砂女
夕暮の数を重ねて竹の秋　櫛原希伊子
夕闇に地鶏まぎるる竹の秋　斎藤梅子
竹の秋男の若狭訛かな　廣瀬直人
風避けて風の音聞く竹の秋　望月周
金星を沈めて丘は竹の秋　五島高資

**【春の筍《はるのたけのこ》】**　春筍《しゅんじゅん》　春笋《しゅんじゅん》

竹類の地下茎《ちかけい》から出る幼芽で、春から出回るものをいう。↓筍（夏）

旅終へて春筍京に溢れをり　角川源義
春筍は犀の角ほど曲りをり　福田甲子雄
春筍を掘りちらかして帰りけり　井上弘美

**【春落葉《はるおちば》】**

落葉樹は初冬に葉を落とすが、椎、樫、檜などの常緑樹は晩春に古い葉が散るので「春落葉」という。木の根方に、いつの間にか積もっているのに気づく。❖ひっそりとした風情がただよい、明るさも感じさせる。↓落葉（冬）・常磐木落葉（夏）

春落葉えたいの知れぬものも掃く　鍵和田秞子
さびしさに慣るるほかなし春落葉　西嶋あさ子
春落葉苔のおもてに弾みけり　岩田由美

**【捩菖蒲《ねぢあやめ》】**　馬藺《ばりん》

アヤメ科の多年草の花で、春、菖蒲《あやめ》に似た芳香のある淡青紫色、まれに白色の花が咲く。葉は線状で下部が紫色をしていて捩《ねじ》れている。中国東北部・朝鮮半島原産で、観賞用に栽培される。

絵にかゝせみたやばりんの花盛　盛庸
足音に来る鯉の口捩菖蒲　東條照

【黄水仙《きずいせん》】

ヒガンバナ科の多年草の花。春、葉の間から花茎を伸ばし、先端に香りの高い濃黄色の六弁花を数個つける。切り花としても好まれ、園芸品種が多数ある。南ヨーロッパ原産で日本には江戸末期に渡来。観賞用に植えられることも多い。↓水仙（冬）

黄水仙人の声にも揺れゐたる　村沢夏風
横浜の方に在る日や黄水仙　三橋敏雄
黄水仙瞠《みひら》きて咲く殉教碑　中山純子

【喇叭水仙《らつぱすいせん》】

ヒガンバナ科の多年草の花。ヨーロッパ原産。花の中央の副冠が発達して喇叭状になっているのが特徴。黄色または白が中心で、一茎に一花をつける。❖水仙といえばこの花を思うほどに親しまれている。↓水仙（冬）

点滴も喇叭水仙も声なさず　石田波郷
喇叭水仙黄なり少年兵の墓　山崎ひさを

【華鬘草《けまんさう》】　黄華鬘　紫華鬘　鯛釣草《たひつりさう》
観賞用として庭園などに植えられるケシ科の多年草で、晩春、心臓の形をした桃紅色の扁平な花が総状花序に垂れて咲く。葉が牡丹に似て、それよりも小さい。花の形が仏具飾りの華鬘に似るところからこの名がある。別名の鯛釣草は、垂れ下がった葉が鯛を釣り上げるのに似ているため。中国原産。

ほとけにも九品の列や華鬘草　清水基吉
分去《わかさ》れや風分けきれず華鬘草　池上樵人
けまん咲く径消えがちに殉教地　桂　樟蹊子
黄華鬘の立ちそよぐ雨黄なりけり　堀口星眠
渡岸寺さまへむらさきけまんゆれ　加藤三七子
鯛釣草片身づつ散る夕まぐれ　中野冬太

【雛菊《ひなぎく》】　長命菊　延命菊　デージー
ヨーロッパ西部に自生するキク科の多年草

で、原種は春になると篦《へら》形の葉の間から白色一重の花を頂につける。現在では改良によって、大輪・中輪・小輪、八重咲きなどの種類が増え、色も紅・白・桃色などさまざま。

雛菊のはやむなしさの首傾ぐ　河野多希女
雛菊や亡き子に母乳滴りて　柴崎左田男
雛菊や揺れて咲く花数あれど　湯川京子
踏みて直ぐデージーの花起き上る　高浜虚子
デージーは星の雫に息づける　阿部みどり女

**【東菊《あづまぎく》】**　吾妻菊

本州中部以北の乾燥した山野に自生するキク科の多年草で、晩春から初夏にかけて淡紫色の舌状花《ぜつじようか》と黄色の筒状花《とうじようか》からなる頭花を茎の頂に開く。和名は、東日本に多いことから付けられた。

東菊関趾に遠き海見えて　大竹孤悠
海へ出る一本道やあづま菊　小島火山

**【金盞花《きんせんくわ》】**　常春花　長春花

キク科の一年草で、南ヨーロッパ原産。原種は花径二センチの一重咲きであったが、改良種には花径一〇センチを越える花弁の多いものがある。花色も濃黄色・淡黄色・橙紅色などさまざま。春から初夏にかけて次々と花を咲かせる。❖房総の海岸などで露地栽培されていて、花もちがよいので供《く》花《げ》に用いられることも多い。

金盞花いよ〳〵金に昼深し　田村木国
海上を高く日がゆく金盞花　和知喜八
島へおろす雑貨の中の金盞花　岡本富子
金盞花畑に立ちても礁《いくり》見ゆ　清崎敏郎
摘む声の海へつつぬけ金盞花　鷹羽狩行
金盞花夕陽に岬《さき》の漁夫消され　櫻井博道
長春花土中の兵馬起きあがる　花房幸道

**【勿忘草《わすれなぐさ》】**　わするなぐさ　藍微塵

ヨーロッパ原産のムラサキ科の花で、本来

は多年草だが、日本では一年草として栽培される。晩春、瑠璃色の可憐な花を総状につける。❖「私を忘れないで」という名前は、ドイツの悲恋伝説に由来する。

勿忘草日本の恋は黙つて死ぬ　中村草田男
花よりも勿忘草といふ名摘む　粟津松彩子
消ぬばかり勿忘草の風に揺れ　菊川芳秋
血を喀《は》けば勿忘草の瑠璃かすむ　古賀まり子
藍微塵みそらのいろと誰が言ひし　深谷雄大

**【シネラリア】**　サイネリア

カナリア諸島原産のキク科の多年草で、冬から春にかけて菊に似た頭花を花軸の上につける。園芸品種が多数あり色は紅・桃・青・紫・白、絞り咲き・蛇の目咲きとさまざま。❖「サイネリア」ともいわれるが、これはシの音が死に通じるとして忌み嫌って言い換えられたため。

更けし夜の燈《ほ》影《かげ》あやしくシネラリヤ　五十崎古郷
祖母逝きて少年期逝くシネラリア　横澤放川
シネラリア窓口へ出す処方箋　福永法弘
サイネリア咲くかしら咲くかしら水をやる　正木ゆう子
サイネリア待つといふことときらきらす　鎌倉佐弓

**【アネモネ】**

地中海沿岸原産のキンポウゲ科の多年草。明治初期に渡来し、観賞用に栽培されてきた。早春から初夏にかけて花茎に花をつける。花弁のように見えるのは萼で、白・桃・赤・紫・青などの色がある。❖ギリシア・ローマ神話に由来する花で、あざやかな色合が印象的である。

アネモネのこの灯を消さばくづほれむ　殿村菟絲子
夜はねむい子にアネモネは睡い花　後藤比奈夫
アネモネや神々の世もなまぐさし　鍵和田柚子
アネモネや来世も空は濃むらさき　中嶋秀子
アネモネや画廊は街の音を断つ　斎藤道子

**【フリージア】**　フリージヤ

南アフリカ原産のアヤメ科の多年草で、春、細い葉の間から茎が伸び花を連ねる。色は黄・白・紫など。切花として好まれ、強い芳香をはなつ。

フリージヤのあるかなきかの香に病みぬ　阿部みどり女
うまさうなコップの水にフリージヤ　京極杞陽
熱高く睡るフリージヤの香の中に　古賀まり子
書かぬ日の日記の上にフリージヤ　神蔵　器
挨拶はひとことで足るフリージヤ　伊藤敬子
フリージア子に恋人のできたるらし　宇咲冬男
麻酔さめきし薄明のフリージア　倉部たかの
日曜の職員室のフリージア　対馬信子

**【チューリップ】** 鬱金香《うこんかう》

小アジア原産のユリ科の球根植物の花。ヨーロッパで古くから品種改良が行われ、赤・白・黄・桃・黒紫など色がきわめて豊富。春、直立する花茎の上に一個の釣鐘形またはコップ状の花を開く。❖子供たちも知っているような春を代表する花のひとつ。

咲き誇りたる北大のチューリップ　秋沢　猛
チューリップ喜びだけを持つてゐる　細見綾子
チューリップ花びら外れかけてをり　波多野爽波
赤は黄に黄は赤にゆれチューリップ　嶋田一歩
遠山に雪のまだありチューリップ　高田風人子
白もまた一と色をなすチューリップ　塗師康廣

**【ムスカリ】**

ユリ科の球根植物で、早春から瑠璃色の小さな花を房状にびっしりつける。草丈は二〇センチほどで、花壇などに一面に植えられているのをよく見るようになった。

かたまりてムスカリ古代の色放つ　青柳照葉
ムスカリの瑠璃がふちどる天使像　田島もり

**【ヘリオトロープ】**

南米ペルー、エクアドル原産のムラサキ科の小低木の花。香水の原料に用いられる。枝の先端に小さな花が群生して開く。色は初め紫ないしは菫色で、次第に白くなる。

ヘリオトロープ葉巻きのけむり触れて消ゆ　大野雑草子
熱の身にヘリオトロープよく匂ふ　山手晃江

## 【クロッカス】

小アジアまたは南ヨーロッパ原産の観賞用に栽培されるアヤメ科の球根植物で、春咲きと秋咲きに大別される。春咲きのものをクロッカスといい、早春、松葉状の葉の間から花茎を出し、可憐な花を咲かせる。種類によって色は黄・白・紫などがある。

↓サフラン（秋）

日の庭に愛語撒くごとクロッカス　下村ひろし
クロッカスいきなりピアノ鳴り出しぬ　宮岡計次
尖塔の空晴れわたりクロッカス　大木さつき
並びゐて日向日陰のクロッカス　本井　英

## 【シクラメン】　篝火花《かがりびばな》

シリアからギリシアにかけての地域が原産のサクラソウ科の球根植物。春先、ハート形の葉を叢生《そうせい》し、そこから立つ花茎に蝶形の篝火のような花をつける。色は紅色が代表的だが、白・桃などさまざまで、蕾が次々に伸び、花期が長い。❖近年は温室栽培が進み、冬の間から出回っている。

シクラメン花のうれひを葉にわかち　久保田万太郎
部屋のことすべて鏡にシクラメン　中村汀女
こだわらず妻はふとりぬシクラメン　草間時彦
恋文は短きがよしシクラメン　成瀬櫻桃子
シクラメン父で終りし写真館　倉田弘子
玻璃ごしの湖荒れてゐるシクラメン　江中真弓
燃ゆるてふ白のあるなりシクラメン　芳野年茂恵

## 【ヒヤシンス】　風信子《ふうしんし》

地中海沿岸原産のユリ科の球根植物。剣状の葉が根元から数枚出て、その中心から花茎が直立し、春先、一重または八重の花が多数の鈴をつけたように総状に開く。色も赤・ピンク・白・紫・青・黄と豊富。ヨーロッパで品種改良が盛んに行われ、日本には江戸末期に渡来した。❖小学校で水栽培を行った記憶を持つ人が多い。

みごもりてさびしき妻やヒヤシンス　瀧　春一
銀河系のとある酒場のヒヤシンス　橋　閒石
室蘭や雪ふる窓のヒヤシンス　渡辺白泉
水にじむごとく夜が来てヒヤシンス　岡本　眸
ヒヤシンス死者に時間のたつぷりと　市川　葉
理科室に放課後の冷ヒヤシンス　大島雄作
教室の入口ふたつヒヤシンス　津川絵理子

## 【スイートピー】

地中海沿岸原産のマメ科の蔓性一年草で、春に白、ピンク、紫、青などの花をつける。マメ科特有の蝶の翅《はね》のような花弁をもち、香りがよい。切花にされることも多く、淡い色合いでありながら華やかな雰囲気が愛されている。

スヰートピー指先をもて愛さるる　岸　風三樓
スイートピーあつさりと夜の明けてをり　村田　脩
スイートピー妻より欠伸もらひけり　梅村すみを

## 【君子蘭《くんしらん》】

南アフリカ原産のヒガンバナ科の常緑多年草で、漏斗状の朱色の花をつける。太《た》い太刀《ち》を思わせる深緑の葉に守られるように咲き、葉と花の色彩の対照も印象的。花が下を向くものがクンシラン、上向きのものがウケザキクンシランであるが、一般的には後者を君子蘭と呼んでいる。

君子蘭の鉢を抱へる力なし　阿部みどり女
君子蘭整理のつかぬ文机　北　さとり
横笛を袋にしまふ君子蘭　伊藤敬子

## 【オキザリス】

カタバミ科のうち、観賞用に栽培される西洋種オキザリスの花。花弁が五枚で、色はさまざま。葉はクローバーに似ている。夜は花葉ともに閉じる。球根性のものは耐寒性があり、地植えや鉢植えにする。

露西亜語の文書く卓のオキザリス　大野雑草子
幸福といふ不幸ありオキザリス　石　寒太

【霞草《かすみさう》】

中央アジア原産のナデシコ科の一年草で、高さは四〇〜五〇センチ。白い五弁の小さな花をびっしりつける。それがけぶっているように見えるところから「霞草」という。❖花束に添える花としてよく使われ、脇役のイメージがある。

はつきりと咲いてゐしかば霞草　後藤比奈夫
セロファンの中の幸せかすみ草　椎名智恵子

【苧環の花《をだまきのはな》】　苧環《をだまき》　糸繰草《いとくりさう》

キンポウゲ科の多年草の花。晩春にうつむきかげんの青紫の花をつける。高山性の深山苧環、山野に自生する山苧環などは日本原産。園芸用に多く栽培されているのは西洋苧環。花の姿が紡ぎ糸を巻く苧環の形に似ていることからその名がある。

をだまきの殊に濃き花日本海　角川照子
苧環や木曾路は水の音の中　蟇目良雨
をだまきや蔵より運ぶ祝ひ膳　庄原明美
手をつなぎ深山をだまき崖に折る　河府雪於
伊勢に行きたしみやまおだまきといふをみたし　阿部完市

【都忘れ《みやこわすれ》】

深山嫁菜の栽培品種で、古くから観賞用として花壇に植えられたり、切り花にされたりしてきた。晩春から初夏にかけて濃紫・紺・白・ピンクなどの色鮮やかな花を開く。❖名前のゆかしさが連想を誘う。

紫の厚きを都忘れとて　後藤夜半
蕾はや人恋ふ都忘れかな　倉田紘文

【花韮《はなにら》】

ハナニラはユリ科の球根植物で、三月ごろ二〇センチほどの花茎を伸ばし、先端に白、または薄青色の星型の花をつける。地面を覆うように広がる細い葉が菫に似ており、匂いも菫に似ていることからその名がついた。❖食用の菫の花のことではない。↓菫の花（夏）

花菫の花賞でらるるそよぎかな　宮津昭彦
花にらやダヴィデの星を敷きつめる　有馬朗人

**【芝桜《しばざくら》】**

ハナシノブ科の多年草で、びっしりと咲く花を楽しむ。高さ一〇センチほどの茎が枝分かれして地を這うように広がる様が芝を思わせる。繁殖力が強く、花壇の縁取りや石垣に垂らして栽培される。ピンクのほか、白や藤色のものもある。❖近年は広大な土地一面に芝桜を咲かせ、観光スポットとなっている公園もある。

芝ざくら遺影は若く美しや　角川源義
ピアノ弾く前の体操芝ざくら　津高里永子

**【菊の苗《きくのなへ》】**　菊苗　菊の芽

晩春、前年に切った菊の古根から新芽が伸びてくる。これを根分けして新しい苗とする。

菊苗に雨を占ふあるじかな　嘯山
菊苗の三寸にしてきはだつ葉　福永耕二
トロ箱に菊苗育つ蜑の路地　平田冬か
菊の芽や読まず古りゆく書の多し　小野宏文

**【菜の花《なのはな》】**　花菜《はなな》　油菜《あぶらな》の花　花菜雨
花菜風

越年草の油菜の花。日本では古くから油菜が栽培されていたが、現在ではほとんどが西洋油菜である。秋に種を蒔くと翌春、芽を出し、黄色い十字花をつける。❖一面の菜の花畑は金色に輝き、郷愁を誘う。近年は、食用として蕾のうちに先端を切って束ね、店頭に並べられているものを目にすることが多い。

菜の花や月は東に日は西に　蕪村

菜の花といふ平凡を愛しけり　富安風生
菜の花の昼はたのしき事多し　長谷川かな女
菜の花の暮れてなほある水明り　長谷川素逝
菜の花や夜は家々に炉火燃ゆる　木村蕪城
家々や菜の花いろの灯をともし　木下夕爾
菜の花や村ぢゆうの柱時計鳴る　宗田安正
菜の花や西の遥かにぽるとがる　有馬朗人
菜の花や食事つましき婚約後　福永耕二
花菜雨傘が重たき子が帰る　関　成美
艪音して坊の津花菜あかりかな　古賀まり子

**【大根の花《だいこんのはな》】**　**花大根《はなだいこん》**　**花大根《はなだいこ》**

晩春、大根は白または紫がかった十文字の花を開く。種を採るために畑に残しておいたものなので、数も少なく菜の花のような明るさは感じられないが、ひっそりとした味わいがある。

大根の花紫野大徳寺　高浜虚子
大根の花や青空色足らぬ　波多野爽波
夕月は母のぬくもり花大根　古賀まり子
蘭倉のほとり風呼ぶ花大根　鈴木蚊都夫
灯台の玻璃はみどりに花大根　伊藤敬子

**【諸葛菜《しょかっさい》】**

中国原産のアブラナ科の一年草で、春、大根の花に似た薄紫の四弁花をつける。三国時代に諸葛孔明が栽培を奨励したことからこの名がついたという。

病室にむらさき充てり諸葛菜　石田波郷
東京を一日歩き諸葛菜　和田悟朗
目つむれば眠つてしまふ諸葛菜　茂惠一郎
新聞のたまるはやさよ諸葛菜　片山由美子

**【豆の花《まめのはな》】**　**蚕豆《そらまめ》の花**　**豌豆《えんどう》の花**

俳句で「豆の花」という場合、多くは春咲きの豌豆と蚕豆の花をさす。豌豆の花は蝶形で白と赤紫色があり、蚕豆は三センチ程度の白または淡紅色の蝶形花を開く。

山の日は山へ帰りて豆の花　今井杏太郎

家低く山また低し豆の花　三田きえ子
まつすぐに海の風くる豆の花　大嶽青児
父母に戦後ありけり豆の花　押野　裕
そら豆の花の黒き目数知れず　中村草田男
豌豆の花の飛ばんと風の中　勝又一透
ただひとりにも波は来る花ゑんど　友岡子郷
暁は花えんどうより見えはじむ　宇多喜代子

**【葱坊主《ねぎばうず》】**　葱の花

葱は晩春になると花茎が伸び球状の花を多数つける。それを葱坊主という。❖葱坊主は比喩的な呼び名なので、さらに別のものになぞらえて詠むのは避けたい。↓葱（冬）

葱坊主子を憂ふればきりもなし　安住　敦
葱坊主どこをふり向きても故郷　寺山修司
葱坊主子を持たざれば子に泣かず　西嶋あさ子
夕日より朝日が親し葱坊主　二川茂徳

**【苺の花《いちごのはな》】**　花苺　草苺の花

オランダ苺・草苺・蛇苺などの花。晩春から夏にかけて五〜八弁の黄や白の小さな花をつける。現在、最もよく見かけるのは栽培種のオランダ苺で、春、数個の白色五弁の花をつける。↓苺（夏）

敷藁のま新しさよ花いちご　星野立子
花苺草色の虫をりにけり　高田風人子
石垣のほてりの去らず花いちご　鷹羽狩行
花の芯すでに苺のかたちなす　飴山　實

**【萵苣《ちさ》】**　ちしや　かきぢしや　レタス

レタスのこと。地中海東沿岸から小アジアにかけて分布していた原種に改良が加えられた。日本には中国を経由して伝わった。

萵苣畑や雨うちはじく葉のちゞみ　皿　州
萵苣噛んで天職とふを疑へり　西嶋あさ子
すみずみに水行き渡るレタスかな　櫂　未知子

**【菠薐草《はうれんさう》】**

西アジアが原産とされるアカザ科の一・二

年草。葉を食用にする。ビタミンに富み、さまざまに料理される。在来種は江戸時代に中国から伝わったもので、秋に蒔き冬から春にかけて収穫する。明治以降に伝わった春蒔きの西洋種もある。❖昨今は一年を通して入手できるので、季節感が乏しくなった野菜のひとつ。

吾子の口菠薐草のみどり染め　深見けん二
夫《つま》愛すはうれん草の紅愛す　岡本眸
菠薐草スープよ煮えよ子よ癒えよ　西村和子
菠薐草父情の色と思ひけり　井上弘美

**【鶯菜《うぐひすな》】**　黄鳥菜《うぐひすな》　小松菜

小松菜・油菜・蕪の類で、春先に蒔いて一〇センチほど伸びたものをいう。特に小松菜をいうことが多い。鶯が囀《さえず》り始めるころに出回り、さらに色も鶯色で似ていることからこのように呼ぶ。

筑波嶺へ光を増やす鶯菜　名取思郷
海原のけふはれやかに鶯菜　三木照恵

**【水菜《みづな》】**　京菜　壬生菜《みぶな》

各地で水菜と呼ばれる植物はいくつかあるが、京都では近郊で古くから栽培されていたアブラナ科の蔬菜をさし、関東ではこれを京菜と呼ぶ。漬物やサラダ、煮物にする。葉の先に鋸歯《きよし》状の切れ込みがあり、この近縁種に京都特産の壬生菜がある。

水菜採る畦の十字に朝日満ち　飯田龍太
下京や月夜月夜の水菜畑　庄司圭吾
母とほく姉なつかしき壬生菜かな　大石悦子

**【茎立《くくたち》】**　くくだち　くきだち

「くく」は「茎」の古形。蕪や油菜などの茎が伸びてしまったことをいう。この硬くなった茎を、薹という。

茎立と水平線とありにけり　森田峠
茎立や当麻の塔に日が当り　斎藤夏風
茎立や富士ほそるほど風荒れて　鍵和田秞子

伸び切つて茎立ちの丈揃はざる　棚山波朗
くくだちや砂丘がくれに七尾線　猿橋統流子

**【芥菜《からしな》】**　芥子菜

カラシナは中央アジア原産で、春、小型の十字花をつける。薹が立った茎葉は漬物にして食し、種子は芥油やマスタードの原料となる。日本では古くから香辛料として利用されてきた。

からし菜を買ふや福銭のこし置き　長谷川かな女
くぐらする湯に芥菜の香り立つ　辻　順子
からし菜の花に廃船よこたはる　阿波野青畝

**【三葉芹《みつばぜり》】**　みつば

長柄の先に三枚の小葉が集まっているので「みつば」と呼ぶ。日本では古くから野生種を野菜として食し、栽培は江戸時代に始まった。独特の強い香りが好まれる。

三葉芹摘みその白き根を揃ふ　加倉井秋を
三葉食べぬ子とあり吾もかくありき　原田種茅
まこと三枚の葉こそ愛しきみつばかな　橋　閒石
汁椀に三葉ちらせばすぐ馴染み　本井　英

**【春大根《はるだいこん》】**　三月大根　二年子《にねんご》大根

通常、大根は初秋に種を蒔き、冬の期間に収穫するが、晩秋に種を蒔き、翌年の四〜六月に収穫するものを春大根という。↓大根（冬）

春大根くぐもり育つ風の峡　有働　亨
春大根卸しすなはち薄みどり　鷹羽狩行

**【三月菜《さんぐわつな》】**

早春に種を蒔いて、旧暦三月ごろに収穫して食べる菜で、小松菜などの総称。

よし野出て又珍しや三月菜　蕪　村
三月菜つむや朝雨光り降る　渡辺蟹歩
三月菜洗ふや水もうすみどり　谷　迪子

**【独活《うど》】**　芽独活　山独活　もやし独活　独活掘る

ウコギ科の多年草で、古くから食されてき

た。山野に自生する他、栽培もされる。春、地上に出る前の若い茎は柔らかく芳香があるので、生食・和え物などにする。❖味にやや癖があるが、その風味を味わう。

雪間より薄紫の芽独活かな　芭　蕉
俎の傷の無数よ独活きざむ　有馬籌子
独活きざむ白指もまた香を放ち　木内彰志
山うどのにほひ身にしみ病去る　高村光太郎
山独活やひと日を陰の甕の水　桂　信子
山独活がいっぽん笊にあるけしき　中原道夫

【春菊《しゆんぎく》】　高麗菊《かうらいぎく》　菊菜
キク科の一年草で、葉を食用にする他、花は観賞用にもなる。地中海地方原産で、日本には江戸時代ごろに伝わったとみられる。葉は菊に似て、葉縁に鋸歯《きよし》がある。黄または白の頭花を開く。葉の独特の芳香と苦味が好まれ、お浸しや鍋料理には欠かせない。❖鍋物をよく食べる冬のもののような印象を受けるが、本来は春の野菜。

春菊の香や癒えてゆく朝すがし　古賀まり子
春菊にまだ降る雪のありにけり　大峯あきら
ひとたきに菊菜のかをりいや強く　高浜年尾

【韮《らに》】　ふたもじ
東アジア原産といわれ、日本では十世紀ごろから栽培され、食用としてきた。長さ二〇～三〇センチの線形の葉を多数生じる。独特の強臭がある。

佐渡びとの牛をあそばせ韮を摘む　西本一都
むさし野に住みつく韮の苗育て　沢木欣一

【蒜《にんにく》】　葫《にんにく》　ひる　大蒜《おほびる》
古代からエジプト、ギリシアで栽培されていたもので、日本には十世紀以前に伝わったとみられる。当初は薬に用いられた。扁球状に肥大する鱗茎《りんけい》が食用となり、強烈な臭気を放つ。

蔵王脊に蒜洗ふ夕まぐれ　蓬田紀枝子

大蒜の花咲き寺の隠し畑　小川斉東語

【胡葱《あさつき》】　糸葱《いとねぎ》　千本分葱《せんぼんわけぎ》

山野に自生し、古くから食されてきた。葉は円筒状で細長く、三〇センチ前後に生長する。鱗茎は長卵形。晩春に紫紅色の花を咲かせる。秋に植え付けし、翌春、収穫する。葉と鱗茎を味噌和え・ぬた・薬味などにする。

胡葱や野川するどく街中へ　皆川盤水
胡葱をくるむ新聞とんがれる　山尾玉藻
味噌あへのわけぎに雨の音こもる　清水六狼

【防風《ばうふう》】　浜防風　はまにがな　防風摘み　防風掘る

一般にセリ科の多年草の浜防風をいう。海岸の砂丘に生え、砂中に深く根を下ろす。大きい株では一メートルにも達する。光沢のある薄緑色の葉が叢生《そうせい》し、夏に白色五弁の小花を多数つける。独特の香気と辛味があり、春の若芽を摘んで刺身のつまなどに用いる。

掘り上げし防風の根の長きこと　岩崎貴美
美しき砂をこぼしぬ防風籠　富安風生
防風掘しだいに友を置きざりに　きくちつねこ
浜防風ひと日の疲れ夕日にも　友岡子郷
こよなきは浜防風の茎のいろ　岸原清行
破船までつづく風紋防風摘む　池内けい吾

【山葵《わさび》】　山葵田　山葵沢

日本特産のアブラナ科の多年草で、清冽な水の流れる谷間に自生していた。春、花茎を伸ばし開花する。根茎は年ごとに肥大して太くなり、和食に欠かせない香辛料である。葉と茎は山葵漬けの原料となる。古くから渓流を利用した山葵田で栽培されている。

山葵田を溢るる水の石走り　福田蓼汀
山葵田に風のさざなみ日のさざなみ　田中水桜

山葵田の隙といふ隙水流れ　清崎敏郎
紗のごとき雨来ては去る山葵沢　有馬籌子

**【茗荷竹《めうがたけ》】**

ショウガ科の多年草である茗荷の若芽のこと。独特の香りと辛味が好まれ、漬物・吸い物・薬味などにする。促成栽培もされるが、露地栽培のものの方が香りが強い。❖一般に茗荷という名で売られているのは茗荷の子である。→茗荷の子（夏）・茗荷の花（秋）

茗荷竹普請も今や音こまか　中村汀女
雨のあと夕日がのぞく茗荷竹　南部憲吉
その笊も妻の身のうち茗荷竹　飴山實

**【青麦《あをむぎ》】**　麦青む

春、穂の出る前の葉や茎が青々としている麦のこと。→麦（夏）

青麦にいつ出てみても風があり　右城暮石
青麦に沿うて歩けばなつかしき　星野立子
青麦に闌けたる昼の水ぐるま　木下夕爾
青麦を来る朝風のはやさ見ゆ　廣瀬直人

**【種芋《たねいも》】**　芋種　種薯　芋の芽　藷苗《いもなへ》

里芋・馬鈴薯・長芋などの種とする芋のこと。冬の間地中などに貯蔵しておき、早春、温床で発芽させたあとで植え付ける。

種芋を植ゑて二日の月細し　正岡子規
種芋のこのあえかなる芽を信じ　山口青邨
種芋や旅籠《はたご》の急な梯子段　大峯あきら

**【春の草《はるのくさ》】**　春草《しゅんさう》　芳草　草芳《くさかぐは》し　草《くさ》芳《かんば》し

春になって萌え出た草のこと。みずみずしく柔らかい草は匂うばかりである。

ふうはりと鷺は来にけり春のくさ　士朗
放牛放馬波の際まで春の草　大野林火
春の草測量棒を寝かせけり　井上弘美
法隆寺前の往来や草芳し　野村喜舟
草芳し吉備路は雨を呼ぶ風に　村田脩

## 【下萌《したもえ》】 草萌　草青む　畦青《あぜあを》む　土手青む　若返る草　駒返る草

早春、地中から草の芽が萌え出ること。雪国では残雪の下から新芽が顔をのぞかせると、春の到来を実感する。『新古今集』に収められている〈春日野の下萌えわたる草のうへにつれなく見ゆる春のあは雪　権中納言国信〉は下萌を詠った歌。❖駒返る草の「駒返る」は「若返る」と同義で、草木が再び芽を出すことにも用いる。

下萌や土かく鶏の蹴爪より　嘯山
石疊つぎ目つぎ目や草青む　一茶
下萌の大磐石をもたげたる　高浜虚子
下萌や仏は思惟の手を解かず　鷲谷七菜子
草千里下萌えにはや牛放つ　里川水章
草萌ゆる誰かに煮炊まかせたし　及川貞
草萌やちゝはゝ一つ墓に栖み　安住敦
鳩は歩み雀は跳ねて草萌ゆる　村上鞆彦
駒返る草のいろいろありにけり　今井杏太郎

## 【草の芽《くさのめ》】 名草《なぐさ》の芽

春、萌え出るさまざまな草の芽のこと。特定の植物の芽をさす場合は桔梗の芽、菖蒲の芽などといい、これを名草の芽と呼びならわす。

草の芽ははや八千種の情あり　山口青邨
草の芽のこゑを聴かむと踞みけり　黒澤宗三郎
草の芽のまだ雨知らぬ固さかな　黒澤麻生子
ことごとく合掌のさま名草の芽　鷹羽狩行
甘草の芽のとびとびのひとならび　高野素十
また別の音に雨降る桔梗の芽　手塚二影
水の面の日はうつりつつ菖蒲の芽　長谷川素逝
芍薬の芽のほぐれたる明るさよ　星野立子
菖蒲の芽まだ刃渡の二三寸　北村仁子

## 【ものの芽《もののめ》】

早春、萌え出る植物の芽。木の芽ではなく草の芽についていう。

ものゝ芽にかゞめばありぬ風すこし　久保田万太郎
ものの芽や雨の匂ひの夫帰る　藤木倶子
ものの芽のそれぞれの葉を繰りだせり　石河義介
ものの芽や産着は光りつつ乾く　坂本美知子

**【末黒の芒《すぐろのすすき》】**　焼野の芒　黒生《くろふ》の芒

野焼きをした春の野を末黒野といい、そのあとに穂先が焦げて黒く残った芒のことをいう。またその末黒野に新しく萌え出た芒の芽のこともいう。❖焦げた穂先を掲げるように芒はたくましく伸びる。↓焼野

暁の雨やすぐろの薄はら　蕪村
恋路しかすがに末黒の薄かな　岩城久治

**【蔦の芽《つたのめ》】**

春、蔦は赤や白の芽を出し、しだいに青くなる。❖壁などに一面に這わせた蔦が芽吹くのは美しい光景である。↓青蔦（夏）・蔦（秋）

蔦の芽やいらへなきベル押しつづけ　渋沢渋亭
図書館の蔦の芽紅し復学す　奈良文夫

**【雪間草《ゆきまぐさ》】**

春になって雪解が始まると、雪の間に黒々とした土がのぞき、そこに早くも芽を出している草々がある。それを雪間草と呼び、特定の草花を指すわけではない。❖春を先取りするかのような植物の息吹を感じたい。↓雪間

雪消える方へ傾き雪間草　後藤比奈夫
まつさきに子のものを干し雪間草　友岡子郷
あをぞらのところどころに雪間草　大畑善昭

**【若草《わかくさ》】**　嫩草《わかくさ》　雀隠れ

春、芽を出して間もない草や新しく生えてきた草のこと。若草は柔らかくみずみずしい印象を与える。萌え出た草がわずかに伸びた様子を「雀隠れ」というのは、雀が隠れるほどの丈の意から。↓草若葉・春の草

前髪もまだ若草の匂ひかな　芭蕉

若草に口ばしぬぐふ烏かな　凡　兆
若草や蹄のあとの水たまり　会津八一
若草に養蜂箱をどかと置く　酒井土子
若草に置かれてくもる管楽器　小島　健
音もなし雀がくれに雨そそぎ　長谷川浪々子

**【双葉《ふたば》】**　二葉

発芽した双子葉植物の最初に出る葉で、二枚貝のような小さな葉を上向きに開く。命のはじめの初々しさが感じられる。❖朝顔が代表的。

定住の意《こころ》となりし双葉かな　藤田湘子
豆双葉犇き合うて穴を出でず　高野素十

**【古草《ふるくさ》】**

若草に混じって残っている古くなった前年の草のことをさす。『万葉集』の〈東歌《あずまうた》〉に「面白き野をばな焼きそふるくさに新草まじり生ひは生ふるがに」とある。❖冬越しをした草である。

古草もまたひと雨によみがへり　高浜年尾
あとさきに母と古草踏みしこと　岸田稚魚
古草や少し坂なしでんでら野　菖蒲あや
古草や野川かがよひ動きだす　宮岡計次
古草の高さに風の吹いてをり　小野あらた

**【若芝《わかしば》】**　芝青む　春の芝

新芽を出した芝。冬の間枯れていた芝は、春三月中旬を過ぎたころから萌芽する。一面に緑が広がるさまは美しい。

若芝にノートを置けばひるがへる　加藤楸邨
若芝に手を置きて手の湿りくる　有働　亨
若芝や墓に兵の名祖国の名　山崎ひさを
真中に雀一羽や春の芝　高浜虚子

**【草若葉《くさわかば》】**

春の盛りから晩春にかけて萌え出た草の芽がほぐれ、新葉になること。また、その草をいう。菊若葉のように、個々の名称を冠して用いることもある。❖木々の「若葉」

は夏の季語。

葛の若葉吹き切つて行く嵐かな　暁　台
草若葉暮方の冷えにゐて匂ふ　猿山木魂
草若葉眠たくなれば眠りけり　星野麥丘人
わが車きしみて止る草若葉　今井千鶴子
草わかば鶏臆病なとさか持つ　鍵和田秞子

【萩若葉《はぎわかば》】

萩は春の盛りに芽吹き、晩春には青々とした若葉となる。

一燭を伐折羅《ばさら》に献じ萩若葉　深見けん二
茂るとはさらさら見えず萩若葉　千原草之

【蔦若葉《つたわかば》】

晩春のころの蔦の若葉。蔦は外壁などを伝うように生長していく。葉は厚く光沢があって美しい。

碌山の「女」は老いず蔦若葉　玉木春夫
蔦若葉がんじ搦めに遊女の墓　渡辺風来子
蔦若葉風の去来の新しく　稲畑汀子

【菫《すみれ》】　菫草　花菫　相撲取草《すまふとりぐさ》　壺菫　三色菫《さんしきすみれ》　パンジー

東アジアの温帯に広く分布し、日本では日当たりの良い山野に多種類が自生する。花は濃紫色で四〜五月に咲く。別名「相撲取草」というのは鉤《かぎ》状の花を互いにひっかけて遊ぶことによる。「三色菫（パンジー）」はヨーロッパ原産で園芸品種。❖可憐な花のかたちと美しい色が好まれる。

山路来て何やらゆかしすみれ草　芭　蕉
菫程な小さき人に生れたし　夏目漱石
かたまつて薄き光の菫かな　渡辺水巴
小諸なる古城に摘みて濃き菫　久米三汀
すみれ踏みしなやかに行く牛の足　秋元不死男
川青く東京遠きすみれかな　五所平之助
いくたびも都は滅びすみれ咲く　吉田汀史
手にありし菫の花のいつかなし　松本たかし
高館の崖のもろさよ花菫　沢木欣一

つかの間の風はすみれの花の丈　三田きえ子

**【紫雲英《げんげ》】**　蓮華草　げんげん　げんげ田

中国原産でマメ科の越年草の蓮華草の花。かつては緑肥として刈り取りの終わった稲田で広く栽培されていた。葉は互生し、四〜六月に葉腋《ようえき》から花柄を伸ばし、先端に多数の蝶形花をつける。

余念なく紫雲英を摘むとひとは見む　大島民郎
指ゆるめ紫雲英の束を寛がす　橋本美代子
どの道も家路とおもふげんげかな　田中裕明
頭悪き日やげんげ田に牛暴れ　西東三鬼
狡る休みせし吾をげんげ田に許す　津田清子
げんげ野を来て馬市の馬となる　下村ひろし

**【苜蓿《うまごやし》】**　苜蓿《もくしゆく》　クローバー　白詰草《しろつめくさ》

マメ科の多年草で、牧草として植えられる。クローバー・白詰草ともいう。ヨーロッパからアジアにかけてが原産で、日本には江戸時代に伝わった。葉は互生する複葉で、葉柄の先にハート形の葉が三葉つく。春から夏にかけて、白色の小花が球状に咲く。

めぐり踏むグラバー邸の苜蓿　深見けん二
ラケットを二つ重ねてうまごやし　加藤耕子
苜蓿やいつも遠くを雲とほる　橋本鶏二
クローバに坐すスカートの完《まつた》き円　橋詰沙尋
クローバーに寝転び雲に運ばるる　すずき巴里
生も死もしろつめ草の首飾り　鳥居真里子

**【薺の花《なづなのはな》】**　花薺　三味線草《しやみせんぐさ》　ぺんぺん草

ナズナは春の田畑や道端などに咲いているのが見られる。茎が伸びて、白い小型の十字花を多数つける。果実が三味線のばちに似ていることからぺんぺん草ともいわれる。春の七草の一つでもあり、七草粥に入れて食べる風習がある。↓薺（新年）

よくみれば薺花さく垣ねかな　芭蕉

妹が垣根さみせん草の花咲ぬ　蕪　村
薺咲く道は土橋を渡りけり　平井照敏
晩年の夫婦なづなの花白し　篠崎圭介
黒髪に挿すはしやみせんぐさの花　横山白虹
首塚に入鹿贔屓のぺんぺん草　津田清子

**【蒲公英《たんぽぽ》】**　鼓草　蒲公英《たんぽぽ》の絮《わた》

キク科の多年草で、三〜五月ごろ黄色・白色の頭花が花茎に一つつく。道端・土手などで普通に見られる。日本蒲公英と総称する蝦夷蒲公英・関東蒲公英・関西蒲公英などの在来種が各地に分布していたが、いずれも帰化した西洋蒲公英に駆逐されつつある。❖春の太陽を思わせるような金色の花は子供たちにも愛されているが、花のあと形成される絮が風に飛んでいくさまは詩情をかきたてられる。

たんぽゝを折ればうつろのひゞきかな　久保より江
たんぽぽや長江濁るとこしなへ　山口青邨
たんぽぽや日はいつまでも大空に　中村汀女
顔じゆうを蒲公英にして笑うなり　橋　閒石
蒲公英や海も柩も水平に　柚木紀子
夕方の空の肌いろ鼓草　山西雅子
たんぽぽのぽぽと絮毛のたちにけり　加藤楸邨

**【土筆《つくし》】**　つくづくし　つくしんぼ　筆の花　土筆野　土筆摘む　土筆和

杉菜の胞子茎。地下茎で栄養茎とつながっている。春先、地面から顔を覗《のぞ》かせる。形が筆に似ていることから土筆と書く。古名は「つくづくし」といわれ、古くから食されてきた。通称、袴といわれる部分を除いて茹で、酢の物などにする。❖土筆を見つけると、いよいよ春という実感がわく。

見送りの先に立ちけりつくづくし　丈　草
土筆伸ぶ白毫寺道は遠けれど　水原秋櫻子
せせらぎや駈けだしさうに土筆生ふ　秋元不死男
まゝ事の飯もおさいも土筆かな　星野立子

一握りとはこれほどのつくしんぼ　清崎敏郎
土筆の袴取りつつ話すほどのこと　大橋敦子
われ死なば土葬となせや土筆野へ　福田甲子雄
土筆野や子取ろの唄はすたれしか　菅原鬨也
土筆摘む野は照りながら山の雨　嶋田青峰
大和には大和のかをり土筆摘む　谷口摩耶
年よりの食の細さよ土筆和　草間時彦

**【杉《すぎ》菜《な》】**　接《つ》ぎ松《まつ》

トクサ科の多年草。栄養茎と胞子茎の区別があり、前者を杉菜、後者を土筆という。土筆が伸びたあとで杉菜が広がる。杉菜は鮮緑色で直立し、高さ二〇～四〇センチになる。その茎を鞘から抜き、また挿して遊ぶことから「接ぎ松」ともいう。

古池へ下りる道なき杉菜かな　五十崎古郷
練馬野は住み憂かりける杉菜かな　村山古郷
母とゆく産土道の杉菜かな　小林康治

**【蘩《はこ》蔞《べ》】**　はこべら　はこべくさ

ナデシコ科の越年草で、田畑や路傍など、いたるところで自生している。春の七草にもなっている。茎は基部が分岐して地面を這い、卵形の柔らかい葉が対生する。春、白色の小さな五弁花をつける。鳥の餌にするほか、古くから民間薬にも利用してきた。

鶏の餌のはこべに貝の殻を混ず　小林千史
はこべらや焦土の色の雀ども　石田波郷
はこべらや名をつけて飼ふ白うさぎ　大串　章
はこべらのひよこはすぐにはとりに　対中いずみ
はこべらに布の鞄を置けば晴れ　山西雅子
平凡なことばかがやくはこべかな　小川軽舟

**【桜《さくら》草《さう》】**　プリムラ

サクラソウは、北半球の温帯から寒帯にかけて約六百種が分布し、春、花茎を立て、可憐な淡紅色の五裂の花を五～一〇個つける。花形が桜の花に似ていることからその名がある。

咲きみちて庭盛り上がる桜草　山口青邨
嫁ぐすぐ妊るあはれ桜草　篠田悌二郎
指組めば指が湿りぬ桜草　鈴木鷹夫
桜草咲いてむかしの暴れ川　松本泰二
うれしさは直ぐ声に出てさくら草　志賀佳世子

**【州浜草《すはまさう》】**　三角草《みすみさう》　雪割草《ゆきわりさう》

山中に生えるミスミソウの一種。早春に可憐な花をつけ、太平洋側では白、日本海側では紫など色に変化がある。雪割草とも呼ばれる。

洲浜草鞍馬はけふも雪降ると　後藤比奈夫
みんな夢雪割草が咲いたのね　三橋鷹女
雪割草に蹲むや兄も妹も　山田みづえ

**【翁草《おきなぐさ》】**

日当たりのよい山野に生える多年草で、四月ごろ細かい毛におおわれた釣鐘形の花をうつむきがちにつける。花弁のように見える赤紫の萼の内側には毛がない。花のあと、翁の白頭を思わせるような羽毛を生じる。

土の香のなにかたのしく翁草　飯田蛇笏
水させば硯喜ぶ翁草　村山古郷
ほつほつと咲いてひなたの翁草　今井杏太郎

**【錨草《いかりさう》】**　碇草

雑木林や丘陵に自生する多年草で、四月ごろ茎の先に多数の淡紫紅色の花をつける。それが錨のかたちに見えることからその名がついた。園芸植物としても人気がある。

いかり草むかしもいまも水祀り　佐藤鬼房
錨草花がこんがらかつてをる　清崎敏郎

**【一輪草《いちりんさう》】**　一花草《いちげさう》　裏紅一花《うらべにいちげ》　二輪草《にりんさう》

山地の林縁に生えるキンポウゲ科の多年草で、日本には十二種が分布する。早春、花茎が伸び、梅花に似た白色五弁の花を開く。一茎に一花をつけることから一輪草という。近縁種の二輪草は一茎に二花をつける。

嫁がせて一輪草は一輪ぞ　友岡子郷

谷底に日射しのとどき一輪草　齋藤知恵子
一輪はまだ莟なり二輪草　大石香代子

## 【虎杖《いたどり》】　さいたづま

イタドリの茎は太く、直立し高さは二メートルに達する。雌雄異株。春先に伸びる若い茎は柔らかく筍状となり、赤紫の斑点がある。若い茎には酸味があり、生食のほか煮たり塩漬けにしたりする。

虎杖やはらり〳〵と旅の雨　草　琚
いたどりや着きて信濃の日が暮るる　及川　貞
いたどりを噛んで旅ゆく熔岩《らば》の上　野澤節子
いたどりや麓の雨は太く来る　山本洋子

## 【酸葉《すいば》】　酸模《すかんぽ》

スイバは茎や葉に酸味があることからついた名。すかんぽも「酸い葉」からの転訛《てんか》と思われる。茎は高さ三〇～八〇センチ、円柱形で直立する。雌雄異株で、雌株の方が高く、花序の数も多い。晩春から初夏にかけて小花を密生してつける。

酸葉噛んで故山悉くはろかなり　石塚友二
すかんぽをかんでまぶしき雲とあり　吉岡禅寺洞
すかんぽや紀ノ川堤高からず　轡田　進
すかんぽや治りはじめの傷痒し　棚山波朗
すかんぽを折り痛さうな音のする　後藤立夫

## 【羊蹄《ぎしぎし》】

タデ科の多年草で、晩春の湿地に見られる。大きめの葉は縁が波打った楕円形をしていて目立つ。茎の上部に花穂を出し、節ごとに淡緑色の粒状の花をびっしりつける。新芽は食用となる。

ぎしぎしに海の荒雲押しきたる　村沢夏風
ぎしぎしやことば無頼の山仲間　水沼三郎

## 【薊《あざみ》】　花薊　野薊

キク科の二年草または多年草で、日本には七〇～八〇種があり、春から秋まで花が見られる。多数の筒状花《とうじょうか》が集合した頭花で、

紫色または淡紫色。葉は厚くて鋸歯《きょし》が鋭く、先端は尖っている。→夏薊（夏）

大原女の三人休む薊かな　野村喜舟
第一花王冠のごと薊咲く　能村登四郎
薊濃し磐余の道と聞きしより　八木林之助
薊見る実相院のまひるかな　波多野爽波

**【座禅草《ざぜんそう》】**

サトイモ科の多年草で、山中の湿原で見られる。三月から五月にかけて花が咲く。暗紫色の仏焔苞の中に、太い肉穂状の花をつけるが、それを岩窟で達磨が座禅を組むさまに見立てた。

座禅草踞み見すれば世はしづか　藤田湘子
座禅草音せぬ水の流れたる　金久美智子
湿原に昼の闇あり座禅草　藤木倶子

**【蕨《わらび》】** 早蕨《さわらび》　初蕨　蕨狩　蕨山

古くから薇《ぜんまい》とともに春を告げる山菜の代表で、『万葉集』でも〈石走《いはばし》る垂水《たるみ》のうへのさわらびの萌え出づる春になりにけるかも　志貴皇子〉と詠われている。長い柄の先に拳状に葉を巻いた新芽を柄ごと摘んで茹で、灰汁《あく》抜きをして食べる。→夏蕨（夏）

大原の筧《かけひ》にうたす蕨かな　五十嵐播水
良寛の天といふ字や蕨出づ　宇佐美魚目
雨の中拳をほどく蕨かな　堀川紀子
早蕨や若狭を出でぬ仏たち　上田五千石
出雲への峠晴れたり初蕨　鷲谷七菜子
蕨干す山国の日のうつくしや　大場白水郎
眼を先へ先へ送りて蕨採る　右城暮石
阿蘇五岳のこらず見えて蕨狩　下村非文
胎の子と寝足りし手足わらび山　中山純子
頂上といふも平らに蕨山　畠山譲二

**【薇《ぜんまい》】** 狗脊《ぜんまい》　紫萁《ぜんまい》　おに蕨　いぬ蕨

ゼンマイは胞子葉と栄養葉とがあり、栄養葉の若芽は蝸牛状に巻いていて、綿毛に覆われている。早春、ほぐれる前の栄養葉の若芽を摘んで乾燥させたものが食用にされる。

ぜんまいののの字ばかりの寂光土　川端茅舎
ぜんまいや岩に浮きだす微笑仏　古舘曹人
ぜんまいのしの字と長けてしまひけり　角川照子
ぜんまいやつむじ右まき左まき　阿部月山子

**【芹《せり》】**　根芹　田芹　芹摘む　芹の水

セリは水田、野川などの湿地に群生し、春の七草の一つにもなっている。葉は香りが高く柔らかいので、古くから食用としてきた。

芹すすぐ濁りたちまち過ぎゆけり　岸原清行
芹摘むに風よりひくくかがまりて　細見綾子
手首まで濡らす流れの芹を摘む　亀田虎童子
芹の水つめたからむと手をひたす　篠田悌二郎
子に跳べて母には跳べぬ芹の水　森田峠
芹の水葛城山の麓より　矢島渚男
川二つ越えて葛飾田芹買ふ　禰寝雅子

**【野蒜《のびる》】**　野蒜摘む

ノビルは田の畦《あぜ》や土手などいたるところに群生している。葱のような臭みがあり、茎は細長く直立し、初夏に花をつける。春の代表的な食用野草の一つで、茎と鱗茎《りんけい》を生食したり、お浸し・酢味噌和《あえ》・胡麻和などにする。

ひかりたつ能古の浦波野蒜摘む　岡部六弥太
雲影をいくたびくぐる野蒜摘　福永耕二

**【犬ふぐり《いぬふぐり》】**　いぬのふぐり

イヌフグリは早春、道端や野原に這《は》うように広がって群生し、瑠璃色の花を咲かせる。在来種の犬ふぐりはほとんど見られず、ふつうヨーロッパ原産の大犬のふぐりをさす。

犬ふぐり星のまたたく如くなり　高浜虚子
犬ふぐり色なき畦と思ひしに　及川貞
レールより雨降りはじむ犬ふぐり　波多野爽波
瓦礫みな人間のもの犬ふぐり　高野ムツオ

いぬふぐり揺らぐ大地に群れ咲ける　大屋達治
鎌倉は潮風強し犬ふぐり　山西雅子

【山吹草《やまぶきさう》】　草山吹
本州の山地の明るい林に生えるケシ科の二年草で、葉腋《ようえき》に山吹に似た鮮黄色の四弁花をつける。高さは三〇センチほど。
藪中や日の斑とゆらぐ山吹草　金尾梅の門
薪小屋へ雪崩咲きたる山吹草　勝又一透

【十二単《じふにひとへ》】
日本に自生するシソ科の多年草で、四月ごろ、紫色の唇形花が円錐状に重なり合って咲く。❖王朝の女性たちの美しい衣装の連想から付いた名。
汝にやる十二単といふ草を　高浜虚子
日を浴びて十二単の草の丈　岡本まち子
花の名を十二単と誰がつけし　山手晃江

【金瘡小草《きらんさう》】　地獄の釜の蓋
キランソウは野原や丘陵地に生えるシソ科の多年草。地面を覆うように広がった葉の付け根に、春、紫の小花をつける。薬草として古くから用いられ、地獄に蓋をして病人を地獄から呼び戻すというので地獄の釜の蓋の別名がある。❖冬越しする葉はロゼット状に広がり、深く根を張っているため引き抜くことができないのも、地獄の釜の蓋という名をもっともらしく感じさせる。
きらん草古代紫展げけり　後藤比奈夫
また踏んでをりしぢごくのかまのふた　石田郷子

【春蘭《しゆんらん》】　ほくろ
シュンランは山林・低山などの日当たりのよい所に自生するラン科に属する常緑の多年草で、早春、花茎の先端に淡黄緑色で紅紫色の斑が入った花をつける。ほくろ・じじばばの異名がある。根は太いひげ状をなし、堅くて細長い葉を五方に出す。観賞用に古くから栽培されてきた。↓蘭（秋）

春蘭の花とりすつる雲の中　飯田蛇笏
春蘭や雨をふくみてうすみどり　杉田久女
春蘭の風をいとひてひらきけり　安住　敦
春蘭や山の音とは風の音　八染藍子

**【化偸草《えびね》】**　海老根　えびね蘭　黄えびね

ラン科の多年草で、四月中旬、地上に広がった葉の間から茎が伸び、複数の小花が連なって咲く。上部は褐色、下部は白や薄桃色などいろいろな種類があり、園芸愛好家に好んで栽培される。

しづけさのひかりとどめてえびね咲く　高原初子
めぐる忌にえびねは株を増やしけり　須賀一惠

**【蝮蛇草《まむしぐさ》】**　蝮草

関東以西の林の中などの湿った土に生えるサトイモ科の多年草で、マムシが首をもたげたかのような形の仏焔苞の中に花をつける。花とはいえないような不気味さで、その名がいかにもふさわしい。❖命名の面白さが興味をそそる。

つややかに首立ててをり蝮蛇草　青柳志解樹
蝮草一本二本ならずあり　右城暮石

**【金鳳花《きんぽうげ》】**　金鳳華　うまのあしがたの花

キンポウゲは山野に自生する多年草で、春から初夏にかけて直立、黄色の花をつける。葉は長い柄を持ち、掌状に五〜七裂する。有毒植物だが、漢方薬に用いられる。

大宰府の畦道潰えきんぽうげ　山口青邨
金鳳花明日ゆく山は雲の中　飯田龍太
きんぽうげ山雨ぱらりと降つて晴れ　岡田日郎
金鳳花まだ風荒き行者道　古賀まり子
岬には馬の路あり金鳳華　山下和人
飛行場馬の脚形おくれ咲く　小枝秀穂女

**【一人静《ひとりしづか》】**　吉野静　眉掃草《まゆはきさう》

低山地に生えるセンリョウ科の多年草。春、赤紫色の若葉の間に白色の花をつける。高さ一五〜三〇センチ。葉は楕円形で輪生するようにつく。花穂が一本なのでこの名がついた。源義経が愛した静御前になぞらえてこの名がつけられた。❖名前が連想を呼ぶ。

花了へてひとしほ一人静かな　後藤比奈夫
一人静踏まねば行けぬ竹の奥　島谷征良
沈む日にまゆはき草の独り言　吉本みよ子

**【二人静《ふたりしづか》】**

低山地に生えるセンリョウ科の多年草。同属の一人静が通常一本の穂状花序を出すのに対して二人静は二本で、白い細かな花を開くことから名付けられた。

群れ咲いて二人静と云ふは嘘　高木晴子
身の丈を揃へて二人静かな　倉田紘文
人はふしぎ二人静はしんと咲く　遠藤由樹子

**【母子草《ははこぐさ》】**　鼠麹《ほうこ》草《ぐさ》　ははこ　父子草

田畑や路傍で見かけるキク科の越年草で、花は黄淡色で小さく、茎頂に散房状につける。葉裏や茎は白い毛で覆われている。花期は晩春から初夏にかけて。若い茎や葉は春の七草の「御行《おぎょう》」として七草粥にする。葉は細長いへら形。同類に父子草があるが花は褐色で目立たない。↓御行（新年）

老いて尚なつかしき名の母子草　高浜虚子
石仏の嘆き聞く日ぞ母子草　秋元不死男
母子草亡骸はまだあたたかし　古賀まり子
白と言ひ難き白さの母子草　依田明倫
法然の国に来てをり母子草　大峯あきら
我ら知らぬ母の青春母子草　寺井谷子
どこまでも日ざしやはらか母子草　西宮舞
たまさかに子と野に出れば父子草　轡田進

**【蕗の薹《ふきのたう》】**　蕗の芽　蕗の花　春の蕗

フキはキク科の多年草。早春、いち早く地中から萌黄色の花茎を出し、その外側は大きな鱗《うろこ》のような濃赤紫色の葉で幾重にも包まれている。これが蕗の薹である。ほろ苦く風味があり、蕗味噌や天麩羅などにする。雌雄異株で、雄花は黄白色、雌花は白色。
❖春の大地の恵みを思わせる。

ほとばしる水のほとりの蕗の薹　野村泊月
襲ねたる紫解かず蕗の薹　後藤夜半
蕗のたう竜飛のいまの凪おそろし　小宅容義
蕗の薹厨の水が田にしみて　櫻井博道
春の蕗母金色に煮てくれぬ　脇　洋一

【蓬《よもぎ》】　餅草　艾草《もぐさ》　さしも草　蓬生《よもぎふ》

ヨモギは山野に自生するキク科の多年草。茎は一メートルにもなり、葉は羽状に深く裂けている。中国の古俗にならって若葉を餅に入れた草餅を作り、三月三日の節句に供える風習がある。また葉裏の綿毛を、灸に用いる艾《もぐさ》の原料にする。

春たくる飛鳥の里の蓬かな　松瀬青々
蓬生《よもぎお》ふ卑弥呼の触れし大地より　椿　文恵
巻き戻したる巻尺の蓬の香　大庭紫逢

【嫁菜《よめな》】　萩菜　よめがはぎ

本州・四国・九州の山野に自生するキク科の多年草。葉は短柄を持ち楕円形で縁に鋸《きょ》歯《し》がある。嫁菜はすでに『万葉集』で春の若菜摘として歌われている。春、若苗を摘み取り、茹でて御浸しや和え物にする。

摘む人のまだら若き嫁菜かな　花　朗
紫を俤にして嫁菜かな　松根東洋城
みちのくの摘んでつめたき嫁菜かな　細川加賀
長けたるは風に残して嫁菜摘む　朝妻　力

【明日葉《あしたば》】

セリ科の多年草で、関東地方南部、伊豆七島の海岸などに生える。高さは一メートルほどになり、若葉を食用にする。生長が早く、刈り取っても翌日にはもう若葉が伸びているというのでその名がある。八丈島の名産として知られる。

芹よりも明日葉匂ひ売られけり　石塚友二
昨夜《よべ》荒れし海のしづけさあしたば摘む　仲村美智子

【茅花《つばな》】白茅《ちがや》の花《はな》　茅花野《つばなの》

山野や原野の草地、川原などに群生するイネ科の多年草白茅の花のこと。白茅の葉は細く線形で硬質。晩春から初夏にかけて白い尾状の花序を垂らす。若い花序は甘味があり、また根茎は漢方に用いられる。❖子供時代の遊びの記憶を呼び覚ますなど、懐かしさを感じさせる植物。→茅花流し（夏）

三日月のほのかに白し茅花の穂　正岡子規
地の果のごとき空港茅花照る　横山白虹
まなかひに青空落つる茅花かな　芝不器男
つばな野や犬柔かくうづくまり　山田みづえ

【髢草《かもじぐさ》】雛草《ひなくさ》　鬘草《かつらぐさ》

イネ科の多年草。路傍や畑などに多い。麦藁に似て、葉は細く線形である。晩春から初夏にかけて茎の頂に一個の穂状花序を出す。花序には数個の小花のある多数の小穂がつき、長い芒《のぎ》がある。かつて女の子がこの草の葉を採んで雛人形の髢を作ったことから髢草の名がついた。

母の櫛折りし記憶やかもじ草　越路雪子
髢草みな結ばれし恐山　堀　文子

【片栗の花《かたくりのはな》】かたかごの花

明るい林などに群落を作る、ユリ科の多年草。早春、一対の葉の間から伸びた花茎の先端に、淡紫色で花弁の付け根に濃紫色の斑点のある花をうつむきかげんにつける。古名をかたかごといい、『万葉集』では〈もののふのやそをとめらが汲みまがふ寺井の上の堅香子の花　大伴家持〉と詠まれている。❖ひそやかながら艶やかに咲く花である。反り返る花弁が目を引く。片栗、かたかごのみで使うことは避けたい。

片栗の一つの花の花盛り　高野素十
片栗の花ある限り登るなり　八木澤高原
潮騒や片栗の花うすれゆき　村上しゅら
かたくりの遠くの花へ風移り　深見けん二
かたくりは耳のうしろを見せる花　川崎展宏
かたくりの花の韋駄天走りかな　綾部仁喜
かたくりの葉にかたくりの花の影　西川章夫
かたかごが咲き山神は少彦《すくなひこ》　下田稔
かたかごの花やうなじを細うして　山上樹実雄
かすかなる風かたかごの花にこそ　若井新一

**【春竜胆《はるりんだう》】**　筆竜胆　苔竜胆

ハルリンドウは二年草で、山野の日当たりのよい、やや湿った草地に生育する。春、数本叢生した花茎の先に青紫色の漏斗状鐘形の花を一個ずつつける。筆竜胆・苔竜胆は近縁種。→竜胆（秋）

春りんだう入日はなやぎてもさみし　安住敦
筆竜胆山下る子が胸に挿す　廣瀬町子
木道に苔竜胆の凭れをり　横田はるみ

**【水草生ふ《みづくさおふ》】**　水《み》草生《くさお》ふ　水草《みづくさ》生ひ初む
萍《うきくさ》生ひ初む　蓴《ぬなは》生ふ　藻草生ふ

春になって池・沼・沢などの水が温むころ、藻の類、萍、蓮や菱、蓴などさまざまな水生植物が生えてくること。❖「萍生ひ初む」「蓴生ふ」などと具体的に植物名を冠する場合もある。

萍や生ひそめてより軒の雨　白雄
ゆふぐれのしづかな雨や水草生ふ　日野草城
跳ぶ妻のどこ受けとめむ水草生ふ　秋元不死男
水草生ふながるゝ泛子《うき》のつまづくは　篠田悌二郎
水草生ふ放浪の画架組むところ　上田五千石
足音をよろこぶ水や水草生ふ　行方克巳
萍や池の真中に生ひ初むる　正岡子規
蓴生ふ沼のひかりに漕ぎにけり　西島麦南
雨脚の見えで水輪や蓴生ふ　徳永山冬子

水底にかすかなる風水草生ふ　山本一歩

**【蘆の角《あしのつの》】**　**蘆牙《あしかび》**　**蘆の芽**　**角組む蘆**
**蘆の錐《きり》**

アシは湖沼・川岸に群生するイネ科ヨシ属の多年草で、春、地下茎から筍に似た角状の新芽を伸ばす。その形から「蘆の錐」「角組む蘆」などといわれている。若芽は食用となる。→青蘆（夏）

日の当る水底にして蘆の角　高浜虚子
や丶ありて汽艇の波や芦の角　水原秋櫻子
さざ波の来るたび消ゆる蘆の角　上村占魚
比良かけて僅かの虹や葦の角　飴山實
風にまだ尖りのありて芦の角　清水衣子
さざなみを絶やさぬ水や蘆の角　村上鞆彦
あしかびや白壁のぼる水陽炎　神蔵器
蘆の芽や浪明りする船障子　村上鬼城
船津屋へ蘆の芽ぐみをたしかめに　伊藤敬子

**【蘆の若葉《あしのわかば》】**　**若蘆**

蘆の角は生長すると二列の互生した葉を出す。これが蘆の若葉である。→蘆の角

蘆の若葉こゆる白鷺《はくろ》や浪がしら　重頼
遠つ世へ水路つづけり葭若葉　古賀まり子
若蘆や夕潮満つる舟溜り　村上鬼城
若芦の香の中の筌をあげにけり　徳永山冬子
若蘆や空にしたがふ湖の色　澤田弦四朗
舟板の一枚を橋蘆若葉　竹下白陽

**【真菰の芽《まこものめ》】**　**若菰**　**芽張るかつみ**　**かつみの芽**

マコモは沼地に群生するイネ科の多年草で、春、地下茎から芽を出し、茎と葉が地上に叢生する。かつみは真菰の古名。

さざなみをわづかに凌ぎ真菰の芽　篠田悌二郎
水嚥《の》んで雀仰反《のけぞ》る真菰の芽　六本和子

**【春椎茸《はるしいたけ》】**　**春子**

椎茸は秋の季語になっているが、春にも収穫できる。❖椎茸を含め、現在、菌類《きのこ》のほ

とんどはハウス栽培によって一年中市場に出回っているが、自然な環境で発生するのは多くは秋であり、春にも発生する椎茸は特別に春子と呼ばれる。

春椎茸小さきが父のてのひらに　児玉悦子
日はのぼり尽して暗し春子採り　神尾久美子

【松露《しょうろ》】　松露搔く

ショウロは球形の茸で、初めは白いがしだいに黄褐色、赤褐色に変わる。春と秋に海岸の砂浜の松林に発生する。香りがあり、古くから食されてきた。西洋松露といわれるトリュフは別種の茸。

よべの雨松露の砂はやゝかたく　安宅信一
松原の事よく知れり松露掻　池内たけし
大波のどんと打つなり松露掻　藤後左右
踞まれば消えたる風や松露掻　草間時彦
防人の出船の浜や松露掻　海老原真琴

【若布《わかめ》】　和布《わかめ》　新若布《しんわかめ》　若布刈　若布《めか》刈《り》舟《ぶね》

北海道南部から九州まで、沿岸の海底に生育する海藻。広楕円形の葉状部は丈が二メートルにもなり、羽状に裂ける。冬から春に生育し、夏には枯れる。春から初夏にかけて基部にめかぶと呼ぶ胞子葉ができる。乾燥したものは保存が可能で、古代から食用とされてきた。汁物や和え物などに用いる。❖食用の海藻としてもっとも馴染み深い。

草の戸や二見の若和布貰ひけり　蕪村
みちのくの淋代の浜若布寄す　山口青邨
乾きつゝふかみどりなる和布かな　高浜年尾
激流に棹一本の若布刈舟　山口誓子
大きくて軽き荷が着く新和布　山口波津女
家づとの鳴門若布の籠も青し　篠原梵
音立てて流るる潮や若布刈る　岩田由美
破船に鳥ほかは波音若布干す　西山睦

【搗布《かちめ》】
カジメは関東以南の太平洋側・四国・九州の沿岸などに分布する。茎は円柱状で上部に羽を広げたような多数の葉をつける。似たものに荒布があるが、これは茎の先端が二叉に分かれている。

かぢめ舁く前にも波の立ちにけり　唐笠何蝶
沖かけてものものしきぞかぢめ舟　石塚友二
風垣のうちの坪庭搗布干す　行方克巳

【鹿尾菜《ひじき》】　鹿角菜《ひじき》　ひじき刈　ひじき釜　ひじき干す
ヒジキは北海道北部を除いた日本各地の海域に生育し、茎は円柱状で葉は互生する。春から初夏にかけて繁茂し、初夏に精子と卵を作って有性生殖を行う。春に採取し、釜で煮た後、天日干ししたものが食用として親しまれている。❖煮物用などに一年中出回っているので、季節感は乏しい。

怒濤去り鹿尾菜の巌の谷なせる　水原秋櫻子
海ふくれきては鹿角菜の岩に寄す　長倉閑山
火の山の峙《そばだ》つ磯や鹿尾菜干す　大網信行
一日目二日目のもの鹿尾菜干す　茨木和生
島々は伊勢の神領ひじき干す　長谷川　櫂
玄海の島を縁どりひじき干す　吉冨平太翁
日当れるひじき林をよぎる魚　五十嵐播水

【角叉《つのまた》】
紅藻類スギノリ科の海藻。海岸の高潮線と干潮線の間の岩石上に生育する。濃紅色、時に青紫色や黄色。扁平で複叉に分岐し、扇形になる。春に採取して漆喰壁土の糊料にする。

ふはふはと角叉踏みて紀に遊ぶ　阿波野青畝
継ぎ当てて角叉採の袋かな　橋本鶏二

【海雲《もずく》】　水雲《もづく》
モズクは不規則で複雑な分枝を持つ海藻で、柔軟で粘りけがある。北海道南西部以南の沿岸で他の海藻にからまって生育し、冬から初夏にかけて繁茂する。春、採取したものを酢の物などにして食す。

わたなかも風吹いてゐる海雲かな　友岡子郷
酢もづくが小鉢にありぬ通夜の酒　星野麥丘人

【石蓴《あをさ》】石蓴採《あをさとり》

日本各地の沿岸で普通に見られる緑色の海藻。日本には約一〇種が生育する。広い葉状の体に大小さまざまな穴があいている。生殖は春から夏にかけて行われることが多い。乾燥させ、粉末にしてふりかけに混ぜたりして食する。

神の島ゆたかに石蓴つけにけり　林　徹
石蓴採る声をすつぽり岩かくす　右城暮石
二人居て声を交はさず石蓴採り　秋沢　猛
砂の上に夕日しみ入る石蓴採り　古沢太穂
ざぶざぶと膝で潮押す石蓴掻　木村緑枝

【海苔《のり》】甘海苔　浅草海苔　岩海苔　海《の》苔篊《りひび》　海苔粗朶《のりそだ》　海苔舟　海苔採　海苔掻く　海苔干す

ウゴといえば、一般には食用紅藻類の甘海苔をさす。天然の海苔の採取は古くから行われ、江戸時代から養殖が始まった。秋から春にかけて収穫されるが、春に採ったものは光沢があり香りも高い。乾燥させたものが干し海苔で、かつては天日干しであったが、今ではもっぱら機械乾燥によっている。→新海苔（冬）

日をのせて浪たゆたへり海苔の海　高浜虚子
岩海苔を採りをりはなればなれにて　森田公司
海苔粗朶にこまやかな浪ゆきわたり　下田実花
海苔舟や海苔にまみれて揚げてあり　池内たけし
海苔網を押しあげてゐるうねりかな　斎藤梅子
濡れ岩の乏しき海苔を掻く音す　渡辺水巴
海苔掻きの二言三言あと無言　島谷征良
海苔干すや町の中なる東海道　百合山羽公

一番星二番星海苔漉きいそぐ　有働　亨

【海髪《ごう》】　おご　おごのり

ウゴは紅藻類の海藻で、羽状によく分岐し、干潮線の穏やかな所の小石や貝殻に着生する。生体は暗褐色だが、湯に通すと緑色に変色する。それを刺身のつまなどに用いる。天草とともに寒天の原料となる。

海髪抱くその貝殻も数知れず　中村汀女
与謝の海恋ひくれば海髪ながれ寄る　目迫秩父
絹糸のごときおごのり寄せ渚　伊藤敬子
雨けぶる音戸《おんど》は海髪を刈つてをり　萩原麦草

# 春の行事

二月の初めから五月の初めまで（前後を多くとっています）。吟行にお出かけの場合には、かならず日時をお確かめください。

## 《2月》

1日　王祇祭〈黒川能〉（春日神社・〜2）　山形県鶴岡市
尾鷲ヤーヤ祭り（尾鷲神社・〜5）　三重県尾鷲市
2日　御縄掛け神事（花窟《はなのいわや》神社）　三重県熊野市
3日　あまめはぎ　石川県能登町
茗荷祭（阿須々伎神社）　京都府綾部市
節分　金峯山寺節分会　奈良県吉野町
節分鬼おどり（本成寺）　新潟県三条市
成田山節分会（新勝寺）　千葉県成田市
鬼鎮神社節分祭　埼玉県嵐山町
五條天神参（五條天神社）　京都市
吉田神社節分祭（前後3日）　京都市
節分万灯籠（春日大社）　奈良市
第1日曜　飛鳥坐神社おんだ祭　奈良県明日香村
8日　淡嶋神社針供養　和歌山市
10日　刈和野の大綱引き　秋田県大仙市
竹割まつり（菅生石部神社）　石川県加賀市
安久美神戸神明社鬼祭（〜11）　愛知県豊橋市
初午　王子凧市（王子稲荷神社・二の午）　東京都北区
東福寺懺法会　京都市
11日　徳丸北野神社田遊び　東京都板橋区
紀元祭〈橿原祭〉（橿原神宮）　奈良県橿原市
第2日曜　大室山山焼き　静岡県伊東市
鳥羽火祭　愛知県西尾市
14日　角館火振りかまくら（13〜）　秋田県仙北市
長谷のだだおし（長谷寺）　奈良県桜井市

金剛峯寺常楽会（～15）和歌山県高野町
15日　横手のかまくら〈雪まつり〉（～16）秋田県横手市
黒森歌舞伎（黒森日枝神社・17）山形県酒田市
四天王寺涅槃会　大阪市
中旬　黒石寺《こくせきじ》蘇民祭《そみんさい》（旧暦1／7～8）岩手県奥州市
椿神社椿まつり（旧暦1／7～9）愛媛県松山市
国栖《くず》奏《そう》（浄見《きよみ》原《はら》神社・旧暦1／14）奈良県吉野町
長崎ランタンフェスティバル（～下旬の15日間）長崎市
17日　八戸えんぶり（～20）青森県八戸市
旭岡山ぼんでん（旭岡山神社）秋田県横手市
伊勢神宮祈年祭　三重県伊勢市
18日　谷汲踊り（華厳寺）岐阜県揖斐川町
20日　一夜官女祭（野里住吉神社）大阪市
第3土曜　西大寺会陽《えよう》　岡山市
25日　北野天満宮梅花祭〈梅花御供〉京都市
下旬　西浦《にしうれ》田楽（旧暦1／18）静岡県浜松市
鵜殿のヨシ原焼き　大阪府高槻市
第4土曜　善通寺大会陽（～翌日曜）香川県善通寺市
第4日曜　八坂神社華《け》鎮祭《ちんさい》　奈良県田原本町
最終土曜　勝山左義長（～翌日曜）福井県勝山市

《3月》

1日　宝鏡寺ひなまつり　京都市
東大寺二月堂修二会〈お水取り・お松明〉（～14）奈良市
2日　若狭のお水送り（神宮寺）福井県小浜市
3日　浦佐毘沙門堂裸押合大祭　新潟県南魚沼市
淡嶋神社雛流し　和歌山市
第1日曜　太宰府天満宮曲水の宴　福岡県太宰府市
9日　祭頭祭（鹿島神宮）茨城県鹿嶋市

10日　帆手祭（塩竈《しおがま》神社・志波彦《しわひこ》神社）　宮城県塩竈市
13日　春日祭〈申祭〉（春日大社）　奈良市
第2日曜　高尾山薬王院大火渡り祭　東京都八王子市
14日　泉涌寺涅槃会（〜16）　京都市
東福寺涅槃会（〜16）　京都市
15日　清凉寺涅槃会・お松明式〈嵯峨の柱炬〉　京都市
春日御田植祭（春日大社）　奈良市
中旬　日牟礼《ひむれ》八幡宮左義長祭（14、15日に近い土・日曜）　滋賀県近江八幡市
18日　平国祭（氣多《けた》大社・〜4／3）　石川県羽《は》咋《くい》市
21日　金剛峯寺正御影《しょうみえ》供《く》　和歌山県高野町
22日　法隆寺御会式〈太子会〉（〜24）　奈良県斑鳩町
25日　安倍文殊院文殊お会式（〜26）　奈良県桜井市
河内の春ごと〈菜種御供〉（道明寺天満宮）　大阪府藤井寺市
27日　薬師寺修二会〈花会式〉（〜31）　奈良市
千躰荒神春季大祭（海雲寺・〜28）　東京都品川区
仙石原湯立獅子舞（仙石原諏訪神社）　神奈川県箱根町
第4日曜　泥打祭り（阿蘇神社）　福岡県朝倉市

## 《4月》

1日　赤穂義士祭（泉岳寺・〜7）　東京都港区
廿日会祭（静岡浅間神社・〜5）　静岡市
都をどり（祇園甲部歌舞練場にて・〜24）
※平成29年以降一時休館のため京都芸術劇場春秋座にて開催　京都市
ちゃんちゃん祭り〈大和神幸祭〉（大和神社）　奈良県天理市
2日　輪王寺強飯式　栃木県日光市
5日　水谷神社鎮花祭（春日大社）　奈良市
上旬　御柱祭（諏訪大社・〜5月上旬、6年ごと）　長野県諏訪市

第1土曜　香取神宮御田植祭（～翌日曜）千葉県香取市
犬山祭（針綱《はりつな》神社・～翌日曜）愛知県犬山市
第1日曜　西方寺踊り念仏　長野県佐久市
7日　青柴垣《あおふしがき》神事（美保神社）島根県松江市
10日前の日曜　天津《てんづ》司《し》の舞（天津司神社）山梨県甲府市
10日　糸魚川けんか祭り（天津神社・～11）新潟県糸魚川市
桜祭神幸祭（平野神社）京都市
花供《はなく》懺法会《せんぽうえ》〈吉野花会式〉（金峯山寺・～12）奈良県吉野町
13日　法輪寺十三まいり（～5／13）京都市
長浜曳山まつり（長浜八幡宮・～16）滋賀県長浜市
第2日曜　安良《やすら》居《い》祭（今宮神社）京都市
吉野太夫花供養（常照寺）京都市
14日　春の高山祭〈山王祭〉（日枝神社・～15）岐阜県高山市
第1日曜・第2土・日曜　嵯峨大念佛狂言（清涼寺）京都市
中旬　鞍馬の花供養（鞍馬寺・15日間）京都市
もちがせ流しびな（旧暦3／3）鳥取市
18日　大神《おおみわ》神社鎮花祭　奈良県桜井市
知恩院御忌大会（～25）京都市
19日　古川祭〈起し太鼓と屋台行列〉（気多若宮神社・～20）岐阜県飛騨市
清涼寺御身拭式　京都市
20日頃の日曜　伏見稲荷大社稲荷祭（～5／3）京都市
20日以降の日曜　松尾大社神幸祭（三週間後に還幸祭）京都市
21日　靖國神社春季例大祭（～23）東京都千代田区
東寺正御影供　京都市
22日　四天王寺聖霊会　大阪市
25日　大阪天満宮鎮花祭　大阪市
27日　上高地開山祭　長野県松本市
道成寺鐘供養会式　和歌山県日高川町

29日　壬生大念佛狂言（壬生寺・～5／5）京都市

第4日曜　孔子祭〈釈奠〉（湯島聖堂）東京都文京区

30日　くらやみ祭（大国魂神社・～5／6）東京都府中市

《5月》

1日　春の藤原まつり（～5）岩手県平泉町

高岡御車山祭（関野神社）富山県高岡市

ゑんま堂狂言（引接寺《いんじょうじ》・～4）京都市

藤森祭《ふじのもり》（藤森神社・～5）京都市

福野夜高祭（～3）富山県南砺《なんと》市

鴨川をどり（先斗町歌舞練場・～24）京都市

2日　先帝祭（赤間神宮・～4）山口県下関市

神泉苑祭（神泉苑・～4）京都市

3日　那覇ハーリー（～5）沖縄県那覇市

筑摩祭（筑摩神社）滋賀県米原市

大原志《おばらざし》（大原神社）京都府福知山市

博多どんたく港まつり（～4）福岡市

柳川水天宮祭（沖端水天宮・～5）福岡県柳川市

5日　品川寺《ほんせんじ》鐘供養〈俳句の会〉東京都品川区

賀茂競馬《くらべうま》（上賀茂神社）京都市

今宮祭（今宮神社・～15に近い日曜）京都市

地主祭り（地主神社）京都市

8日　豊年祭（熱田神宮）名古屋市

第2木曜　神田祭（神田明神・～翌火曜）東京都千代田区

# 春の忌日

二月の初めから五月の初めまで（前後を多くとっています）。

忌日・姓名（雅号）・職業・没年の順に掲載。俳人・俳諧作者であるという記述は省略した。

俳句の事績がある場合には代表句を掲げた。

忌日の名称は名に忌が付いたもの（芭蕉忌・虚子忌など）は省略した。

## 《2月》

1日　河東碧梧桐　寒明忌　昭和12年
赤い椿白い椿と落ちにけり
3日　福沢諭吉　思想家　明治34年
小林康治　平成4年
たかんなの光りて竹となりにけり
5日　武原はん女　平成10年
小つづみの血に染まりゆく寒稽古
6日　大谷句仏　東本願寺法主　昭和18年
人の世へ儚なき花の夢を見に
7日　相生垣瓜人　昭和60年
家にゐても見ゆる冬田を見に出づる
8日　長塚節　小説家・歌人　大正4年
石塚友二　昭和61年
百方に借あるごとし秋の暮
9日　殿村菟絲子　平成12年
鮎落ちて美しき世は終りけり
12日　司馬遼太郎　菜の花忌　小説家　平成8年
古賀まり子　平成26年
紅梅や病臥に果つる二十代
15日　木下利玄　歌人　大正14年
村上霽月　昭和21年
朝鵙に夕鵙に絣織りすすむ
17日　坂口安吾　小説家　昭和30年
馬場移公子　平成6年
寒雲の燃え尽しては峡を出づ
18日　岡本かの子　小説家　昭和14年
19日　阿部完市　平成21年
いたりやのふいれんつえとおしとんぼ釣り

20日　内藤鳴雪　老梅忌・二十日忌　大正15年
初冬の竹緑なり詩仙堂
小林多喜二　虐殺忌　小説家　昭和8年
21日　大橋敦子　平成26年
天仰ぎつづけて雛流れゆく
22日　富安風生　艸魚忌　昭和54年
まさをなる空よりしだれざくらかな
23日　和田悟朗　平成27年
寒暁や神の一撃もて明くる
24日　芝不器男　昭和5年
あなたなる夜雨の葛のあなたかな
25日　斎藤茂吉　童馬忌・赤光忌　歌人　昭和28年
飯田龍太　平成19年
大寒の一戸もかくれなき故郷
26日　野見山朱鳥　昭和45年
火を投げし如くに雲や朴の花
28日　坪内逍遥　小説家　昭和10年
29日　久米正雄　三汀忌・海棠忌　小説家　昭和27年

小諸なる古城に摘みて濃き菫
旧3日　本阿弥光悦　工芸家　寛永14年（1637）
旧4日　平　清盛　武将　養和元年（1181）
大石内蔵助良雄　良雄忌　浅野家家老　元禄16年（1703）
旧14日　妓王　祇王忌　白拍子　没年未詳
旧15日　吉田兼好　随筆家　没年未詳
旧16日　西行　円位忌・山家忌　歌人・僧　建久元年（1190）
旧24日　内藤丈草　元禄17年（1704）
大原や蝶の出て舞ふ朧月
旧28日　千　利休　宗易忌　茶人　天正19年（1591）
旧30日（29日説も）　宝井其角　晋翁忌・晋子忌　宝永4年（1707）
この木戸や鎖のさされて冬の月

《3月》

1日　岡本綺堂　劇作家　昭和14年

昼も寝て聞くや師走の風の音

島津　亮　平成12年
怒らぬから青野でしめる友の首

大島民郎　平成19年
夜々おそく戻りて今宵雛あらぬ

2日　古沢太穂　平成12年
ロシヤ映画みてきて冬のにんじん太し

3日　星野立子　昭和59年
美しき緑走れり夏料理

山口草堂　昭和60年
散る花の宙にしばしの行方かな

6日　菊池　寛　作家　昭和23年

7日　富沢赤黄男　昭和37年
蝶墜ちて大音響の結氷期

8日　村越化石　平成26年
茶の花を心に灯し帰郷せり

10日　鈴鹿野風呂　昭和46年
嵯峨の虫いにしへ人になりて聞く

13日　高橋淡路女　昭和30年
天上の恋をうらやみ星祭

14日　千家元麿　詩人　昭和23年

鈴木真砂女　平成15年
羅や人かなします恋をして

15日　堀口大学　詩人・翻訳家　昭和56年

16日　飴山　實　平成12年
うつくしきあぎとあへり能登時雨

村松紅花　平成21年
シベリアの月の射し入る汽車に寝む

17日　青木月斗　昭和24年
春愁や草を歩けば草青く

吉岡禅寺洞　昭和36年
アドバルーン冬木はづれに今日はなき

赤尾兜子　昭和56年
帰り花鶴折るうちに折り殺す

19日　八田木枯　平成24年
黒揚羽ゆき過ぎしかば鏡騒

20日　角田竹冷　大正8年
夕立や四山とどろく水の上

林　徹　平成20年
翅となり目玉となりて蜻蛉とぶ

21日　宮下翠舟　平成9年
24日　鎌倉に雪降る雛の別れかな
梶井基次郎　檸檬忌　小説家　昭和7年
25日　伊藤松宇　昭和18年
凩や浪の上なる佐渡ヶ島
26日　与謝野鉄幹　歌人　昭和10年
室生犀星　詩人・小説家　昭和37年
鯛の骨たたみにひらふ夜寒かな
山口誓子　平成6年
海に出て木枯帰るところなし
尾形　仂　国文学者　平成21年
27日　島木赤彦　歌人　大正15年
29日　立原道造　詩人　昭和14年
30日　清水基吉　平成20年
旧2日　俊寛　僧　治承3年〔1179〕
御油過ぎて赤坂までや油照り
旧6日　源　為朝　武将　没年未詳
旧15日　梅若丸　梅若忌　謡曲「隅田川」の主人公
旧18日　柿本人麻呂　人麿忌・人丸忌　万葉歌人
貞元元年〔976〕
没年未詳
小野小町　歌人　没年未詳
旧21日　空海　御影供　真言宗開祖・弘法大師
承和2年〔835〕
旧25日　蓮如　中宗会・蓮如輿　本願寺第八世
明応8年〔1499〕
旧28日　西山宗因　連歌師・談林俳諧の祖　天和2年〔1682〕
さればここに談林の木あり梅の花

《4月》

1日　西東三鬼　昭和37年
水枕ガバリと寒い海がある
2日　高村光太郎　連翹忌　彫刻家・詩人　昭和31年
暉峻康隆　国文学者　平成13年
5日　三好達治　鷗忌　詩人　昭和39年
涅槃図やあの世を知らぬけもの哭く
7日　尾崎放哉　大正15年
街角の風を売るなり風車

咳をしても一人

三橋鷹女　昭和47年
鞦韆は漕ぐべし愛は奪ふべし

8日　高浜虚子　椿寿忌　昭和34年
遠山に日の当りたる枯野かな

9日　武者小路実篤　小説家　昭和51年
田宮虎彦　小説家　昭和63年
野澤節子　平成7年
春昼の指とどまれば琴も止む
安東次男　詩人・比較文学研究者　平成14年
むらぎもの影こそ見えね心太

10日　鈴木鷹夫　平成25年
起つときの脚の段取り孕鹿

12日　伊藤月草　昭和21年
目張して空ゆく風を聞いてゐる

13日　石川啄木　歌人　明治45年

15日　藤田湘子　平成17年
天山の夕空も見ず鷹老いぬ

16日　川端康成　小説家　昭和47年

20日　内田百閒　百鬼園忌・木蓮忌　小説家　昭和46年

21日　篠田悌二郎　春蟬忌　昭和61年
暁やうまれし蟬のうすみどり
下村ひろし　昭和61年
浦上は愛渇くごと地の旱

23日　五十嵐播水　平成12年
初暦めくれば月日流れそむ

25日　田川飛旅子　平成11年
遠足の列大丸の中とおる
福田甲子雄　平成17年
生誕も死も花冷えの寝間ひとつ

28日　瀧　春一　平成8年
みごもりてさびしき妻やヒヤシンス

30日　永井荷風　偏奇館忌　小説家　昭和34年
正月や宵寝の町を風のこゑ
丸山海道　平成11年
焰《ほ》をつつく白朮の縄の尖《さき》ともる

旧3日　隠元　黄檗宗開祖　寛文13年（1673）

旧15日　出雲の阿国　女歌舞伎の祖　没年未詳
旧17日　徳川家康　江戸幕府初代将軍　元和2年〔1616〕
旧18日　葛飾北斎　浮世絵師　嘉永2年〔1849〕
旧30日　源　義経　武将　文治5年〔1189〕

《5月》

6日　久保田万太郎　傘雨忌　小説家・戯曲家　昭和38年
神田川祭の中をながれけり
佐藤春夫　慵斎忌　小説家・詩人　昭和39年
たちまちに六月の海傾きぬ
7日　山本健吉　評論家　昭和63年

## ◆さらに深めたい俳句表現

俳句らしさを引き出すことばを使ってみませんか？
少しレトロ、しかし間違いなく一句を引き立ててくれることばを紹介します。
右の句と左の句、傍線部分のことばにご注目ください。

春風や空を映さぬ水たまり
春風や空を映さぬにはたづみ（潦）

絶壁に立てば春星近くなり
きりぎしに立てば春星近くなり

たんぽぽのほつほつ光る斜面かな
たんぽぽのほつほつ光るなぞへかな

---

久方の陸《りく》に降り立つ春コート
久方の陸《くが》に降り立つ春コート

暗闇と光の間《あひだ》猫の恋
暗闇と光の間《あはひ》猫の恋

春雨の果《はて》にも海のありにけり
春雨の果《はたて》に海のありにけり

あちこちに飛び火してをり蕗の薹
をちこちに飛び火してをり蕗の薹

春潮を見え隠れする岩ひとつ
春潮を見え隠れする礁《いくり》かな

桜貝ふたつ見つけし波打際
桜貝ふたつ見つけし汀《みぎは》かな

通り雨来て乱れたる植木市
日照雨《そばへ》来て少し乱れぬ植木市

欄干に腕《うで》をあづけぬ春時雨
おばしまに腕《かひな》あづけぬ春時雨

階段に猫のあしあと夏近し
きざはしに猫のあしあと夏近し

朧夜の少し軋めるドアーかな
朧夜の少し軋める扉《とぼそ》かな

磨くべきガラスを逃水に与ふ
磨くべき玻璃戸《はりど》を逃水に与ふ

巫女さんの髪染めたるや卒業期
かんなぎの髪染めたるや卒業期

膝の裏きれいな少女鳥雲に
ひかがみのきれいな少女鳥雲に

てのひらにのせて浅蜊の持ち重り
のせてみて浅蜊の重きたなごころ

やどかりを探すにお尻うろうろす
やどかりを探すにゐしきさまよひぬ

菜の花にただ立ち尽くす背中かな
菜の花にただ立ち尽くす背《そびら》かな

飯炊くべく家路急ぎぬ桃の花
炊《かし》ぐべく家路急ぎぬ桃の花

貝柱食《た》べ雛の夜をひとしきり
貝柱食《は》み雛の夜をひとしきり

---

木の芽和かく匂ふ夜を笑ふなり
木の芽和かく匂ふ夜を笑《ゑ》まふなり

壺焼や昨夜《さくや》のことは昨夜《さくや》なり
壺焼やよべのこととてよべのまま
（「きぞ」でも）

夕暮はカレーの匂ひ猫の恋
かはたれはカレーの匂ひ猫の恋

春昼の猫の静かに熟睡す
春昼の猫の静かな熟寝《うまい》かな

枝の先見上げて春の風を知る
梢《うれ》見上げ春の風など知りにけり

上枝《うはえだ》やすでに芽吹きの確かなる
上枝《ほつえ》にはすでに芽吹きの確かなる
下枝《したえだ》の肌《はだ》粛々と春浅き
下枝《しづえ》とて肌《はだへ》しづかに春浅き
春の雲はろばろとゆく枝若き
春の雲はろばろとゆく楉《しもと》かな
（「すはえ」でも）

## ◆読めますか　春の季語1

| | | | | |
|---|---|---|---|---|
| 料峭 | 霾 | 青饅 | 上り簗 | 小綬鶏 |
| 長閑 | 斑雪 | 廏出し | 鞦韆 | 海猫渡る |
| 貝寄風 | 佐保姫 | 雁風呂 | 涅槃会 | 囀 |
| 涅槃西風 | 末黒野 | 鶏合 | 修二会 | 鳥交る |
| 春北風 | 薄氷 | 慈姑掘る | 万愚節 | 細魚 |

# ◆読めましたか　春の季語1

| | | | | |
|---|---|---|---|---|
| 料峭<br>りょうしょう | 霾<br>つちふる | 青饅<br>あおぬた | 上り簗<br>のぼりやな | 小綬鶏<br>こじゅけい |
| 長閑<br>のどか | 斑雪<br>はだれ | 廏出し<br>うまやだし・まやだし | 鞦韆<br>しゅうせん | 海猫渡る<br>ごめわたる |
| 貝寄風<br>かいよせ | 佐保姫<br>さおひめ | 雁風呂<br>がんぶろ | 涅槃会<br>ねはんえ | 囀<br>さえずり |
| 涅槃西風<br>ねはんにし | 末黒野<br>すぐろの | 鶏合<br>とりあわせ | 修二会<br>しゅにえ | 鳥交る<br>とりさかる |
| 春北風<br>はるきた・はるならい | 薄氷<br>うすらい・うすらひ | 慈姑掘る<br>くわいほる | 万愚節<br>ばんぐせつ | 細魚<br>さより |

## ◆読めますか　春の季語2

| | | | | |
|---|---|---|---|---|
| 鮊子 | 公魚 | 乗込鮒 | 雪代山女 | 松毟鳥 |
| 蛍烏賊 | 飯蛸 | 蜷 | 望潮 | 寄居虫 |
| 桜蝦 | 海胆 | 桜蘂降る | 紫荊 | 山茱萸の花 |
| 三椏の花 | 連翹 | 海棠 | 山桜桃の花 | 満天星の花 |
| 躑躅 | 馬酔木の花 | 山査子の花 | 蘖 | 菠薐草 |

## ◆読めましたか　春の季語２

| | | | | |
|---|---|---|---|---|
| 鮊子 いかなご | 公魚 わかさぎ | 乗込鮒 のっこみぶな | 雪代山女 ゆきしろやまめ | 松毟鳥 まつむしり |
| 蛍烏賊 ほたるいか | 飯蛸 いいだこ | 蜷 にな | 望潮 しおまねき | 寄居虫 やどかり |
| 桜蝦 さくらえび | 海胆 うに | 桜蘂降る さくらしべふる | 紫荊 はなずおう | 山茱萸の花 さんしゅゆのはな |
| 三椏の花 みつまたのはな | 連翹 れんぎょう | 海棠 かいどう | 山桜桃の花 ゆすらのはな | 満天星の花 どうだんのはな |
| 躑躅 つつじ | 馬酔木の花 あしびのはな | 山査子の花 さんざしのはな | 蘖 ひこばえ | 菠薐草 ほうれんそう |

## ◆読めますか　春の季語3

| | | | | |
|---|---|---|---|---|
| 小粉団の花 | 接骨木の花 | 茎立 | 苧環の花 | 水草生う |
| 五加木 | 楤の花 | 紫雲英 | 蒜 | 鹿尾菜 |
| 金縷梅 | 勿忘草 | 苜蓿 | 胡葱 | 海雲 |
| 枳殻の花 | 貝母の花 | 土筆 | 虎杖 | 石蓴 |
| 黄楊の花 | 花木五倍子 | 羊蹄 | 化偸草 | 海髪 |

## ◆読めましたか　春の季語3

| | | | | |
|---|---|---|---|---|
| 小粉団の花 こでまりのはな | 五加木 うこぎ | 金縷梅 まんさく | 枳殻の花 からたちのはな | 黄楊の花 つげのはな |
| 接骨木の花 にわとこのはな | 樒の花 しきみのはな | 勿忘草 わすれなぐさ | 貝母の花 ばいものはな | 花木五倍子 はなきぶし |
| 茎立 くくたち | 紫雲英 げんげ | 苜蓿 もくしゅく・うまごやし | 土筆 つくし | 羊蹄 ぎしぎし |
| 苧環の花 おだまきのはな | 蒜 にんにく | 胡葱 あさつき | 虎杖 いたどり | 化偸草 えびね |
| 水草生う みくさおう | 鹿尾菜 ひじき | 海雲 もずく | 石蓴 あおさ | 海髪 おご・うご |

# 索引

一、本書に収録の季語・傍題のすべてを現代仮名遣いの五十音順に配列したものである。
一、漢数字はページ数を示す。
一、＊のついた語は本見出しである。

## あ


あいうう藍植う 七四
＊あいまく藍蒔く 七四
あいみじん藍微塵 一八二
＊あおきのはな青木の花 一六三
あおきふむ青き踏む 八三
＊あおさ石蓴 二一六
あおさとり石蓴採 二一六
＊あおぬた青饅 六一
＊あおむぎ青麦 一九五
あおやぎ青柳 一七三
あかがえる赤蛙 一二五
＊あけびのはな通草の花 一七九
あけびのはな木通の花 一七九
あげひばり揚雲雀 一二八
あさがおまく朝顔蒔く 七三
あさがすみ朝霞 四五
あさくさのり浅草海苔 二一六
あさごち朝東風 三八
あさざくら朝桜 一五四
＊あさつき胡葱 一九四
あさつばめ朝燕 一三九
＊あさね朝寝 八八
あさひばり朝雲雀 一二八
＊あさまく麻蒔く 七四
＊あざみ薊 二〇四
＊あさり浅蜊 一四三
あさりうり浅蜊売 一四三
あさりじる浅蜊汁 一四三
あさりぶね浅蜊舟 一四三
あしかび蘆牙 二一三
＊あしたば明日葉 二一〇
あしながばち足長蜂 一四八
あしのきり蘆の錐 二一三
＊あしのつの蘆の角 二一三
あしのめ蘆の芽 二一三
＊あしのわかば蘆の若葉 二一三
＊あしびのはな馬酔木の花 一六三
＊あずまぎく東菊 一八二
あずまぎく吾妻菊 一八二
あぜあおむ畦青む 一九六
＊あぜぬり畦塗 七〇
あぜぬる畦塗る 七〇
あぜび畦火 六九
あせびのはなあせびの花 一六三
あぜやき畦焼 六九
あぜやく畦焼く 六九
＊あたたか暖か 二六
あたたけしあたたけし 二六
あなばち穴蜂 一四八
＊あねもねアネモネ 一八三
＊あぶ虻 一四八
あぶらなのはな油菜の花 一八八
＊あま海女 八一
あまうそ雨鷽 一三九
あまちゃ甘茶 一〇八

あまちゃでら甘茶寺　一〇八
あまちゃぶつ甘茶仏　一〇八
あまなつ甘夏　一六七
あまのふえ海女の笛　八一
あまのり甘海苔　二一六
＊あゆくみ鮎汲　八〇
あゆなえ鮎苗　八〇
あゆのこ鮎の子　一四一
あゆのぼる鮎のぼる　一四一
あらごち荒東風　三八
ありあなをいず蟻穴を出づ　一四七
あわゆき淡雪　四三
あわゆき沫雪　四三
＊あんずのはな杏の花　一六八

い

いーすたーイースター　一二三
＊いいだこ飯蛸　一四三
いかいちょう居開帳　一〇七
＊いかなご鮊子　一二八
いかなご玉筋魚　一二八
いかなごぶね鮊子舟　一二八
いかのぼりいかのぼり　八六
＊いかりそう錨草　二〇三
いかりそう碇草　二〇三
いこ眠蚕　七八
いしぼたん石牡丹　一四六
いせこう伊勢講　九六
いせさんぐう伊勢参宮　九六
＊いせまいり伊勢参　九六
＊いそあそび磯遊　八三
いそあま磯海女　八一
＊いそかまど磯竈　八一
＊いそぎんちゃく磯巾着　一四六
いそたきび磯焚火　八一
いそなげき磯なげき　八一
＊いそなつみ磯菜摘　八一
いそびらき磯開　八三
いそまつり磯祭　八三
いたちぐさいたちぐさ　一六一
いたちはぜいたちはぜ　一六一
＊いたどり虎杖　二〇四
いちげそう一花草　二〇三
＊いちごのはな苺の花　一九〇
いちのうま一の午　九一
いちばんちゃ一番茶　七九
＊いちょうのはな銀杏の花　一七四
いちょうのはな公孫樹の花　一七四
＊いちりんそう一輪草　二〇三
いてかえる凍返る　二〇
いてとく凍解く　五五
＊いてどけ凍解　五五
いてゆるむ凍ゆるむ　五五
いとくりそう糸繰草　一八七
いとざくら糸桜　一五三
いとねぎ糸葱　一九四
いとやなぎ糸柳　一七二
いとゆう糸遊　四六
いなりこう稲荷講　九一
いぬのふぐりいぬのふぐり　二〇六
＊いぬふぐり犬ふぐり　二〇六
いぬわらびいぬ蕨　二〇五
いばらのめ茨の芽　一五八
＊いもうう芋植う　七四
いもだね芋種　一九五
いもなえ藷苗　一九五
いものめ芋の芽　一九五
いりひがん入彼岸　二四
いわのり岩海苔　二一六

う

うえきいち植木市　七四
＊うおじま魚島　一三六
うかれねこうかれ猫　一三三
うきくさおいそむ萍生ひ初む　二三
うきごおり浮氷　五六
うぐい石斑魚　一四〇
＊うぐいす鶯　一二七
＊うぐいすな鶯菜　一九一
うぐいすな黄鳥菜　一九一
うぐいすのたにわたり鶯の谷渡り　一二七
＊うぐいすもち鶯餅　六三
＊うご海髪　二一七
＊うこぎ五加木　一七三
うこぎ五加　一七三
うこぎがき五加木垣　一七三
うこぎめし五加木飯　一七三
うこんこう鬱金香　一八四
うしあぶ牛虻　一四八
うしあわせ牛合はせ　九五
うしずもう牛角力　九五
うしのつのつき牛の角突き　九五
＊うすい雨水　三
うすがすみ薄霞　四五
うすこうばい薄紅梅　一五二
うすごおり薄氷　五五
うずしお渦潮　八三
うずしおみ渦潮見　八三
うすずみざくら薄墨桜　一五四
うずみ渦見　八三
うずみぶね渦見船　八三
＊うすらい・うすらひ薄氷　五五
＊うそ鷽　一三九
うそひめ鷽姫　一三九
＊うど独活　一九三
うどほる独活掘る　一九三
＊うに海胆　一四六
うに海栗　一四六
うに雲丹　一四六
うべのはなうべの花　一七九
＊うまごやし苜蓿　二〇〇
うまのあしがたのはなうまのあしがたの花　二〇八
うまのこ馬の子　一三
うままつり午祭　九一
＊うまやだし廏出し　六七
うみあけ海明　五六
＊うみねこわたる海猫渡る　一三三
うみます海鱒　一三九
＊うめ梅　一五一
うめがか梅が香　一五一
うめごち梅東風　三八
うめづきよ梅月夜　一五一
うめにがつ梅二月　一五一
うめのさと梅の里　一五一
うめのはな梅の花　一五一
うめのやど梅の宿　一五一
うめびより梅日和　一五一
＊うめみ梅見　八四
うめみちゃや梅見茶屋　八四
＊うめわかき梅若忌　一一五
うめわかまいり梅若参　一一五
うめわかまつり梅若祭　一一五
うらべにいちげ裏紅一花　二〇三
うららうらら　二八
＊うららか麗か　二八

うららけしうららけし　二六
＊うりずんうりずん　二三

え

えいじつ永日　二九
えーぷりるふーるエープリルフール　九八
えだこ絵凧　八六
＊えびね化偸草　二〇八
えびね海老根　二〇八
えびねらんえびね蘭　二〇八
＊えぶみ絵踏　九一
＊えりさす魞挿す　八〇
えんいき円位忌　一一五
えんこうき円光忌　一一〇
＊えんそく遠足　五九
えんどうのはな豌豆の花　一八九
えんめいぎく延命菊　一八一

お

おいざくら老桜　一五四
＊おうとうのはな桜桃の花　一六三
＊おうばい黄梅　一五九
＊おおいしき大石忌　一一四
おおびる大蒜　一九三
おおみねいり大峰入　一一一
おかいちょうお開帳　一〇七
おかげまいり御蔭参　九六
おきあま沖海女　八一
＊おきざりすオキザリス　一八六
＊おきなぐさ翁草　二〇三
おきまつり釈奠　九七
おごおご　二一七
おごのりおごのり　二一七
おさめばり納め針　九二
おそきひ遅き日　三〇
＊おそざくら遅桜　一五六
おたいまつお松明　一〇四
おだまき苧環　一八七
＊おだまきのはな苧環の花　一八七
おたまじゃくしお玉杓子　一三四
おちつの落ち角　一一三
おちつばき落椿　一五三
おちひばり落雲雀　一一八
おちゅうにちお中日　一〇六
＊おつげさい御告祭　一一一
＊おとしづの落し角　一一三
おとめつばき乙女椿　一五三
おにあさり鬼浅蜊　一四三
おにおどり鬼踊　一〇九
おにわらびおに蕨　二〇五
おひがんお彼岸　二四
おびな男雛　九三
おへんろお遍路　一〇七
＊おぼろ朧　三六
＊おぼろづき朧月　三七
おぼろづきよ朧月夜　三七
おぼろよ朧夜　三七
おみずおくりお水送り　一〇五
＊おみずとりお水取　一〇五
＊おみぬぐい御身拭　一〇九
おもかげぐさ面影草　一六六
おやすずめ親雀　一三四
おやどり親鳥　一三五
おやねこ親猫　一三三
おんしょう温床　七三

か

かーにばるカーニバル　一一一

かいがん開龕　一〇七
*かいこ蚕　一四九
かいこだな蚕棚　七八
かいし海市　四七
*かいちょう開帳　一〇七
かいちょうでら開帳寺　一〇七
*かいどう海棠　一六一
かいのはな貝の華　一〇七
かいひょう解氷　五六
かいや飼屋　七八
かいやぐら蜃楼　四七
*かいよせ貝寄風　三八
かいよせ貝寄　三八
*かえでのはな楓の花　一七五
*かえでのめ楓の芽　一七一
かえる蛙　一二五
かえるうまる蛙生まる　一二四
かえるかも帰る鴨　一三一
*かえるかり帰る雁　一三一
かえるご蛙子　一二四
かえるつる帰る鶴　一三〇
かえるのこ蛙の子　一二四
かがみぐさかがみ草　一六六
かかりだこ懸凧　八六
かがりびばな篝火花　一八五
かきうう柿植う　七五
かきぢしゃかきぢしや　一九〇
*かきつくろう垣繕ふ　六八
かきていれ垣手入　六八
かぎろいかぎろひ　四六
がくねんしけん学年試験　五七
*かげろう陽炎　四六
かげろう野馬　四六
*かざぐるま風車　八七
かざぐるまうり風車売　八七
かざよけとく風除解く　六七
*かしのはな樫の花　一七六
*かじめ搗布　二三五
*かじゅうう果樹植う　七五
*かすがまつり春日祭　一〇一
*かすみ霞　四五
*かすみそう霞草　一八七
かすむ霞む　四六
*かぜひかる風光る　四〇
かたかごのはなかたかごの花　二一一
*かたくりのはな片栗の花　二一一
かちどり勝鶏　九五
かつみのめかつみの芽　二一三
かつらぐさ鬘草　二一一
*かと蝌蚪　一二四
かとうまる蝌蚪生まる　一二四
かとのひも蝌蚪の紐　一二四
かどやなぎ門柳　一七三
*かねくよう鐘供養　一一一
*かのこき鹿の子忌　一一七
かばのはな樺の花　一七五
*かふうき荷風忌　一三〇
かぶわけ株分　七七
かふんしょう花粉症　一七四
かぼちゃまく南瓜蒔く　七三
かますご叺子　一三八
かみびな紙雛　九三
かみふうせん紙風船　八七
*かめなく亀鳴く　一二四
かもかえる鴨帰る　一三一
*かもがわおどり鴨川をどり　一〇〇
かもがわおどり鴨川踊　一〇〇
*かもじぐさ髢草　二一一

かもひく鴨引く　一一一
*からしな芥子菜　一九二
からすがい烏貝　一九二
*からすのす鴉の巣　一四五
からすのす烏の巣　一二五
*からたちのはな枸橘の花　一一七
からたちのはな枳殻の花　一一七
からもものはな唐桃の花　一〇八
かりかえる雁帰る　一一一
かりくよう雁供養　九六
かりのわかれ雁の別れ　一一一
がりょうばい臥竜梅　一五一
かるなゔぁるカルナヴァル　一一一
*かわず蛙　一二五
かわずがっせん蛙合戦　一二五
かわずだ蛙田　一二五
*かわずのめかりどき蛙の目借時　一三
かわにな川蜷　一四四
かわます川鱒　一二九
かわやなぎ川柳　一二七
かんあく寒明く　一九
*かんあけ寒明　一九
かんおう観桜　八五
*かんちょう観潮　八三
かんちょうせん観潮船　八三
かんにょびな官女雛　九二
かんのあけ寒の明　一九
かんばい観梅　八四
かんぶつ灌仏　一〇八
かんぶつえ灌仏会　一〇八
*がんぶろ雁風呂　九六
かんもどる寒戻る　二〇

き

*きいちごのはな木苺の花　一七六
きえびね黄えびね　二〇八
きがん帰雁　一一一
きぎしきぎし　一二七
きぎすきぎす　一二七
きくな菊菜　一九二
きくなえ菊苗　一六八
きくねわけ菊根分　七七
*きくのなえ菊の苗　一六八
きくのめ菊の芽　一六八
きけまん黄華鬘　八一
きげんせつ紀元節　九〇
*きさらぎ如月　一一一
きさらぎ衣更着　一一一
*きじ雉　一二七
きじ雉子　一二七
*ぎしぎし羊蹄　二〇四
*ぎしさい義士祭　九七
きじのほろろ雉のほろろ　一二七
ぎしまつり義士祭　九七
*きずいせん黄水仙　八一
きすずめ黄雀　一三四
きたのおんきにち北野御忌日　一〇〇
*きたのなたねごく北野菜種御供　一〇〇
*きたまどひらく北窓開く　六七
ぎちゅうき義忠忌　一一三
*きちょう黄蝶　一四七
*きながし木流し　八三
*きのねあく木の根明く　五四
きのめ木の芽　一七一
*きのめあえ木の芽和　六一

きのめづけ木の芽漬　六二
きのめでんがく木の芽田楽　六二
きのめみそ木の芽味噌　六二
*きぶしのはな木五倍子の花　一七五
*きゅうこんうう球根植う　七五、
きゅうしゅん九春　一八
きゅうしょう旧正　一九
*きゅうしょうがつ旧正月　一九
きゅうりまく胡瓜蒔く　七三
きょうかそん杏花村　一六八
きょうそう競漕　八六
きょうな京菜　一九一
*ぎょき御忌　一一〇
ぎょきこそで御忌小袖　一一〇
ぎょきのかね御忌の鐘　一一〇
ぎょきのてら御忌の寺　一一〇
ぎょきまいり御忌参　一一〇
ぎょきもうで御忌詣　一一〇
*きょくすい曲水　九〇
きょくすいのえん曲水の宴　九〇
*きょしき虚子忌　一三〇
*きらんそう金瘡小草　二〇七
きりしまつつじ霧島躑躅　一六四
きれだこ切凧　八六
*きんせんか金盞花　一八二
*きんぽうげ金鳳花　二〇八
きんぽうげ金鳳華　二〇八

く

くうかいき空海忌　一〇六
くきだちくきだち　一九一
*くくたち茎立　一九一
くくだちくくだち　一九一
*くこ枸杞　一七三
くこちゃ枸杞茶　一七三
くこつむ枸杞摘む　一七三
くこのめ枸杞の芽　一七三
くこめし枸杞飯　一七三
くさあおむ草青む　一九六
くさいちごのはな草苺の花　一九〇
くさかぐわし草芳し　一九五
くさかんばし草芳し　一九五
くさだんご草団子　六四
くさつむ草摘む　八四
*くさのめ草の芽　一九六
くさのもち草の餅　六四
くさぼけのはな草木瓜の花　一七三
くさもえ草萌　一九六
*くさもち草餅　六四
くさやく草焼く　六九
くさやまぶき草山吹　二〇七
*くさわかば草若葉　一九八
くまばち熊蜂　一四八
*くらまのはなくよう鞍馬の花供養　一〇九
くらまはなえしき鞍馬花会式　一〇九
くれおそし暮遅し　一三〇
くれかぬ暮れかぬ　一三〇
*くれのはる暮の春　一三
*くろーばークローバー　二〇〇
*くろっかすクロッカス　一八五
くろぬり畔塗　七〇
くろふのすすき黒生の芒　一九七
*くわ桑　一七八
*くわいほる慈姑掘る　七七
くわかご桑籠　七八
くわぐるま桑車　七八
くわご桑子　一四九

*くわつみ桑摘　七六
くわつみうた桑摘唄　七六
*くはとく桑解く　七六
くわのはな桑の花　一七六
くわばたけ桑畑　一七六
くわほどく桑ほどく　七六
*くんしらん君子蘭　一八六

け

げいしゅんか迎春花　一五九
*けいちつ啓蟄　二二
けいとうまく鶏頭蒔く　七三
けご毛蚕　七六
*けまんそう華鬘草　一八一
*げんげ紫雲英　二〇〇
げんげだげんげ田　二〇〇
げんげんげんげん　二〇〇
*けんこくきねんのひ建国記念の日　九〇
けんこくきねんび建国記念日　九〇
けんこくさい建国祭　九〇
けんこくのひ建国の日　九〇
*けんぽうきねんび憲法記念日　九一

こ

こ蚕　一四九
こあゆ小鮎　一四一
こあゆくみ小鮎汲　一四一
こいすずめ恋雀　八〇
こいねこ恋猫　一二一
*こうえつき光悦忌　一二一
こうさ黄砂　四一
こうさ黄沙　四一
こうしさい孔子祭　九七
こうじん耕人　七〇
こうたんえ降誕会　一〇八
ごうながうな　一四五
こうなご小女子　一二八
*こうばい紅梅　一五二
こうぶんぼく好文木　一五二
こうぼうき弘法忌　一〇六
こうま子馬　一二一
こうらいぎく高麗菊　一九三
こおりきゆ氷消ゆ　五六
*こおりとく氷解く　五六
こおりどけ氷解　五六
こおりながる氷流る　五六
*こがい蚕飼　七六
こがいどき蚕飼時　七六
こかご蚕籠　七六
ごがつさい五月祭　九九
*こくう穀雨　二一
ごくすい曲水　九〇
こくちさい告知祭　一二一
こくてんし告天子　一二八
こけりんどう苔竜胆　一二一
ごこうずい五香水　一〇八
こごめざくら小米桜　一六五
こごめばな小米花　一六五
こすずめ子雀　一三四
*こたつふさぐ炬燵塞ぐ　六六
こだね蚕種　七六
*こち東風　二八
こちょう胡蝶　一四七
こでまりこでまり　一六四
*こでまりのはな小粉団の花　一六四
こでまりのはな小手毬の花　一六四
ことひきどり琴弾鳥　一二九
ことりかえる小鳥帰る　一二一

ことりのす小鳥の巣　一二四
ことりのたまご小鳥の卵　一二四
ことりひく小鳥引く　一二一
ごにんばやし五人囃　九三
こねこ子猫　一二一
このねむり蚕の眠り　七八
*このみうう木の実植う　七五
*このめ木の芽　一六九
このめあめ木の芽雨　一三〇
このめかぜ木の芽風　一三〇
*このめどき木の芽時　一三〇
このめはる木の芽張る　一六九
このめばれ木の芽晴　一三〇
このめびえ木の芽冷　一三〇
このめやま木の芽山　一三〇
*こぶし辛夷　一五九
こぶし木筆　一五九
ごぼうまく牛蒡蒔く　七二
こまがえるくさ駒返る草　一九六
こまつな小松菜　一九一
ごむふうせんゴム風船　八七
ごめわたる海猫渡る　一二二
こもちすずめ子持雀　一二三
*こもちはぜ子持鯊　一三七
こもちぶな子持鮒　一四一
こりやなぎ行李柳　一七二

さ

*さいぎょうき西行忌　一一五
さいたずまさいたづま　二〇四
さいとうき西東忌　一一九
さいねりあサイネリア　一八三
*さえかえる冴返る　一二〇
*さえずり囀　一二六
*さおひめ佐保姫　四五
さがおたいまつ嵯峨御松明　一〇五
さかずきながし盃流し　九〇
*さがだいねんぶつ嵯峨大念仏　一〇五
さがだいねんぶつきょうげん嵯峨大念仏狂言　一〇六
さがねんぶつ嵯峨念仏　一〇五
*さがのはしらたいまつ嵯峨の柱炬　一〇五
*さくら桜　一五四
さくらいか桜烏賊　一四二
さくらうお桜魚　一四〇
*さくらうぐい桜鯎　一四〇
さくらがい桜貝　一四三
さくらかくし桜隠し　四三
さくらがり桜狩　八五
さくらごち桜東風　三八
*さくらしべふる桜蘂降る　一五七
*さくらそう桜草　二〇三
*さくらだい桜鯛　一三六
*さくらづけ桜漬　六〇
さくらどき桜時　三〇
*さくらまじ桜まじ　四〇
さくらます桜鱒　一三九
*さくらもち桜餅　六四
さくらもり桜守　八五
さくらゆ桜湯　六〇
*さざえ栄螺　一四三
さざえ拳螺　一四三
*さしき挿木　七七
さしば挿葉　七七
さしほ挿穂　七七
さしめ挿芽　七七
さしもぐささしも草　二一〇

*ざぜんそう座禅草　二〇五
さといもうう里芋植う　七四
さとざくら里桜　一五四
さとつばめ里燕　一一九
*さねともき実朝忌　一一四
*さより鱵　一二七
さより竹魚　一二七
さより細魚　一二七
さより水針魚　一二七
さより針魚　一二七
さらさぼけ更紗木瓜　一六九
さるかり去る雁　一二一
さるつる去る鶴　一二〇
さるとりいばらのはなさるとりいばらの花　一七九
さるまつり申祭　一〇一
*さわら鰆　一二七
さわらごち鰆東風　二八
さわらび早蕨　二〇五
*ざんか残花　一五七
*さんがつ三月　二一
さんがつじん三月尽　三四
さんがつせっく三月節供　九二
さんがつだいこん三月大根　一九二
*さんがつな三月菜　一九二
*さんききき三鬼忌　一一九
*さんきらいのはな山帰来の花　一七九
さんぐうこう参宮講　九六
*さんざしのはな山査子の花　一六四
さんし山市　四七
さんしきすみれ三色菫　一九九
さんしつ蚕室　七八
*さんしゅゆのはな山茱萸の花　一五八
さんしゅん三春　一八
さんしょうあえ山椒和　六二
*さんしょうのめ山椒の芽　一七二
さんしょうみそ山椒味噌　六二
*ざんせつ残雪　五三
さんのうま三の午　九一
さんのうまつり山王祭　一〇三

し

しえん紙鳶　八六
しおひ潮干　五二
しおひがい汐干貝　八二
しおひかご汐干籠　八二
*しおひがた潮干潟　五二
*しおひがり汐干狩　八二
しおひがり潮干狩　八二
しおひぶね潮干船　八三
*しおまねき望潮　一四五
しおまねき潮まねき　一四五
*しがつ四月　二五
しがつじん四月尽　三四
*しがつばか四月馬鹿　九八
しかのつのおつ鹿の角落つ　一二一
*しきみのはな樒の花　一七八
*しくらめんシクラメン　一八五
じごくのかまのふた地獄の釜の蓋　二〇七
*しじみ蜆　一四四
しじみうり蜆売　一四四
しじみがい蜆貝　一四四
しじみかき蜆掻　一四四
*しじみじる蜆汁　六一
しじみちょう蜆蝶　一四七
しじみとり蜆取　一四四

しじみぶね蜆舟　一四四
じだこ字凧　八六
＊したもえ下萌　一九六
しだれうめ枝垂梅　一五一
＊しだれざくら枝垂桜　一五三
しだれやなぎ枝垂柳　一七三
しでこぶし幣辛夷　一五九
＊しどみのはな樝子の花　一七三
＊しねらりあシネラリア　一八三
しばあおむ芝青む　一九八
＊しばざくら芝桜　一八八
しばやき芝焼　六九
しばやく芝焼く　六九
＊じむしあなをいず地虫穴を出づ　一四七
じむしいず地虫出づ　一四七
＊しもくすべ霜くすべ　七八
しもくれん紫木蓮　一六五
しものなごり霜の名残　四四
しものはて霜の果　四四
しものわかれ霜の別れ　四四
しもよけとる霜除とる　六七
しゃおうのあめ社翁の雨　二四
しゃかのはなくそ釈迦の鼻糞　一〇三
＊しゃにくさい謝肉祭　一三
しゃにちまいり社日参　二四
＊しゃぼんだま石鹸玉　二四
しゃみせんぐさ三味線草　八七
＊じゅうさんまいり十三詣　二〇〇
＊しゅうじき修司忌　九六
＊しゅうせん鞦韆　二一
しゅうせん秋千　八八
＊じゅうにひとえ十二単　二〇七
じゅくせつ受苦節　二一
じゅけん受験　五七
じゅけんき受験期　五七
じゅけんせい受験生　五七
じゅずこ数珠子　一二四
じゅたいこくちび受胎告知日　一三
じゅなんしゅう受難週　一三
＊じゅなんせつ受難節　一三
じゅなんび受難日　一三
＊しゅにえ修二会　一〇四
しゅらおとし修羅落し　八二
＊しゅんいん春陰　四七
しゅんかん春寒　二一
＊しゅんぎく春菊　一九三
しゅんきとうそう春季闘争　五七
＊しゅんぎょう春暁　二六
しゅんきん春禽　一二六
しゅんげつ春月　二六
＊しゅんこう春光　三五
しゅんこう春郊　四九
しゅんこう春江　五一
しゅんこう春耕　七〇
しゅんさん春霰　四四
しゅんじつ春日　二六
＊しゅんしゃ春社　二四
＊しゅんしゅう春愁　八九
しゅんじゅん春筍　一八〇
しゅんじゅん春笋　一八〇
しゅんしょう春宵　二七
しゅんしょく春色　三五
＊しゅんじん春塵　四一
しゅんすい春水　五〇
しゅんせい春星　三七

しゅんせつ春雪　四三
しゅんそう春霜　四四
しゅんそう春装　五九
しゅんそう春草　一九五
しゅんだん春暖　六
＊しゅんちゅう春昼　二七
＊しゅんちょう春潮　五一
＊しゅんでい春泥　五三
しゅんてん春天　三五
＊しゅんとう春灯　六五
＊しゅんとう春闘　七三
しゅんとう春濤　五一
じゅんのみね順の峰　二一一
じゅんのみねいり順の峰入　二一一
しゅんぷう春風　三八
しゅんぷく春服　五九
＊しゅんぶん春分　一四
＊しゅんぶんのひ春分の日　九〇
しゅんぼう春望　三五
＊しゅんみん春眠　八九
しゅんや春夜　六
＊しゅんらい春雷　四五
＊しゅんらん春蘭　二〇七

しゅんりん春霖　四一
しゅんれい春嶺　四九
しょうこんさい招魂祭　一〇三
じょうし上巳　九三
じょうしゅんか常春花　一八三
しょうぶねわけ菖蒲根分　七七
＊じょうらくえ常楽会　一〇四
＊しょうりょうえ聖霊会　一〇七
＊しょうろ松露　二一四
しょうろかく松露掻く　二一四
＊しょうわのひ昭和の日　九八
じょおうばち女王蜂　一四八
＊しょかつさい諸葛菜　一八九
しょくじゅさい植樹祭　九八
しょくりん植林　七五
しょしゅん初春　一〇
＊しらうお白魚　一三八
しらおしらを　一三八
しらおあえ白魚和　一三八
しらおあみ白魚網　一三八
しらおくむ白魚汲む　一三八
しらおじる白魚汁　一三八
しらおび白魚火　一三八

しらおぶね白魚舟　一三八
しらおりょう白魚漁　一三八
＊しらかばのはな白樺の花　一七五
しらすしらす　八三
＊しらすぼし白子干　八三
しらもも白桃　一六七
しるしのすぎ験の杉　九一
しろざけ白酒　九三
しろちょう白蝶　一四七
しろつばき白椿　一五三
しろつめくさ白詰草　二〇〇
しろふじ白藤　一六五
しろぼけ白木瓜　一六九
しろやまぶき白山吹　一六六
しんきゅうしけん進級試験　七七
＊しんきろう蜃気楼　四七
＊しんしゃいん新社員　五八
じんちょう沈丁　一六〇
＊じんちょうげ沈丁花　一六〇
しんにゅうしゃいん新入社員　五八
しんにゅうせい新入生　五八
しんわかめ新若布　二一四

## す


*すいーとぴー　スイートピー　一八六
すいかまく　西瓜蒔く　七三
ずいこう　瑞香　一六〇
*すいば　酸葉　二〇四
すがくれ　巣隠　一三四
すかんぽ　酸模　二〇四
すぎかふん　杉花粉　一七四
*すぎな　杉菜　二〇二
すぎなえ　杉苗　七五
*すぎのはな　杉の花　一七四
すぐみ　巣組み　一三四
すぐろの　末黒野　五〇
*すぐろのすすき　末黒の芒　一九七
すごもり　巣籠　一三四
*すずかけのはな　鈴懸の花　一七八
すずかけのはな　篠懸の花　一七八
すずめがくれ　雀隠れ　一九七
*すずめのこ　雀の子　一三四
*すずめのす　雀の巣　一三五
すだち　巣立　一三五
*すだちどり　巣立鳥　一三五
すつばめ　巣燕　一三四
すてびな　捨雛　一四九
すてご　捨蚕　九四
すどり　巣鳥　一三四
すばこ　巣箱　一三四
*すはまそう　州浜草　二〇三
*すみれ　菫　一九九
すみれぐさ　菫草　一九九
すもうとりぐさ　相撲取草　一九九
*すもものはな　李の花　一六七


## せ


せいきんよう　聖金曜　一一三
*せいきんようび　聖金曜日　一一三
*せいしき　誓子忌　一一九
せいしゅうかん　聖週間　一一三
*せいちゃ　製茶　八〇
せいびょうき　聖廟忌　九七
せいぼさい　聖母祭　一一三
*せいめい　清明　二五
せきさい　釈菜　九七
せきしゅん　惜春　一三三
*せきてん　釈奠　九七
*せり　芹　二〇六
せりつむ　芹摘む（生活）　八四
せりつむ　芹摘む（植物）　二〇六
せりのみず　芹の水　二〇六
ぜんこんやど　善根宿　一〇七
せんしゅん　浅春　二〇
*せんてい　剪定　七六
せんていえ　先帝会　一〇三
*せんていさい　先帝祭　一〇三
せんぼんわけぎ　千本分葱　一九四
*ぜんまい　薇　二〇五
ぜんまい　狗脊　二〇五
ぜんまい　紫萁　二〇五
せんもうき　剪毛期　七九


## そ


そうえきき　宗易忌　一一五
ぞうきのめ　雑木の芽　一六九
そうぎょき　艸魚忌　一一八
*そうしゅん　早春　二〇
そうすいえ　送水会　一〇五
そしゅん　徂春　一三三
*そつぎょう　卒業　五六

そつぎょうか卒業歌　五八
そつぎょうき卒業期　五八
そつぎょうしき卒業式　五八
そつぎょうしけん卒業試験　五七
そつぎょうしょうしょ卒業証書　五八
そつぎょうせい卒業生　五八
そめたまご染卵　一二三
そらまめのはな蚕豆の花　一八九

た

たいあみ鯛網　一三六
だいぎ砧木　七六
*だいこんのはな大根の花　一八九
だいしき大師忌　一〇六
*だいしけん大試験　五七
たいつりそう鯛釣草　一八一
たいとう駘蕩　二九
だいりびな内裏雛　九三
*たうち田打　七〇
たおこし田起し　七〇
たがえし耕　七〇
*たがやし耕　七〇
たがやす耕す　七〇
たかやまはるまつり高山春祭　一〇三
*たかやままつり高山祭　一〇三
たかわず田蛙　一二五
*たきじき多喜二忌　一一七
*たくぼくき啄木忌　一三〇
*たけおくり竹送り　一〇四
*たけのあき竹の秋　一七九
*たこ凧　八六
たずのはな接骨木の花　一七七
たぜり田芹　二〇六
たちびな立雛　九三
*たつこき立子忌　一一九
たない種井　七三
たないけ種池　七三
たながすみ棚霞　四六
*たにし田螺　一四四
たにしとり田螺取　一四四
たにしなく田螺鳴く　一四四
*たねいも種芋　一九五
たねいも種藷　一九五
たねうり種売　七一
*たねえらび種選　七一
たねえらみ種選　七一
たねおろし種下し　七三
たねかがし種案山子　七三
たねがみ種紙　六八
たねだわら種俵　七三
たねつけ種浸け　七一
たねつける種浸ける　七一
たねどこ種床　七三
*たねひたし種浸し　七一
たねぶくろ種袋　七一
*たねまき種蒔　七三
*たねもの種物　七一
たねものや種物屋　七一
たねより種選　七一
たまつばき玉椿　一五三
たまつり田祭　九七
たらつむ楤摘む　一七一
*たらのめ楤の芽　一七一
たらのめ多羅の芽　一七一
たらめたらめ　一七一
だりあうぅダリア植う　七五
たをうつ田を打つ　七〇

たをかえす田を返す　七〇
たをすく田を鋤く　七〇
だんごばな団子花　一六四
たんじょうえ誕生会　一〇八
たんじょうぶつ誕生仏　一〇八
＊たんぽぽ蒲公英　二〇二
たんぽぽのわた蒲公英の絮　二〇二

## ち

ちあゆ稚鮎　一四一
ちあゆくみ稚鮎汲　八〇
ちえもうで知恵詣　九六
ちえもらい知恵貰ひ　九六
ちがやのはな白茅の花　二一一
ちくしゅう竹秋　一九九
＊ちさ萵苣　一九〇
＊ちじつ遅日　三〇
ちしゃちしや　一九〇
ちちこぐさ父子草　二〇九
ちゃづくり茶づくり　八〇
＊ちゃつみ茶摘　七九
ちゃつみうた茶摘唄　七九
ちゃつみかご茶摘籠　七九
ちゃつみがさ茶摘笠　七九
ちゃつみどき茶摘時　七九
ちゃのはえり茶の葉選　八〇
ちゃばたけ茶畑　七九
ちゃもみ茶揉み　八〇
ちゃやま茶山　七九
＊ちゅうしゅん仲春　三三
ちゅうそえ中宗会　一一六
ちゅうにち中日　二四
＊ちゅーりっぷチューリップ　一八四
＊ちょう蝶　一四七
ちょううまる蝶生る　一四七
ちょうじ丁字　一六〇
ちょうしゅんか長春花　一八三
ちょうちょう蝶々　一四七
ちょうのひる蝶の昼　一四七
ちょうめいぎく長命菊　一八一
ちりめんちりめん　六三
ちりめんじゃこちりめんじやこ　六三
ちるさくら散る桜　一五七
ちんかさい鎮花祭　一〇一
ちんじゅき椿寿忌　一三〇

## つ

つきおぼろ月朧　三七
＊つぎき接木　七六
つぎきなえ接木苗　七六
＊つきひがい月日貝　一四五
つぎほ接穂　七六
つぎまつ接ぎ松　二〇三
＊つくし土筆　二〇一
つくしあえ土筆和　二〇一
つくしつむ土筆摘む（生活）　八四
つくしつむ土筆摘む（植物）　二〇一
つくしの土筆野　二〇一
つくしんぼつくしんぼ　二〇一
つくづくしつくづくし　二〇一
＊つげのはな黄楊の花　一七七
＊つたのめ蔦の芽　一九七
＊つたわかば蔦若葉　一九九
つちあらわる土現る　五三
つちがえる土蛙　一二五
つちこいし土恋し　五三
つちにおう土匂ふ　五三
つちばち土蜂　一四八

つちびな土雛　九三
＊つちふる霾　四一
＊つつじ躑躅　一六四
つづみぐさ鼓草　二〇一
つつみやく堤焼く　六九
つのぐむあし角組む蘆　二二三
＊つのまた角叉　二二五
＊つばき椿　一五三
つばきばやし椿林　一五三
つばくらつばくら　一二九
つばくらめつばくらめ　一二九
つばくろつばくろ　一二九
＊つばな茅花　二一一
つばなの茅花野　二一一
＊つばめ燕　一二九
つばめ乙鳥　一二九
つばめ玄鳥　一二九
つばめくる燕来る　一二九
＊つばめのす燕の巣　一三四
つぶつぶ　一四二
つぼすみれ壺菫　一九九
＊つぼやき壺焼　六三
＊つみくさ摘草　八四
つよごち強東風　三八
つらつらつばきつらつら椿　一五三
つるかえる鶴帰る　一三〇
つるひく鶴引く　一三〇

て

でーじーデージー　一八一
でかいちょう出開帳　一〇七
てりうそ照鷽　一二九
＊でんがく田楽　六二
でんがくどうふ田楽豆腐　六二
でんがくやき田楽焼　六二
てんじんおんき天神御忌　一〇〇

と

＊とうぎゅう闘牛　九五
とうけい闘鶏　九五
とうけいし闘鶏師　九五
＊とうせい踏青　八三
どうだんつつじ満天星躑躅　一六三
＊どうだんのはな満天星の花　一六三
とおがすみ遠霞　四五
とおかわず遠蛙　一二五
とおやなぎ遠柳　一七一
とかえりのはな十返りの花　一七三
とかげいず蜥蜴出づ　一三四
＊とさみずき土佐水木　一六二
どてあおむ土手青む　一九六
とのさまがえる殿様蛙　一二五
＊ともじき友二忌　一一六
＊とりあわせ鶏合　九五
＊とりかえる鳥帰る　一三三
とりかぜ鳥風　四七
とりき取木　七七
とりくもに鳥雲に　一三三
＊とりくもにいる鳥雲に入る　一三三
＊とりぐもり鳥曇　四七
＊とりさかる鳥交る　一三三
とりつるむ鳥つるむ　一三三
とりのけあい鶏の蹴合　九五
とりのこい鳥の恋　一三三
＊とりのす鳥の巣　一三四
とりのたまご鳥の卵　一三四
とりひく鳥引く　一三三
＊どんたくどんたく　九九
どんたくばやしどんたく囃子　九九

な

なえいち苗市　七四
*なえぎいち苗木市　七四
*なえぎうう苗木植う　七五
なえきうり苗木売　七四
なえしょうじ苗障子　七三
なえだ苗田　五三
*なえどこ苗床　七三
*なえふだ苗札　七三
ながきひ永き日　二九
ながしびな流し雛　九四
なぐさのめ名草の芽　一九六
なごりのゆき名残の雪　四三
なしさく梨咲く　一六八
*なしのはな梨の花　一六八
*なずなのはな薺の花　二〇〇
なすまく茄子蒔く　七三
なたねごく菜種御供　一〇〇
*なたねづゆ菜種梅雨　四三
なたねのしんじ菜種の神事　一〇〇
*なだれ雪崩　五四
なつかん夏柑　一六七
*なつちかし夏近し　二四四
なつどなり夏隣　二四四
*なつみかん夏蜜柑　一六七
なのきのめ名の木の芽　一六九
*なのはな菜の花　一六八
*なのはなき菜の花忌　一一七
なのはなづけ菜の花漬　六〇
*なめし菜飯　六五
*なわしろ苗代　五三
なわしろざむ苗代寒　五三
なわしろた苗代田　五三
なわしろどき苗代時　五三
なわしろまつり苗代祭　九七

に

におい鳥匂鳥　一一七
*にがつ二月　一八
*にがつじん二月尽　二一
にがつつく二月尽く　二一
にがつどうのおこない二月堂の行　一〇四
にがつはつ二月果つ　二一
*にがつれいじゃ二月礼者　九二
*にげみず逃水　四八
にじます虹鱒　一三九
*にしん鰊　一三六
にしん鯡　一三六
にしんくき鰊群来　一三六
にしんぐもり鰊曇　一三六
にしんぶね鰊舟　一三六
にしんりょう鰊漁　一三六
*にな蜷　一四四
になのみち蜷の道　一四四
にねんごだいこん二年子大根　一九二
にのうま二の午　九一
にばんちゃ二番茶　七九
*にゅうがく入学　五八
にゅうがくしき入学式　五八
*にゅうがくしけん入学試験　五七
にゅうしゃしき入社式　五八
にゅうぶ入峰　一一
*にら韮　一九三
にりんそう二輪草　二〇三
*にわとこのはな接骨木の花　一一七
*にんにく蒜　一九三

にんにく葫　一九三

ぬ

ぬくしぬくし　二八
ぬけまいり抜参　九六
ぬなわおう蓴生ふ　二一

ね

ねぎのはな葱の花　一九〇
＊ねぎぼうず葱坊主　一九〇
ねこうまる猫生まる　一二三
ねこさかる猫交る　一二三
＊ねこのこ猫の子　一二三
＊ねこのこい猫の恋　一二三
ねこのつま猫の夫　一二三
ねこのつま猫の妻　一二三
＊ねこやなぎ猫柳　一七六
＊ねじあやめ棙菖蒲　一八〇
ねしゃか寝釈迦　一〇三
ねぜり根芹　二〇六
ねつぎ根接　七六
ねはん涅槃　一〇三
＊ねはんえ涅槃会　一〇三
ねはんえ涅槃絵　一〇三
ねはんず涅槃図　一〇三
ねはんぞう涅槃像　一〇三
ねはんでら涅槃寺　一〇三
＊ねはんにし涅槃西風　三九
ねはんのひ涅槃の日　一〇三
ねはんぶき涅槃吹　三九
ねはんへん涅槃変　一〇三
ねはんゆき涅槃雪　四三
ねむりばな睡花　一六一
＊ねわけ根分　七七

の

のあざみ野薊　二〇四
＊のあそび野遊　八三
のがけ野がけ　八三
のこるかも残る鴨　一二一
のこるかり残る雁　一三〇
のこるさむさ残る寒さ　二一
のこるつる残る鶴　一三〇
のこるゆき残る雪　五三
のっこみ乗つ込み　一四一
のっこみだい乗込鯛　一三六
＊のっこみぶな乗込鮒　一四一
＊のどか長閑　二九
のどかさ長閑さ　二九
のどけさのどけさ　二九
のどけしのどけし　二九
のび野火　六九
＊のびる野蒜　二〇六
のびるつむ野蒜摘む　二〇六
＊のぼりあゆ上り鮎　一四一
のぼりやな上り簗　八一
のやき野焼　六九
＊のやく野焼く　六九
＊のり海苔　二一六
のりかく海苔搔く　二一六
のりそだ海苔粗朶　二一六
のりとり海苔採　二一六
のりひび海苔篊　二一六
のりぶね海苔舟　二一六
のりほす海苔干す　二一六

は

ばい霾　四一
ばいえん梅園　一五一

ばいかごく梅花御供　一〇〇
ばいかさい梅花祭　一〇〇
ばいてん霾天　四一
ばいふう霾風　四一
ばいりん梅林　一五一
はえ鮠　一四〇
はえうまる蠅生る　一四九
はきたて掃立　七八
はぎな萩菜　二一〇
はぎねわけ萩根分　七七
*はぎわかば萩若葉　一九
はくちょうかえる白鳥帰る　一三
はくばい白梅　一五一
はくもくれん白木蓮　一六五
はくれん白木蓮　一六五
*はこべ蘩蔞　二〇三
はこべくさはこべくさ　二〇三
はこべらはこべら　二〇三
はこやなぎ白楊　一七三
はしゅ播種　七三
はしらたいまつ柱松明　一〇五
*はすうう蓮植う　七四
はたはた　八六
*はたうち畑打　七〇
はたうつ畑打つ　七〇
はたかえす畑返す　七〇
はたすく畑鋤く　七〇
はたやき畑焼　六九
*はたやく畑焼く　六九
はだらはだら　四三
はたらきばち働蜂　一四八
はだらゆきはだら雪　四三
*はだれ斑雪　四三
はだれのはだれ野　四三
はだれゆき斑雪　四三
*はち蜂　一四八
*はちじゅうはちや八十八夜　一三
はちのこ蜂の子　一四八
はちのす蜂の巣　一四八
はついかだ初筏　八三
*はつうま初午　九一
はつか初蚊　一四九
はつかわず初蛙　一二五
はっこうのあれ八講の荒れ　三九
*はつざくら初桜　一五三
はつちょう初蝶　一四七
はつつばめ初燕　二九
はつにじ初虹　四四
はつね初音　二七
はつはな初花　一五三
はつひばり初雲雀　二八
はつぶな初鮒　一四一
はつみどり初緑　一七〇
はつもろこ初諸子　三九
はつらい初雷　四五
はつわらび初蕨　二〇五
*はな花　一五五
はなあかり花明り　一五五
はなあけび花通草　一七九
はなあざみ花薊　二〇四
はなあしび花馬酔木　一六三
はなあぶ花虻　一四八
はなあんず花杏　一六六
*はないか花烏賊　一四三
*はないかだ花筏　一七八
はないかだ花筏　一五七
はないちご花苺　一九〇
はなうぐい花うぐひ　一四〇
はなえしき花会式　一〇九

はなおぼろ花朧　一五五
はながい花貝　一四三
はなかいどう花海棠　一六一
はなかえで花楓　一七五
*はなかがり花篝　八五
はなかげ花影　一五五
はなかんば花かんば　一七五
はなきぶし花木五倍子　一七五
はなくず花屑　一五七
はなぐせんぽう花供懺法　一〇九
*はなぐもり花曇　四七
はなくよう花供養　一一〇
*はなごろも花衣　五九
はなざかり花盛り　一五五
はなしきみ花樒　一七八
はなしずめ花鎮め　一〇一
*はなしずめまつり鎮花祭　一〇一
*はなずおう紫荊　一五九
はなずおう花蘇枋　一五九
はなすぎ花過ぎ　三〇
はなすみれ花菫　一九九
はなすもも花李　一七〇
はなだいこ花大根　一八九
はなだいこん花大根　一八九
はなたね花種　七一
*はなだねまく花種蒔く　七三
はなだより花便り　一五五
はなちる花散る　一五七
*はなづかれ花疲れ　八六
はなづきよ花月夜　一五五
はなづけ花漬　六〇
はなつばき花椿　一五三
*はなどき花時　三〇
はななの花菜　一八八
はななあめ花菜雨　一八八
はななかぜ花菜風　一八八
はななずな花薺　二〇〇
*はななづけ花菜漬　六〇
*はなにら花韮　一〇七
はなぬすびと花盗人　一五五
はなねんぶつ花念仏　一〇六
はなのあめ花の雨　一五五
はなのえ花の兄　一五一
はなのえん花の宴　八五
はなのくも花の雲　一五五
はなのころ花のころ　三〇
はなのちり花の塵　一五七
はなのとう花の塔　一〇八
はなのぬし花の主　八五
はなのひる花の昼　一五五
はなのやど花の宿　一五五
はなのやま花の山　一五五
*はなびえ花冷　三〇
はなびと花人　八五
はなふぶき花吹雪　一五七
はなぼけ花木瓜　一六九
はなぼんぼり花雪洞　八五
はなまつり花祭　一〇八
*はなみ花見　八五
はなみきゃく花見客　八五
はなみこそで花見小袖　五九
はなみごろも花見衣　五九
はなみざけ花見酒　八五
*はなみずき花水木　一六〇
はなみだい花見鯛　一三六
はなみどう花御堂　一〇八
はなみびと花見人　八五
はなみぶね花見舟　八五
はなみもざ花ミモザ　一六一

はなむしろ花筵　八五
*はなもり花守　八五
はなゆすら花ゆすら　一六三
はなりんご花林檎　一六九
ははこははこ　二〇九
*ははこぐさ母子草　二〇九
ははこもち母子餅　六四
*はまぐり蛤　一四二
はまつゆ蛤つゆ　一四二
はまなべ蛤鍋　一四二
はまにがなはまにがな　一九四
はまぼうふう浜防風　一九四
はやはや　一四〇
*ばらのめ薔薇の芽　一五八
はらみうま孕馬　一二一
はらみじか孕鹿　一二一
*はらみすずめ孕雀　一三二
はらみどり孕鳥　一三二
はらみねこ孕猫　一三二
はりお針魚　一三七
はりおさむ針納む　九二
はりおさめ針納　九二
*はりくよう針供養　九二
はりのはな榛の花　一七四
はりまつり針祭　九二
はりまつる針祭る　九二
ばりん馬藺　一八〇
*はる春　一八
*はるあさし春浅し　二〇
はるあそび春遊　八三
*はるあつし春暑し　三三
はるあらし春嵐　四〇
はるあられ春霰　四四
はるあれ春荒　四〇
*はるあわせ春袷　六〇
*はるいちばん春一番　三九
はるいりひ春入日　二五
はるうれい春愁　八九
*はるおしむ春惜しむ　三三
*はるおちば春落葉　一八〇
はるか春蚊　一四九
はるがすみ春霞　四五
*はるかぜ春風　三八
はるかわ春川　五一
はるきざす春きざす　二〇
はるきた春北風　四〇
はるきたる春来る　一九
はるく春来　一九
はるくる春暮る　三一
はるご春蚕　一四九
はるご春子　二二一
はるこーと春コート　五九
はるごおり春氷　五五
はるこがねばな春黄金花　一五八
*はるごたつ春炬燵　六六
*はるごま春駒　一二一
*はるさむ春寒　二一
はるさむし春寒し　二一
*はるさめ春雨　四一
はるさんばん春三番　三九
*はるしいたけ春椎茸　二二一
*はるしぐれ春時雨　四二
はるしゅうう春驟雨　四二
はるしゅとう春手套　五九
*はるしょーる春ショール　六〇
はるせーたー春セーター　五九
*はるぜみ春蟬　一五〇
はるぞら春空　三五
*はるた春田　五二

*はるだいこん　春大根　一九三
はるたうち　春田打　七〇
はるたく　春闌く　三一
はるたつ　春立つ　一九
はるだんろ　春暖炉　六五
はるづきよ　春月夜　三六
はるつく　春尽く　三三
はるつげうお　春告魚　三六
はるつげぐさ　春告草　一五一
はるつげどり　春告鳥　一二七
はるどとう　春怒濤　五一
はるともし　春ともし　六五
はるなかば　春なかば　三三
はるならい　春北風　四〇
はるにばん　春二番　三九
はるねむし　春眠し　八九
はるの　春野　四九
はるのあかつき　春の暁　二六
はるのあけぼの　春の曙　二六
はるのあさ　春の朝　二六
はるのあめ　春の雨　四一
*はるのあられ　春の霰　四四
はるのいそ　春の磯　五一
はるのいろ　春の色　三五
はるのうま　春の馬　一三三
*はるのうみ　春の海　五一
はるのえ　春の江　五一
*はるのか　春の蚊　一四九
*はるのかぜ　春の風邪　八八
はるのかぜ　春の風　三八
*はるのかも　春の鴨　一三三
*はるのかり　春の雁　一三〇
*はるのかわ　春の川　五一
はるのきゅう　春の灸　九三
*はるのくさ　春の草　一九五
*はるのくも　春の雲　三五
*はるのくれ　春の暮　二七
はるのこおり　春の氷　五五
はるのこま　春の駒　一三三
はるのしおい　春の潮　五一
*はるのしか　春の鹿　一三三
はるのしば　春の芝　一九八
*はるのしも　春の霜　四四
はるのしょく　春の燭　六五
*はるのそら　春の空　三五
*はるのたけのこ　春の筍　一八〇
はるのちり　春の塵　四一
*はるのつき　春の月　三六
*はるのつち　春の土　五三
*はるのとり　春の鳥　一二六
はるのどろ　春の泥　五三
はるのなぎさ　春の渚　五一
*はるのなみ　春の波　五一
*はるのにじ　春の虹　四四
はるのねこ　春の猫　一三三
*はるのの　春の野　四九
*はるのはえ　春の蠅　一四九
はるのはて　春の果　三三
はるのはま　春の浜　五一
*はるのひ　春の日（時候）　二六
*はるのひ　春の日（天文）　三五
はるのひ　春の灯　六五
はるのひかり　春の光　三五
はるのひる　春の昼　二七
はるのふき　春の蕗　二〇九
*はるのふく　春の服　五九
はるのふな　春の鮒　一四一
*はるのほし　春の星　三七
はるのみさき　春の岬　五一

＊はるのみず春の水　五〇
＊はるのみぞれ春の霙　四四
＊はるのやま春の山　四九
＊はるのやみ春の闇　三七
はるのゆう春の夕　二七
はるのゆうやけ春の夕焼　四八
＊はるのゆき春の雪　四三
＊はるのゆめ春の夢　八九
＊はるのよ春の夜　二八
＊はるのよい春の宵　二七
はるのらい春の雷　四五
＊はるのろ春の炉　六五
＊はるはやて春疾風　四〇
はるはやて春飆　四〇
はるひ春日（時候）　二六
はるひ春日（天文）　三五
はるひおけ春火桶　六六
はるひかげ春日影　三五
＊はるひがさ春日傘　六〇
＊はるひばち春火鉢　六六
＊はるふかし春深し　二一
はるふく春更く　二一
はるぶな春鮒　一四一
はるぶなつり春鮒釣　一四一
はるぼこり春埃　四一
＊はるまつり春祭　一〇〇
はるまんげつ春満月　三六
はるみかづき春三日月　三六
はるみぞれ春霙　四四
＊はるめく春めく　二一
＊はるやすみ春休　五八
はるやま春山　四九
はるゆうべ春夕べ　二七
＊はるゆうやけ春夕焼　四八
はるゆく春行く　三三
はるゆやけ春夕焼　四八
＊はるりんどう春竜胆　一二三
はるろ春炉　六五
＊ばれいしょうう馬鈴薯植う　七五
ばれんたいんでーバレンタインデー　一一一
＊ばれんたいんのひバレンタインの日　一一一
ばんぐせつ万愚節　九八
ぱんじーパンジー　一一九
＊ばんしゅん晩春　二五
はんせんぎ半仙戯　八八
ばんそう晩霜　四四
はんのきのはな赤楊の花　一七四
＊はんのはな榛の花　一七四

ひ

ひいなひひな　九三
ひえん飛燕　一二九
ひか飛花　一二七
ひがた干潟　五三
＊ひがん彼岸　二四
＊ひがんえ彼岸会　一〇六
＊ひがんざくら彼岸桜　一五三
ひがんじお彼岸潮　五一
ひがんすぎ彼岸過　二四
ひがんだんご彼岸団子　一〇六
ひがんでら彼岸寺　一〇六
ひがんにし彼岸西風　三九
ひがんまいり彼岸参　一〇六
ひがんもうで彼岸詣　一〇六
ひがんもち彼岸餅　一〇六
＊ひきがも引鴨　一三一
＊ひきづる引鶴　一三〇

ひきどり引鳥　一二三
*ひこばえ蘖　一七〇
ひこばゆひこばゆ　一七〇
*ひじき鹿尾菜　一二五
ひじき鹿角菜　一二五
ひじきがまひじき釜　一二五
ひじきがりひじき刈　一二五
ひじきほすひじき干す　一二五
ひしもち菱餅　九三
*ひだら干鱈　六三
ひつじせんもう羊剪毛　七九
*ひつじのけかる羊の毛刈る　七九
ひとまるき人丸忌　一二六
ひとまるまつり人丸祭　一二六
*ひとまろき人麻呂忌　一二六
ひとまろき人麿忌　一二六
*ひとりしずか一人静　二〇八
ひな雛　九三
ひなあそび雛遊び　九三
ひなあられ雛あられ　九三
*ひないち雛市　九三
ひなうりば雛売場　九三
ひなおくり雛送り　九四
*ひなおさめ雛納め　九五
*ひなが日永　二九
ひなかざり雛飾　九三
ひなかざる雛飾る　九三
ひながし雛菓子　九三
*ひなぎく雛菊　一八一
ひなくさ雛草　一一一
ひなだん雛段　九三
ひなどうぐ雛道具　九三
*ひなながし雛流し　九四
ひなにんぎょう雛人形　九三
ひなのいえ雛の家　九三
ひなのいち雛の市　九三
ひなのえん雛の宴　九三
ひなのきゃく雛の客　九三
ひなのしょく雛の燭　九三
ひなのちょうど雛の調度　九三
ひなのひ雛の日　九三
ひなのひ雛の灯　九三
ひなのま雛の間　九三
*ひなまつり雛祭　九三
ひなみせ雛店　九三
ひなみせ雛見世　九三
*ひばり雲雀　一二八
ひばりかご雲雀籠　一二八
ひばりごち雲雀東風　一二八
ひばりの雲雀野　一二八
ひばりぶえ雲雀笛　一二八
ひぼけ緋木瓜　一六九
ひめあさり姫浅蜊　一四二
ひめこぶし姫辛夷　一五九
ひめます姫鱒　一三九
ひもも緋桃　一七〇
*ひやしんすヒヤシンス　一六五
ひゅうがみずき日向水木　一六一
ひらのはっこう比良の八荒　三九
*ひらはっこう比良八荒　三九
ひるひる　一九三
ひるかわず昼蛙　一二五

ふ

ふうしんし風信子　一六五
*ふうせいき風生忌　一一八
*ふうせん風船　八七
ふうせんうり風船売　八七
ふきかえ葺替　六八

＊ふきのとう蕗の薹　二〇九
ふきのはな蕗の花　二〇九
ふきのめ蕗の芽　二〇九
＊ふきみそ蕗味噌　六〇
ふくまいり福参　九一
＊ふじ藤　一六五
ふじだな藤棚　一六六
ふじなみ藤浪　一六五
ふじのはな藤の花　一六五
ふじのひる藤の昼　一六六
ふじふさ藤房　一六五
＊ふたば双葉　一九八
ふたば二葉　一九八
ふたもじふたもじ　一九三
＊ふたりしずか二人静　二〇九
＊ふつかきゅう二日灸　九二
＊ふっかつさい復活祭　一一三
ふつかやいと二日灸　九二
ぶっき仏忌　一〇三
＊ぶっしょうえ仏生会　一〇八
ふでのはな筆の花　二〇一
ふでりんどう筆竜胆　二一三
ふみえ踏絵　九一
ふゆがこいとる冬囲とる　六七
ふゆがまえとく冬構解く　六七
ふらここふらここ　八八
ぷらたなすのはなプラタナスの花　一七八
ぶらんこぶらんこ　八八
ぶらんどふらんど　八八
＊ふりーじあフリージア　一八三
ふりーじやフリージヤ　一八三
ぷりむらプリムラ　二〇三
＊ふるくさ古草　一九八
ふるす古巣　一二四
ふるびな古雛　九三
ぶんごうめ豊後梅　一五一

へ

べにがい紅貝　一四三
べにしだれ紅枝垂　一五三
べにつばき紅椿　一五二
べにます紅鱒　一三九
＊へびあなをいず蛇穴を出づ　一二四
へびいず蛇出づ　一二四
＊へりおとろーぷヘリオトロープ　一八四
べんとうはじめ弁当始　一一〇
ぺんぺんぐさぺんぺん草　二〇〇
＊へんろ遍路　一〇七
へんろがさ遍路笠　一〇七
へんろづえ遍路杖　一〇七
へんろみち遍路道　一〇七
へんろやど遍路宿　一〇七

ほ

ほいろ焙炉　八〇
ほいろし焙炉師　八〇
ほいろば焙炉場　八〇
ほうこぐさ鼠麹草　二〇九
ほうしゅん芳春　一八
ほうそう芳草　一九五
ぼうだら棒鱈　六三
ほうねんき法然忌　一一〇
＊ぼうふう防風　一九四
ぼうふうつみ防風摘み　一九四
ぼうふうほる防風掘る　一九四
ほうらんき抱卵期　一三四
＊ほうれんそう菠薐草　一九〇

ほおざしほほざし　六三
ほおざし頬刺　六三
＊ほおじろ頬白　一三九
＊ぼーとれーすボートレース　八六
ほくろほくろ　二〇七
＊ぼけのはな木瓜の花　一六九
ほしだら干鱈　六二
＊ほしがれい干鰈　六三
ほしだら乾鱈　六三
ぼしゅん暮春　三三
＊ほたるいか蛍烏賊　一四一
＊ぼたんのめ牡丹の芽　一五六
ぼたんゆき牡丹雪　四三
ほとけのうぶゆ仏の産湯　一〇八
ぼんばい盆梅　一五一
ほんます本鱒　一三九
ほんもろこ本諸子　一三九

ま

まきどこ播床　七三
＊まきびらき牧開　七九
まけどり負鶏　九五
＊まこものめ真菰の芽　二一三
ましじみ真蜆　一四四
＊ます鱒　一三九
まついかまついか　一四一
まつかふん松花粉　一七三
まつくぐりまつくぐり　一二七
まつぜみ松蟬　一五〇
まつのしん松の芯　一七〇
＊まつのはな松の花　一七三
＊まつのみどりつむ松の緑摘む　六八
まつばやし松囃子　九九
＊まつむしり松毟鳥　一二七
まて馬刀　一四三
＊まてがい馬蛤貝　一四三
まてがい馬刀貝　一四三
まてつき馬蛤突　一四三
ままっこままつこ　一七八
＊まむしぐさ蝮蛇草　二〇八
まむしぐさ蝮草　二〇八
＊まめのはな豆の花　一八九
まやだしまやだし　六七
まゆはきそう眉掃草　二〇八
＊まんさく金縷梅　一七三
まんさく満作　一七三
まんさくのはなまんさくの花　一七三

み

＊みえいく御影供　一〇六
みえいこう御影講　一〇六
みくさおう水草生ふ　二一二
みずくさおいそむ水草生ひ初む　二一二
＊みずくさおう水草生ふ　二一二
みずとり水取　一〇五
＊みずな水菜　一九一
＊みずぬるむ水温む　五〇
みずのはる水の春　五〇
みすみそう三角草　二〇三
みちざねき道真忌　一〇〇
みつばみつば　一九二
＊みつばぜり三葉芹　一九二
みつばち蜜蜂　一四八
＊みつまたのはな三椏の花　一六〇
みどりたつ緑立つ　一七〇
みどりつむ緑摘む　六八
＊みどりのひみどりの日　九八

みなみな　一四
みなくちのぬさ水口の幣　九七
*みなくちまつり水口祭　九七
みなくちまつる水口まつる　九七
*みねいり峰入　二一
みぶおどり壬生踊　二一〇
みぶきょうげん壬生狂言　二一〇
みぶさい壬生祭　二一〇
みぶな壬生菜　一九一
みぶねぶつ壬生念仏　二一〇
*みぶねんぶつ壬生念仏　二一〇
みぶのかね壬生の鉦　二一〇
みぶのめん壬生の面　二一〇
*みもざミモザ　一六一
*みやこおどり都をどり　九九
みやこおどり都踊　九九
*みやこわすれ都忘れ　一八七
みやまきりしま深山霧島　一六四
*みょうがたけ茗荷竹　一九五

む

むぎあおむ麦青む　一九五
*むぎふみ麦踏　六八
むぎふむ麦踏む　六八
むぎをふむ麦を踏む　六八
むこぎむこぎ　一七三
*むしがれい蒸鰈　六三
むしだし虫出し　四五
むしだしのらい虫出しの雷　四五
むしはまぐり蒸蛤　一四三
*むすかりムスカリ　一八四
むつむつ　一三八
むつかけ鯥掛　一三八
*むつき睦月　一八
*むつごろう鯥五郎　一三八
むつひきあみ鯥曳網　一三八
むつほる鯥掘る　一三八
*むべのはな郁子の花　一七九
むらさきけまん紫華鬘　一八一
むらさきしじみ紫蜆　一四四

め

*めいせつき鳴雪忌　一一七
めうど芽独活　一九三
*めーでーメーデー　九九
めーでーかメーデー歌　九九
めおこし芽起こし　三〇
めかりどき目借時　三一
めかりぶね若布刈舟　二一四
めぐむ芽組む　一六九
*めざし目刺　六三
めざんしょう芽山椒　一七一
めだち芽立ち　一六九
めつぎ芽接　七六
*めばりはぐ目貼剝ぐ　六七
めばりやなぎ芽ばり柳　一七〇
めばるかつみ芽張るかつみ　二一三
めびな女雛　九三
めぶく芽吹く　一六九
めやなぎ芽柳　一七〇

も

*もきちき茂吉忌　一一八
もぐさ艾草　二一〇
もぐさおう藻草生ふ　二一三
もくしゅく苜蓿　二〇〇
*もくれん木蓮　一六五
もくれん木蘭　一六五
*もずく海雲　二一五

もずく水雲　二三五
もちぐさ餅草　二三〇
もちばないり餅花煎　一〇三
ものだね物種　七一
＊ものだねまく物種蒔く　七三
＊もののめものの芽　一九六
もみおろす籾下す　七三
もみつける籾浸ける　七一
もみまく籾蒔く　七三
ももぅ桃植う　七五
＊ももちどり百千鳥　一三六
もものせっく桃の節供　九三
＊もものはな桃の花　一六七
もものひ桃の日　九三
もやしぅどもやし独活　一九三
＊もろこ諸子　一三九
もろこ諸子魚　一三九
もろこつる諸子釣る　一三九
もろこはえ諸子鮠　一三九
もろこぶね諸子舟　一三九
もんしろちょぅ紋白蝶　一四七

や

＊やえざくら八重桜　一五六
やえつばき八重椿　一五三
やえやまぶき八重山吹　一六六
やきさざえ焼栄螺　六三
やきはまぐり焼蛤　一四三
＊やけの焼野　五〇
やけののすすき焼野の芒　一九七
やけのはら焼野原　五〇
やけはら焼原　五〇
やけやま焼山　六九
＊やすくにまつり靖国祭　一〇三
やすらい安良居　一〇二
やすらい夜須礼　一〇二
やすらいばな安良居花　一〇二
＊やすらいまつり安良居祭　一〇二
やすらいまつりやすらひ祭　一〇二
やっこだこ奴凧　八六
＊やどかり寄居虫　一四五
＊やなぎ柳　一七三
やなぎのいと柳の糸　一七三
やなぎのはな柳の花　一七六
＊やなぎのめ柳の芽　一七〇
やなぎのわた柳の絮　一七六
＊やなぎはぇ柳鮠　一四〇
やなぎもろこ柳諸子　一三九
＊やねかえ屋根替　六八
やねつくろぅ屋根繕ふ　六八
やねふく屋根葺く　六八
やば野馬　四六
やばい野梅　一五一
やぶつばき藪椿　一五三
やまあそび山遊　八三
やまぅど山独活　一九二
＊やまざくら山桜　一五五
やまつつじ山躑躅　一六四
やまつばき山椿　一五三
やまび山火　六九
＊やまぶき山吹　一六六
＊やまぶきそぅ山吹草　二〇七
やまふじ山藤　一六五
やまやき山焼　六九
＊やまやく山焼く　六九
＊やまわらぅ山笑ふ　四九
＊やよい弥生　三五
＊やよいじん弥生尽　三四
やよいのせっく弥生の節供　九三

やよいやま弥生山 四九

ゆ

ゆうがおまく夕顔蒔く 七三
ゆうがすみ夕霞 四五
ゆうかわず夕蛙 一二五
ゆうごち夕東風 二八
ゆうざくら夕桜 一五四
ゆうし遊糸 四六
ゆうずうねんぶつ融通念仏 一〇五
ゆうつばめ夕燕 一二九
ゆうながし夕永し 三〇
ゆうひばり夕雲雀 一二八
ゆきがきとく雪垣解く 六七
*ゆきがこいとる雪囲とる 六七
ゆきがた雪形 五三
ゆきげ雪解 五五
ゆきげかぜ雪解風 五五
ゆきげがわ雪解川 五五
ゆきげしずく雪解雫 五五
ゆきげの雪解野 五五
ゆきげみず雪解水 五五
ゆきじる雪汁 五五
*ゆきしろ雪しろ 五五
ゆきしろみず雪しろ水 五五
ゆきつりとく雪吊解く 六七
*ゆきどけ雪解 五五
ゆきにごり雪濁り 五五
ゆきのこる雪残る 五三
*ゆきのはて雪の果 四三
ゆきのひま雪のひま 五四
ゆきのわかれ雪の別れ 四三
*ゆきま雪間 五四
*ゆきまぐさ雪間草 一九七
*ゆきむし雪虫 一四七
*ゆきやなぎ雪柳 一六五
ゆきよけとる雪除とる 六七
ゆきわり雪割 六七
ゆきわりそう雪割草 二〇三
ゆくかも行く鴨 一三一
ゆくかり行く雁 一三一
*ゆくはる行く春 三三
ゆくはる逝く春 三三
ゆさわりゆさはり 八
ゆすらうめのはな山桜梅の花 一六二
ゆすらうめのはな梅桃の花 一六二
ゆすらうめのはな英桃の花 一六二
*ゆすらのはな山桜桃の花 一六二
ゆりうう百合植う 七五

よ

よいのはる宵の春 二七
ようかてん養花天 四七
ようきひざくら楊貴妃桜 一五四
ようさん養蚕 七六
ようしゅん陽春 八
ようもうきる羊毛剪る 七九
ようりゅう楊柳 一七三
*よかん余寒 三
よくぶつ浴仏 一〇八
よくぶつえ浴仏会 一〇八
よぐわつむ夜桑摘む 七六
よざくら夜桜 一五四
よしざきもうで吉崎詣 一六六
*よしなかき義仲忌 一三三
よしのしずか吉野静 二〇八
よしののえしき吉野の会式 一〇九
*よしののはなえしき吉野の花会式

よしののもちくばり吉野の餅配　一〇九
一〇九
よしのびな吉野雛　九三
よなぐもり霾ぐもり　四一
よめがはぎよめがはぎ　二一〇
＊よめな嫁菜　二一〇
よめなめし嫁菜飯　六五
＊よもぎ蓬　二一〇
よもぎう蓬生　二一〇
よもぎつむ蓬摘む　八四
よもぎもち蓬餅　六四
よるのうめ夜の梅　一五一
よわのはる夜半の春　二八

ら

＊らいらっくライラック　一六三
らくだい落第　一七七
＊らっか落花　一七七
＊らっぱすいせん喇叭水仙　一八一

り

りか梨花　一六八
＊りきゅうき利休忌　一二五
＊りっしゅん立春　一九
りっしゅんだいきち立春大吉　一九
＊りゅうじょ柳絮　一五六
りゅうしょう流觴　九〇
りゅうじょとぶ柳絮飛ぶ　一五六
＊りゅうたき龍太忌　一一八
＊りゅうひょう流氷　五六
りゅうひょうき流氷期　五六
＊りょうかんき良寛忌　一二三
＊りょうきおわる猟期終る　八六
りょうきはつ猟期果つ　八六
りょうしょう料峭　二一
りょうなごり猟名残　八六
りらリラ　一六三
りらのはなリラの花　一六三
りらびえリラ冷　一六三
＊りんごのはな林檎の花　一六九

れ

れいじつ麗日　一八
れいしょう冷床　二七
れがったレガッタ　八六
れたすレタス　一九〇
＊れんぎょう連翹　一六一
れんげそう蓮華草　二〇〇
れんげつつじ蓮華躑躅　一六四
＊れんにょき蓮如忌　一一六
れんにょごし蓮如輿　一一六

ろ

ろうどうか労働歌　九九
ろうどうさい労働祭　九九
ろうばい老梅　一五一
ろうばいき老梅忌　一一七
ろうべんか蠟弁花　一六一
ろのなごり炉の名残　六六
ろのわかれ炉の別れ　六六
＊ろふさぎ炉塞ぎ　六六
ろぶた炉蓋　六六

わ

わかあし若蘆　二一三
＊わかあゆ若鮎　一四一
わかがえるくさ若返る草　一九六
＊わかくさ若草　一九七

わかくさ嫩草　一九七
わかごま若駒　一三
わかこも若菰　二三
＊わかさぎ公魚　一四〇
わかさぎぶね公魚舟　一四〇
わかさぎりょう公魚漁　一四〇
わかさのい若狭の井　一〇五
＊わかしば若芝　一九八
わかまつ若松　一七〇
＊わかみどり若緑　一七〇
わかみどりつむ若緑摘む　六八
＊わかめ若布　二三四
わかめ和布　二三四
わかめかり若布刈　二三四
わかやなぎ若柳　一七三
＊わかれじも別れ霜　四四
わかれゆき別れ雪　四三
＊わさび山葵　一九四
わさびざわ山葵沢　一九四
わさびだ山葵田　一九四
わするなぐさわするなぐさ　一八二
わすれじも忘れ霜　四四
わすれづの忘れ角　一三
＊わすれなぐさ勿忘草　一八二
わすれゆき忘れ雪　四三
＊わらび蕨　二〇五
わらびがり蕨狩　二〇五
＊わらびもち蕨餅　六四
わらびやま蕨山　二〇五

# 俳句歳時記《はいくさいじき》　第五版《だいごはん》　春《はる》

角川書店《かどかわしよてん》＝編

平成30年　2月25日　第５版初版発行
令和７年　5月30日　第５版24版発行

発行者●山下直久

発行●株式会社KADOKAWA
〒102-8177　東京都千代田区富士見2-13-3
電話　0570-002-301（ナビダイヤル）

角川文庫 20811

印刷所●株式会社KADOKAWA
製本所●株式会社KADOKAWA

表紙画●和田三造



Printed in Japan
ISBN978-4-04-400271-8　C0192

◆◆◇

# 角川文庫発刊に際して

角 川 源 義

第二次世界大戦の敗北は、軍事力の敗北であった以上に、私たちの若い文化力の敗退であった。私たちの文化が戦争に対して如何に無力であり、単なるあだ花に過ぎなかったかを、私たちは身を以て体験し痛感した。西洋近代文化の摂取にとって、明治以後八十年の歳月は決して短かすぎたとは言えない。にもかかわらず、近代文化の伝統を確立し、自由な批判と柔軟な良識に富む文化層として自らを形成することに私たちは失敗して来た。そしてこれは、各層への文化の普及滲透を任務とする出版人の責任でもあった。

一九四五年以来、私たちは再び振出しに戻り、第一歩から踏み出すことを余儀なくされた。これは大きな不幸ではあるが、反面、これまでの混沌・未熟・歪曲の中にあった我が国の文化に秩序と確たる基礎を齎らすためには絶好の機会でもある。角川書店は、このような祖国の文化的危機にあたり、微力をも顧みず再建の礎石たるべき抱負と決意とをもって出発したが、ここに創立以来の念願を果すべく角川文庫を発刊する。これまで刊行されたあらゆる全集叢書文庫類の長所と短所とを検討し、古今東西の不朽の典籍を、良心的編集のもとに、廉価に、そして書架にふさわしい美本として、多くのひとびとに提供しようとする。しかし私たちは徒らに百科全書的な知識のジレッタントを作ることを目的とせず、あくまで祖国の文化に秩序と再建への道を示し、この文庫を角川書店の栄ある事業として、今後永久に継続発展せしめ、学芸と教養との殿堂として大成せんことを期したい。多くの読書子の愛情ある忠言と支持とによって、この希望と抱負とを完遂せしめられんことを願う。

一九四九年五月三日